강단에서 만나는 이어령

강단에서 만나는 이어령

강단에서 만나는
이어령

강인숙 엮음

열림원

차례

에필로그

부록

　영인문학관에서 기획한 이어령 시리즈는, 이어령이라는 한 인간의 여러 면을 하나하나 점검해서 그의 참 모습을 탐색하면서, 배경이 되는 시대적 특성도 함께 고찰하려는 의도에서 시작되었다. 그는 한글을 겨우 한 달 동안 배우고 나서 바로 모든 한글 교과서를 소화해야 했던 초등학교 6년생이었으며, 전쟁으로 인해 고등학교도 절반밖에 다니지 못하였고, 한국문학과가 없던 식민지에 태어나서, 배우지 못한 채 가르쳐야 하는, 난처한 초창기의 현대문학 교수였기 때문이다. 독학의 어려운 모색 과정, 배우지도 않은 전공과목을 강의해야 한 어려움, 매 시간 자신의 강의록을 만들어야 했던 그의 행적에는, 같은 시대를 산 고뇌에 찬 동시대인들의 얼굴이 오버랩 되어 있다.

영인문학관이 기획한 이어령 시리즈는 작년에 첫 권이 나왔다. 〈에디터로서의 이어령〉(2025년 봄 영인문학관 도록)이 그것이다. 이번에 내는 〈강단에서 만나는 이어령〉은 그 뒤를 이은 두 번째 책이다. 이어령 선생은 해방된 지 10년 만인 1955년에 「이상론 -순수의식의 뇌성牢城과 그 파벽破壁」(서울대학 『문리대학보』 1955. 9)을 통해 문학비평을 시작했다. 「현대시의 UMGEBUNG와 UMWELT-시비평·방법 서설」(『문학예술』 1956. 10)과 「비유법 논고」 상, 하 (『문학예술』 1956. 11-12)로 『문학예술』을 통해 등단했고, 「카타르시스 문학론」(『문학예술』 1957. 8-12) 같은 본격적인 평론을 쓰면서 문단 활동을 시작했다. 그 기간에 쓴 이상론 시리즈도 4편*(1955-57)이나 된다.

그 무렵이 평론가 품귀 시절이어서, 신문사에서 등단 전부터 청탁이 몰려와서, 단평을 쓰다가, 논쟁기에 접어든다. 그래서 한동안 짤막한 글만 집필한 것이 66년까지의 시간강사 시기였다. 그러다가 1967년에 전임 교수가 되자 청탁 받아 쓰는 저널리스틱한 비평의 시기는 끝이 난다. 대학 전임과 논설위원을 겸하고 있어 시간이 없기도 했지만, 그의 본령이 문학연구였기 때문에 신문과 연을 끊다시피 한 것이다. 그래서 그때부터 30년 가까운 세월을 그는 본격

---

* 「이상론-순수의식의 牢城과 그 破壁」 서울대학 『문리대학보』 3권 2호, 1955. 9
　「나르시스의 학살-이상의 시와 그 난해성」 『신세계』 1956. 10
　「속·나르시스의 학살-이상의 시와 그 난해성」 『자유문학』 1957. 7
　「이상의 소설과 기교」 상·하 『문예』 1959. 11~12
　(「묘비 없는 무덤 앞에서-추도 이상 20주기」 『경향신문』 1957. 4. 17
　「이상의 문학-그의 20주기에」 『연합신문』 1957. 4. 18~19)

적인 학자로서 살기 시작한다. 논쟁기가 끝나는 67년 이후부터 그는 문학관도 달라진다. 문학의 예술성을 역사성보다 중시하는 쪽으로 기울어지기 시작하는 것이다. 1966년을 경계로 해서 그에게 두 가지 큰 변화가 일어난 것이다.

하지만 실질적인 교수 생활은 1960년*(27세)에 이미 시작되었다. 강의할 교수가 없어 서울대 문리대가 석사를 막 끝낸 20대의 그에게 전공 강의를 맡겼기 때문이다. 그는 문리대 국문과에서 비평론을 제대로 강의한 첫 교수였다. 그 시기에 그는 저항의 문학을 부르짖는 기수이기도 했다. 현실참여와 비유법에 대한 관심은 그렇게 그의 내면에 애초부터 공존하고 있었다. 그러다가 4·19를 겪으면서 후자의 비중이 커진 것이다. 그러니 그 이전의 시기는 그의 모색기였다고 할 수 있다. 그는 아직 20대였던 것이다.

그 다음부터 그는 「비유법 논고」를 들고 등단한 평론가로 일관한다. 문학의 본질론에 치중하여 대학에서도 내재적 비평에 중점을 두었으며, 문학연구방법론을 중시했다. 형식을 통해서 문학의 본질에 도달하려는 것이 그의 연구 태도로 자리를 잡아간 것이다. 한국은 유교의 영향이 강해서 본래부터 예술의 형식성을 소홀히 하는 나라였다. 언제나 이념이 우위에 있었다. 해방 후에는 그것이 사회

---

* 서울대 출강 시기는 60년인지 61년인지 확인할 수 없다. 제자들이 증언하는 연도가 서로 달라서 대학에 문의해보니, 강사 자료는 남겨두지 않는다고 했다. 내 기억에는 60년 같은데 확신이 없어서 그냥 61년이라고도 하고 60년이라고도 하면서 어디에선가 증언해줄 문서가 나오기를 기다린다.

주의 리얼리즘과 유착된다. 그들의 구호는 '배기교排技巧'였던 것이다. 그런데 공교롭게도 저항의 문학을 떠난 시기와 저널리스틱 크리티시즘이 끝나는 시기가 같아져서, 마치 그가 평론 활동을 1966년에 그만둔 것 같은 오해를 낳게 한 것 같다. 그렇게 판단하는 평자가 많기 때문이다.

그런데 사실은 그 무렵이, 그의 평론이 학문적 깊이를 더해간 시기였다. 제대로 된 교수실을 배정받은 그는 본격적으로 문학연구에 몰입한다. 그래서 그는 마지막까지 문학교수였고, 문학평론가였다. 아카데믹 크리티시즘의 시기가 평생 이어져 왔음을 그가 남긴 강의록을 통하여 검증할 수 있다. 그는 『저항의 문학』(1959)에서 시작해서 『지성의 오솔길』(1960), 『전후문학의 새 물결』(1962), 『한국과 한국인』 6권(1968), 『통금시대의 문학』(1972), 『한국작가 전기 연구 상, 하』(편저, 1975), 『고전의 바다』(정병욱과 공저, 1977), 『하이쿠俳句의 시학』(일본어 원본 1983, 한국판 2009), 『공간의 기호학』(2000), 『시 다시 읽기』(1995) 등을 거쳐 21세기에도 『소설로 떠나는 영성순례』(2014) 같은 평론집들을 계속 써왔다. 그러니 사라진 것은 저항이나 참여론이지 문학연구 자체가 아니었다.

대학에서 강의하던 강의록을 본격적인 책으로 쓰는 것이 그의 버킷리스트였다, 정년퇴임을 하고 나서, 이제부터는 정말 쓰고 싶은 책을 쓰고 싶다고 벼르더니 AI에 관한 책 열 권을 쓰다가 막바지에 암에 걸렸다. 그래서 하려던 강의록을 끝내지 못해서 성과물이 남지 못했다. 수사학이나 문학연구 방법론, 기호학 관계의 책만이라도 남겨 두었어야 하는 건데, 못하고 가는 것이 그의 마지막 한이었다. 다행히도 강의 노트를 간직하고 있던 제자들이 나타났다. 그가 시간마다 준비하던 강의록은 일부밖에 남아 있지 않아서, 학생들이 간수하고 있던 묵은 노트가 크게 도움이 되었다.

"강의 노트가 문제가 아니죠. 선생님이 시간 중에 우리에게 얼마나 많은 것을 가르쳐 주셨는데요"

하던 노트 제공자의 말이 생각난다. 이제는 본인이 없으니 그 노트를 통해서 발자취를 검색할 수밖에 없게 되었다. 고맙게도 노트가 열일곱 권이나 남아 있었다. 너무 소중해서 차마 버리지 못하고 세 제자가 수십 년 동안 그걸 간직해준 것이다. 인력이 모자라 아직 손을 못 대고 있는 이어령 씨의 7대의 컴퓨터에 그의 집필 자료들이 그대로 남아 있다. 거기에 강의 자료가 남아 있기를 기대하고 있다. 그 자료가 나타나면 노트와 합해서 정리하여 자료집 형태로라도 출판해 주면 고맙겠다고 생각한다. 그러니까 이번 책은 이어령 연구의 시작에 불과하다.

그래서 이 책에서는 제자들의 글에서 증언을 찾는 작업을 주로 했다. 이선생이 학교를 그만둔 지가 26년이나 되니, 제자들도 자꾸 늙어가기 때문에 이 작업을 서두를 수밖에 없었다. 자료를 찾아 쓰는 글은 눈이 나빠지면 할 수 없기 때문이다. 범위는 그의 교직 생활로 한정시켰다. 교수로서의 이어령의 학문적 메리트와 강의 내용, 강의 범위, 강의 방법과 제자 지도법 등에 대해 증언할 사람은 제자들밖에 없다. 그래서 마지막 5장에서는 긍정적인 견해와 부정적인 견해를 되도록 함께 보여드리려고 노력했다. 정치적 견해가 달라 혼란에 빠져 있던 제자의 글이 양이 많아진 건 그 때문이다.

다음에는 〈장관으로서의 이어령〉을 대상으로 하려 한다. 〈이벤트 플래너로서의 이어령〉이 그 뒤를 이을 것이며, 〈문명론자로서의 이어령〉도 대상이 될 것이다. 그러다가 '이어령 문학'에 대한 정밀 점검으로 마감할 예정이다. 이어령은 많은 일을 한 것 같지만 실상은 문학과 문명에 대한 것밖에는 한 것이 거의 없는 사람이다. 그는 '선생'이라고 불리는 것을 가장 고마워한 타고난 훈장이다. 〈강단에서 만나는 이어령〉이 비중이 무거운 것은 그 때문이다.

젊지 않은데도 자료를 찾아야 하는 글쓰기를 열심히 해 주신 모든 기고가들에게 진심으로 감사를 드린다. 자료와 원고를 제공해준 제자들에게도 감사를 드리며, 노트를 기증해준 분들께도 고맙다는 말을 하고 싶다. 앞으로 계속 내야 할 상업적이 아닌 책을 출판해주시는 열림원에도 깊이 고개를 숙인다.

2026년 4월
영인문학관 관장 강인숙

2001년

노블리안

1

프롤로그 Prologue

이어령의 하이퍼텍스트

김정운_

문화심리학자. 고려대학교 심리학과를 졸업하고, 독일 베를린 자유대학교 심리학과를
졸업(디플롬, 박사)했다. 독일 베를린 자유대학교 전임강사 및 명지대학교 교수를 역임
했으며, 일본 교토사가예술대학 단기대학부에서 일본화를 전공하고 2015년 수료했다.
『가끔은 격하게 외로워야 한다』, 『에디톨로지』, 『나는 아내와의 결혼을 후회한다』, 『남
자의 물건』, 『노는 만큼 성공한다』 등을 집필했다.

한국의 콘텍스트에서 새로운 텍스트가 가능하려면 기존의 텍스트를 해체해야 한다. 텍스트의 해체와 재구성은 김용옥식 크로스 텍스트로는 불가능하다. 탈텍스트, 즉 하이퍼텍스트가 가능해야 한다. 한국에도 하이퍼텍스트적 방법론을 통해 자신의 텍스트를 끊임없이 재구성해온 사람이 있다. 바로 이어령 선생이다.

'IT 혁명'이라며 다들 '디지털'을 이야기하고 흥분할 때, 이어령은 디지털과 아날로그의 결합인 '디지로그'를 이야기했다. 디지털만 가지고는 안된다는 거다. 나는 학생들에게 그의 디지로그 개념을 '비데와 휴지'로 설명한다. 비데가 나왔다고 화장실 휴지가 사라지는 게 아니다. 오히려 휴지는 더 고급이 되어야 한다. 어설픈 싸구려 휴지를 쓰면 그 부위에 부푸러기가 낀다. 엄청 가렵다.

이어령이 말하는 디지로그 개념의 핵심은 디지털의 발전이 아날로그의 변화를 가져오고, 아날로그는 여전히 디지털에 영향을 미친다는 것이다. 대표적인 예가 아이폰의 터치다. 앞서 설명한 대로 디지털을 쓰다듬고 만지는 아날로그적 행위가 아이폰의 혁명을 가능케 한 것이다.

가끔 이어령을 폄하하는 이들이 있다. 그의 개념 구성을 '말장난'이라고 비난한다. 그렇게 따지면 세상에 말장난 아닌 것이 어디 있을까? 말장난 중에 최고는 하이데거M. Heidegger의 실존철학이다. 헤겔의 변증법은 말장난이 아니던가? 변증법의 핵심 개념으로 '지양止揚'이라는 것이 있다. 일본식 번역으로는 아주 폼나 보이고 그럴듯하다. 도무지 못 들어본 단어이기 때문이다.

'지양'은 독어의 'Aufheben'을 번역한 것이다. 독일어로는 지극히 단순한 단어다. '들어 올린다'는 뜻이다. 나사처럼 돌면서 위로 올라간다는 변증법적 역사 발전의 메타포를 헤겔은 '들어 올린다'는 의미의 'Aufheben'이란 단어로 표현한 것이다. 그러니까 제대로 번역하자면 헤겔의 변증법적 '들어 올림', 이렇게 표현해야 하는 것이다. 이 같은 문화·언어적 콘텍스트를 생략하고 헤겔 철학을 읽으려니 그토록 어렵고 힘든 것이다. 그따위 어설픈 일본식 번역에는 기죽어 지내면서 자기 언어로 학문하려면 그렇게들 폄하한다. 이제 그런 시대는 지났다.

김용옥의 크로스 텍스트와 이어령의 하이퍼텍스트 이 둘의 공통점은 바로 자기 이야기를 한다는 데 있다. 그러나 김용옥은 고전 텍스트의 권위라는 프리미엄을 포기하지 않는다. 여전히 동양과 서양, 과거와 현재의 교차적 해석학에 머물고 있다. 이어령은 다르다. 텍스트의 끝없는 해체와 재구성이라는 모험을 시도한다. 어떻게든 자기 이야기를 하려는 것이다. 그래서 '이어령의 마이크'를 뺏을 사람이 없다. 사람이 아무리 많아도 그는 한 번 이야기를 시작하면 끝이 없다. 혼자만 이야기한다. 제발 좀 귀 기울여 한번 들어보라는 거다. 그는 그래도 된다. 우리가 그의 이야기를 들을 수 있는 날이 그리 많이 남지 않았기 때문이다.

　솔직히 나는 누군가에게 지적 열등감을 느껴본 적이 거의 없다. 아무리 유명한 학자를 만나도, 속으로 '그 정도 생각은 나도 한다'며 항상 건방을 떨었다. 그러나 이어령 선생만 만나고 나면 열등감에 풀이 죽는다. 팔십 노인에게 당할 재간이 도무지 없다. 매번 좌절이다. 도대체 그런 새로운 이야기가 어떻게 가능하냐고 물었다. 이어령은 아주 단순하다고 했다. 그는 기호학적 개념인 '선택paradigmatic'과 '결합syntagmatic'의 구조를 설명했다.

　음악을 작곡할 때, 작곡가는 '도-레-미-파-솔-라-시'의 7음 중에서 한 음을 뽑고, 이어지는 음 또한 7음 중에서 또 하나를 뽑는다. 처음에 '레'를 뽑았다면, 다음에는 '솔'을 뽑고, 그 다음에는 '도'를 뽑는 식으로 멜로디를 만들어나간다. 이때 각각의 7음 중에서 한 음을 뽑는 것은 '선택'이다. 그리고 이렇게 뽑힌 각각의 음들을 이어가는 것은 '결합'이다. 음악은 이런 식으로 만들어진다. 새로운 음악을 창조하려면 현존하는 음악의 선택과 결합 구조를 해체하면 된다. 즉, 각각의 음들이 어떻게 선택되었고, 왜 그러한 순서로 결합되었는가를 의심해보면 된다는 말이다. 바흐의 대위법, 모차르트의 오페라와 협주곡, 베토벤의 교향곡은 모두 그런 식으로 창조된 것이다.

　더 쉽게 설명해보자. 코스 요리를 먹는다 치자. 애피타이저를 먹

을때, 메뉴에 있는 여러 가지 애피타이저 중 하나를 선택한다. 수프도 하나를 고르고, 이어 샐러드를 고르고, 메인 메뉴를 고른다. 마지막으로 디저트를 고른다. 새로운 메뉴는 선택의 종류를 달리하고, 그 선택의 순서를 바꾸면 가능해진다. 창조적 셰프는 이 작업을 끊임없이 시도한다.

텍스트도 마찬가지다. 주어, 술어, 목적어 등으로 구성되는 문장의 결합 구조를 해체하면 된다. 동시에 주어, 술어, 목적어가 선택된 각각의 맥락에서 또 다른 선택의 가능성을 고민한다는 말이다. 이어령은 이 과정을 그림까지 그려가며 설명한다.

이어령은 자신이 어릴 적 품었던 『천자문』에 관한 의심을 이야기한다. 『천자문』의 첫 구절에 문제가 있다는 거다. 사람들은 『천자문』을 몇 시간 만에 외웠다는 양주동을 천재라고 했다. 그러나 이어령은 의문 없이 외우는 것은 아무 의미가 없다고 한다. 그가 『천자문』을 배우며 품었던 의심은 이렇다.

다들 '하늘 천天, 땅 지地, 검을 현玄, 누를 황黃'의 순서로 외운다. 그러나 이 '천天, 지地, 현玄, 황黃'의 구조에 대해서는 아무도 의심하지 않는다. 그러나 창조적 독해는 각각의 단어가 '선택'되는 그 기호학적 구조를 의심하는 데서 시작된다. 일단 '하늘은 검고, 땅은 누렇다'고 할 때, 왜 하늘을 검다고 하는가에 관해 물어야 한다는 것이다. 정상적인 사람이라면 다 하늘이 파란 것을 안다. 그런데 왜 다들 '하늘은 검고……'라고 『천자문』을 외우는가. 도대체 이것이 말이 되는 것인가.

첫 문장부터 이상한 『천자문』을 왜 아무도 의심하지 않고, 1000년 이상 동안 죽어라 외우기만 하느냐는 거다. 이어령은 이런 의심이 가능해야 동양사상에 숨겨져 있는, 방향과 색깔의 연관 구조를 찾아낼 수 있다고 주장한다. 아울러 이렇게 해체할 수 있어야 새로운 시대에 맞는 재구조화, 즉 편집이 가능하다고 설명한다.

이어령의 질문은 계속된다. 왜 '천天, 지地, 현玄, 황黃'의 순서인가를 의심해야 한다는 거다. 왜 '천天, 현玄, 지地, 황黃'이라 하지 않는가. '천天과 지地'를 함께 묶고, '현玄과 황黃'을 차례로 묶어내는 이 결합 구조에 대해 아무도 의심하지 않는다. 그러나 이런 의심을 할 수 없으면 새로운 생각은 아예 불가능하다.

이어령은 자신의 하이퍼텍스트적 방법론의 핵심은 텍스트를 해체하는 데 있다고 주장한다. '고전古典'의 '전典'자는 책을 받들고 있는 모양을 상징화한 것이다. 다들 책, 즉 텍스트를 받들고만 있을 때, 자신은 이 텍스트를 해체하는 일부터 했다는 것이다. 자신의 머리로 납득이 안 되면 일단 들이받았다. 텍스트의 선택과 결합 구조를 해체하는 이어령의 하이퍼텍스트적 사고는 이해 안 되는 것을 묻는 데서 시작한다. 그는 이런 자신의 태도가 뭐 그리 특별하냐고 되묻는다.

이어령은 너무 억울하다고 한다. 어릴 때부터 항상 건방진 놈, 잘난 체하는 놈, 얄미운 놈이라는 욕을 먹고 자랐다. 항상 미움을 받았다. 변변한 불알친구 하나 없다. 자신은 그저 이해 안 되는 것을 질문했을 뿐이었는데, 다들 그렇게 미워했다는 거다. 단지 텍스트만 해체했을 뿐인데, 그토록 힘들고 외롭게 살았다. 그래도 다행인 것은 문학을 한 것이라고 이어령은 고백한다. 자신이 만약 사회 규범이나 도덕을 해체하고, 경제 시스템을 해체하는 정치가나 혁명가가 되었더라면 돌을 맞아 죽어도 벌써 죽었을 것이라고 말이다.

지금도 그는 자신의 서재에서, 세상에서 가장 큰 책상 앞에 앉아, 앞뒤로 놓인 일곱 대의 컴퓨터로 텍스트의 선택과 결합의 구조를 파괴하고 재창조한다. 언제나 그랬듯이, 혼자서.

『에디톨로지』

대립과 통합의 시학

이어령의 시론을 중심으로

김치수_

서울대학교 문리대 불문과를 졸업하고, 프랑스 프로방스대학에서 문학박사를 받았다. 부산대학교, 한국외국어대학교 조교수, 이화여대 불문과 교수를 역임하였다. 저서로는 『새로운 소설의 시대를 향하여』, 『기원의 소설, 소설의 기원』, 『표현 인문학』 등이 있다.

이어령의 문학비평은 유종호, 이철범의 비평과 함께 1950년대 비평을 대표한다. 50년대 비평의 중요성은 그것이 한국문학에 대한 거시적 성찰을 토대로 이루어지고 있다는 데서 논의될 수 있다. 문학이란 자신이 살고 있는 시대의 정신이나 제도의 단순한 반영이 아니라 그것에 대한 성찰을 통해서 그것과 부딪치고 싸우는 '저항의 문학'이라고 주장한 이어령의 비평이나, 문학이 민족적인 정서나 감정의 순수한 표현으로 끝나는 것이 아니라 사회적 변동의 주요한 힘으로 작용할 수 있는 역할로 그 영역을 확대할 수 있다는 것을 선언한 '비순수의 선언'에 이른 유종호의 비평이나, 문학의 순수주의를 배격하며 실존적 역사의식을 갖고 앙가주망engagement의 가능성을 주장한 이철범의 비평은 문학의 순수주의라는 전통적 문학관에 충격적인 변화를 가져온 이론이다. 그 가운데서도 이어령의 비평은 그 문체의 선동성과 관점의 새로움과 감각의 예리함으로 인해서 고답적이고 고식적인 문학비평에 새로운 바람을 일으켰으며 우리 문학사에서 최초로 읽히는 문학비평의 전범을 보여주었다. 그의 '저항의 문학'은 김동리나 조연현으로 대표되던 휴머니즘 문학보다 훨씬 더 윤리적이고 실천적인 것으로서 6·25 전쟁으로 인한 분단 상황에서 인간의 본성과 조건에 대한 객관적인 인식에 기초하고 있다고 평가될 수 있다.

문학을 저항의 한 양식으로 본 이어령의 비평은 6·25라는 민족 상잔의 비극적 전쟁의 여파로 인한 철저한 반공 이데올로기가 지배하던 당시 상황으로서는 획기적인 발상의 전환을 가져온다. 문학의 저항은 무엇에 대한 저항인가. 그가 프랑스의 폴 엘뤼아르의 유명한 시 「어쩌란 말인가」를 인용하며 주장하는 저항은 비인간적으로 꽉 막혀 있는 상황에 대한 저항이었으며 전쟁으로 인해 피폐해진 인간 정신에 대한 저항이었다. 그의 저항은 요컨대 전쟁과 그 후유증으로 야기된 인간조건의 위기로부터 인간의 본성을 지키기 위한 저항이었다. 그런 점에서 한국의 토속적인 전통 사회에서 인간적 미덕을 찾고자 한 그의 선배들의 소박한 휴머니즘과 비교할 때 그의 저항의 문학은 문학에 대한 새로운 지평을 열어준 획기적인 관점이다. 물론 그가 진단하고 있는 인간조건의 위기가 그 후에 이 땅에 도입된 아놀드 하우저 같은 사회학적 관점과는 다르다고 함으로써 그의 비평적 성과를 과소평가할 수도 있지만, 경제적 조건에 의해 지배와 피지배의 관계로 사회 전체를 보고자 하는 진보주의적 관점이 분단의 상황으로 인해 거의 허용되지 않고 있던 당시의 현실로 볼 때 문학을 저항의 양상으로 보고자 한 관점 자체만으로도 높이 평가 될 수 있다. 인간 본성에 대한 믿음과 문학의 순수주의에 대한 고정관념을 지니고 문학의 역사주의를 위험하게 생각하던 당시의 상황으로 볼 때 인간을 불안 속에 빠지게 한 현실에 대한 자각을 가능하게 한 저항문학 이론은 억압적인 상황 속에서 불안한 삶을 살 수밖에 없는 인간의 조건을 일깨우며 그런 조건으로부터의 자유를 꿈꾸게 한다. 그것은 소박한 휴머니즘이 빠져 있던 당위론으로부터 벗어난 새로운 휴머니즘, 당대에 유행하던 실존적 휴머니즘으로서 문학을 문학으로 인식하게 만드는 가능성을 열어주고 있다.

『저항의 문학』의 당대적 한계를 지적한다면 한국문학작품에 대한 분석이 많지 않은 현실에 기인할지 모르겠지만, 거기에서 인용되고 전범으로 제시된 대부분의 작가와 작품이 외국의 작가와 작품이라는 사실이다. 그것은 어쩌면 문학의 보편적인 성질을 드러내는 데 보탬이 될 수는 있겠지만, 한국문학이 어디에 있는지, 한국문학의 문제의식이 무엇인지 설명하는 데 도움이 되지 않는다. 그러나 그것을 통해서 그는 한국문학에 대한 분석이 부족한 현실, 문학이 무엇인지 질문하는 방식이 없는 현실에 대한 철저한 의식을 갖게 만들었고 문학이 현실에 대응하는 저항의 양식일 수 있다는 것을 전후의 그 음산한 분위기 속에서 한줄기 시원한 바람처럼 불러일으켰다. 그가 그 후에 쓴 『시 다시 읽기』, 『공간의 기호학』은 철저하게 한국문학작품의 분석에만 집중되어 있다. 그의 비평이 가지고 있는 비평 정신은 '문학작품의 새롭게 읽기'가 아닐까 생각된다. 그는 모든 작품을 남이 읽는 방식으로 읽지 않고 철저하게 자기 식으로 읽으면서 그것이 왜 보다 문학적인지 설명하고자 한다. 그런 점에서 그는 독창적이고 탁월한 비평가이다. 왜냐하면 어떤 작품을 남이 읽는 방식으로 읽는다면 그 비평가는 존재 이유가 없어지게 되기 때문이다. 그 경우에는 다른 사람이 쓴 비평만을 읽으면 그 작품을 이해하고 설명할 수 있을 터이기 때문이다.

이어령 비평의 독창성은 단순하게 그의 개인적인 상상력이나 문장력에서 비롯된 것이 아니다. 그는 서양의 문학 이론뿐만 아니라 동양의 문학, 특히 중국과 일본의 고전문학에도 조예가 깊어 한국문학의 분석에서 세계적인 예를 들어 설명함으로써 문학 일반의 이론적인 참조를 가능하게 한다. 그는 희랍 시대의 시학 이론은 물론이거니와 1950년대의 실존주의 이론으로부터 60년대의 구조주의 이론, 70년대의 기호학 이론, 80년대의 해체주의 이론에 이르기까지 다양하게 수용하고 이를 문학작품의 분석에 적용할 수 있는 틀을 끊임없이 모색한다. 그는 문학작품에 접근하는 문이 수없이 많다는 것을 알고 문학작품에 들어가는 다양한 문을 여러 개 만들기 위해 여러 가지 이론을 섭렵하고 그 때마다 새로운 문을 만드는 놀라운 생산력을 보인다. 특히 그는 비유를 드는 데 천재적인 능력을 가지고 있어서 그의 글을 읽는 사람이 쉽고 재미있게 이해하고 수긍하게 만든다. 그의 모든 글이 은유와 환유 그리고 상징으로 가득 차 있는 것도 그의 그러한 천재성에서 기인한다.

1995년에 나온 『시 다시 읽기』는 「하여가」와 「단심가」의 분석으로부터 시작한다. 이 분석은 고려 말에 모반을 꿈꾸는 이방원과 고려 왕조에 충성을 맹세하는 정몽주의 대화로 해석하는 종래의 해석을, 시를 구성하고 있는 여러 층위에서의 이항 대립으로 설명하고 있다. 이미 이 분석에 앞서서 손가락으로 달을 가리킬 때 달을 보지 않고 손가락만 보는 어리석은 작품 읽기를 꼬집음으로써 놀라운 비유의 솜씨를 보인 저자는 우선 이 두 작품이 비유적 표현으로 되어 있음을 주목한다. '세상 되어가는 대로 살아가는 인간의 삶'을 '만수산 칡넝쿨'에 비유하고 있는 것이 「하여가」이고, '죽음'을 '백골'과 '진토'로 표현하고 있는 것이 「단심가」이다. 저자는 이 두 작품을 '삶과 죽음', '식물성과 광물성', '선적 신장 운동과 점적 분말 운동', '결합과 분리' 등의 이항 대립으로 설명한다. 그것은 시의 바깥에 있는 현실에서 두 사람의 시적 화자의 입장 대립에 상응하는 것으로 전자는 은유의 구조로 이루어져 있고 후자는 환유의 구조로 이루어져 있음을 밝혀낸다. 그것은 의미론적 층위에서 포착된 이항 대립이다. 반면에 통사론적 층위에서 포착된 이항 대립은 선조線條적인 것과 병렬적인 것으로 분석되고 있다. 「단심가」에서 〈몸이 / 죽다〉 〈백골이 / 흙이 되다〉 〈넋이 / 있다〉 〈마음이 / 불변하다〉 등의 기본 단위가 시간적 순서를 따른 계기적 관계를 유지하고 있을 뿐만 아니라 '죽음으로써 살 수 있다'는 생사관을 표현하고 있다. 「하여가」에서는 〈이런들 / 저런들〉 〈얽혀지지 않은들 / 얽혀진 들〉 〈누리리라 / 누리리라〉 등이 초장, 중장, 종장으로 나뉘어서 등가의 관계를 유지하면서 '어차피 한 인생 살기는 마찬가지다'라는 인생관을 나타내고 있다. 이 분석을 통해서 멸망의 위기에 처한 왕국을 죽음으로 지키고자 한 정몽주는 담론의 세계에서도 단일 기호적monosémique 체계를 유지하고 있고 새로운 왕국을 새우고자 모반을 꿈꾸는 이방원은 다의 기호적polysémique 체계를 시도하고 있음을 알게 한다.

　이처럼 이어령 비평의 시 읽기는 텍스트 중심의 내적 분석에 토대를 두고 있으나 그것의 외연은 얼마든지 확대될 수 있는 가능성을 지니고 있다. 그의 분석 가운데 이항 대립의 또 하나의 예는 「처용가」 분석에서도 나타나고 있다. 〈왕/동해의 용〉〈처용/역신〉이라는 이항 대립의 드라마를 분석해낸 그의 「우주적 언술로서의 처용가」는 삼국유사의 헌강왕 기사와 처용 이야기 사이의 구조적 동질성을 밝혀낸 분석이다. 그는 블라디미르 프로프의 『민담 형태론』에서 제시된 이야기의 32개의 기능 단위 가운데 처용가에 나타난 기능 단위를 추출하고 그것의 움직임을 통해서 처용가의 구조를 설명하고 있다.

　　①밖으로 놀러 나가다 ②놀이를 마치고 돌아오려고 하다 ③정체 불명의 익명자로부터 방해를 받다 ④숨겨진 비밀을 문답 양식으로 풀다 ⑤덕을 베풀다 ⑥익명자가 정체를 드러내다 ⑦춤을 추다 ⑧새로운 공간을 만들다.

　위의 단위 설정은 프로프의 32개 기능 단위에 의하면 ①밖으로 나가다 ②방해자를 만나다 ③수수께끼를 풀다 ④방해자를 물리치다 ⑤돌아오다 등 다섯 개로 축소될 수 있다. 그리고 이러한 기능 단위의 구성은 헌강왕 기사와 처용 이야기의 구조적 동질성을 설명할 수 있는 근거가 된다. 저자는 이러한 행위의 기능 단위들의 연쇄를 통해서 그레마스의 이항 대립을 이항 결합의 구조로 바꿔놓고 있다.

> 밖으로 나아가다: 안으로 들어오다
>
> 놀다: 일하다
>
> 정체를 숨기다: 정체를 드러내다
>
> 방해자: 조력자
>
> 덕을 주다: 덕을 받다
>
> 세속적 공간 집: 초월적 공간 절

이러한 분석은 이어령 비평이 작품의 내적 구조의 분석을 통해서 서사 구조의 일반 이론의 적용까지 시도하고 있음을 알게 한다. 그 것은 문학작품의 이해를 보다 풍요롭게 하고 문학작품을 읽는 문을 넓히면서 다양하게 만드는 데 기여하고 있다. 그러나 그의 비평은 여기에서 끝나지 않고 음양오행이라는 동양의 우주론으로 풀어 나감으로써 서양 이론의 수용으로 만족하지 않고 독창적이고 심오한 이해에 도달하게 한다.

그의 시 분석 가운데 또 하나 괄목할 만한 것은 이항 대립을 공간 구조에서 찾아내고 있는 것들이다. 가령 정지용의 아름다운 시 「춘설」을 분석하면서 그는 '안'과 '바깥'의 공간이라는 이항 대립을 발견하고 이를 토대로 시의 정교한 구조를 드러나게 한다. "문 열자 선뜻/먼 산이 이마에 차라"에서 문이 '안'과 '바깥'이라는 두 공간을 가르는 경계임을 주목하고 그것을 기준으로 해서 '열다'와 '차다'가 동시적인 경험이라면 그것이 '닫다' 와 '따뜻하다'는 대립항을 전제로 하고 있다는 것을 상기시킨다. 그것은 시인이 봄을 맞이하고자 문을 열었을 때 먼 산의 춘설을 통해서 바깥의 추위를 감지할 수 있고 그 추위에도 불구하고 찾아온 봄을 막을 길이 없으며 춘설의 남은 추위에도 살아 있는 것들을 보는 것이 경이롭기 때문에 봄맞이를 해야겠다는 시인의 마음을 드러내준다. 특히 "핫옷 벗고 도로 칩고 싶어라"고 하는 구절은 춘설에도 불구하고 돋아난 새싹처럼 춥더라도 핫옷은 벗고 싶다는 봄을 향한 시인의 의지를 표현하고 있음을 주목한 것은 시를 기호학적으로 읽을 경우 시가 보다 풍부한 의미 작용을 일으킬 수 있음을 보여준다.

문을 안과 바깥의 경계로 본 이어령 비평은 정지용의 절창인 「유리창」의 분석에서 보다 명쾌하게 이항 대립의 의미를 제시하고 있다. 모두 10행으로 되어 있는 「유리창 1」의 분석에서 그는 1행은 〈바깥/차가운 공기〉, 2행은 〈안/따스한 공기〉, 3행은 〈바깥/차가운 것〉, 4행은 〈안/따뜻한 것〉으로 구성되어 있어서 '바깥'과 '안'의 대립과 '차가움'과 '따뜻함'의 대립이 교차로 이루어지고 있는 반면에 5행은 〈바깥/어둠〉, 6행은 〈바깥/어둠〉, 7행은 〈안/밝음〉, 8행은 〈안/밝음〉으로 구성되어 있어서 '차가움'과 '따뜻함'의 대립이 '어둠'과 '밝음'으로 바뀌고 있음을 주목하게 한다. 그리고 9행과 10행은 "폐혈관이 찢어져 산새처럼 날아 가버린 죽음"이 등장함으로써 바깥은 죽음, 안은 삶이라는 이항 대립으로 연결되고 결국 유리창이 삶과 죽음의 경계에 위치함으로써 죽음을 통해서 삶을, 삶을 통해서 죽음을 나타내는 매개 공간으로 해석되고 있는 것은 탁월한 해석이 아닐 수 없다. 안과 바깥이라는 공간적 대립을 유리창이라는 매개항을 통해 삶과 죽음을 통합적으로 인식한 이러한 시 분석은 윤동주의 '서시' 분석에서도 하늘과 땅이라는 이항 대립에서 잎새라는 매개항을 통해 삶과 죽음이라는 대립을 통합적으로 인식하고 있는 것으로 나타난다. 그뿐만 아니라 이상화의 「빼앗긴 들에도 봄은 오는가」, 한용운의 「님의 침묵」, 김소월의 「산유화」, 서정주의 「자화상」, 유치환의 「깃발」 분석에서도 우리가 그 작품을 읽었을 때 느끼는 감동의 원천은 시적 화자가 시간적 계기성이 있는 과거와 현재 사이와 하늘과 땅이라는 공간적 대립 사이에서 상승과 하강이라는 대립적 운동의 주체로 제시된 데 있다. 시적 화자를 이처럼 역동적인 주체로 인식한 것은 그의 기호학적 분석이 이론을 위한 것이 아니라 문학적인 감동을 체험하게 한 것이다.

이러한 개별적 분석을 종합하고 새로운 시 분석 이론을 제시하면서 한 시인의 시 세계 전체를 규명한 것은 그의 공간의 기호학이다. 이 책은 우선 유치환의 시에서 나타나고 있는 공간에 관한 기호학적 분석이다. 모든 문학작품은 시간과 공간의 드라마라고 할 수 있겠지만, 여기에서 사용되고 있는 공간은 드라마의 주체로서의 공간이라는 테마를 의미한다. 그런 점에서 이 책은 상당 부분 테마 비평적 성질을 띠고 있고 실제로 '공간의 시학'이라고 할 수 있는 공간의 이미지에 관한 분석이 처음부터 끝까지 바탕에 깔려 있어서 주제 비평이라고 해도 손색이 없을 정도다. 그렇지만 여기에서 공간의 이미지는 공간에 관한 기호학적 분석의 결과가 문학적 효과와 어떻게 연결되는지 확인하는 틀로서 제시되고 있을 뿐이고, 저자의 주된 관심은 시적 공간이 기호학적 분석에 의해 얼마나 풍요롭고 역동적인 공간이 될 수 있는지 밝히는 데 집약되어 있다.

이 정교한 분석을 위하여 저자는 소쉬르F. Saussure의 기본 개념인 '기표'와 '기의', '통합체'와 '계열체', '외시'와 '공시' 등의 언어학적 개념을 비롯하여 신화 이론, 기호 이론, 문학 이론 등의 서양 이론과 주역과 태극으로 대표되는 동양 이론을 광범위하게 수용하고 적용하여 '공간'이 수행하고 있는 여러 가지 의미 작용을 추출해내고 있다. 그가 이미 『시 다시 읽기』에서 단편적으로 시도하였던 공간 분석이 여기에서 체계적이고 총체적으로 이루어지고 있음을 확인할 수 있다. 저자는 자신이 몇 편의 시 분석에서 시도했던 방법론이나 동서양의 우주론적 관점의 도입이 이 책에서 종합화되고 체계화될 수 있다는 것을 확신을 갖고 증명하고 있다.

저자는 제1장에서 「조춘」이라는 시를 분석하면서 문학적 공간이 하늘과 인간과 땅이라는 세 가지 요소에 의해 '상·중·하' 라는 수직적 구조를 구축하고 있고, 방과 뜰과 마을이라는 세 가지 요소에 의해 '안·경계·바깥' 이라는 수평적 구조를 구축하고 있음을 밝혀내고 있다. 그것은 서양의 사고방식을 동양적 사고방식과 접목시킴으로써 통합적인 관점을 제시했다는 점에서 획기적인 독창성을 획득하고 있다. 서양의 기호학적 분석이 문학적 공간의 수직적 구조와 수평적 구조의 동시적 작용이라는 동양적 사유와 접목됨으로써 문학작품의 역동적이고 총체적인 이해에 도달하게 한다는 것을 그는 입증하고 이러한 분석의 틀로써 유치환 시 전체에 적용함으로써 유치환 시 전체를 그 변용으로 분석해낸다. 특히 이 책의 제4장에서 유치환의 대표작인 「깃발」을 분석하면서 이러한 방법론의 적용이 시 자체를 풍요롭게 느끼게 하고 즐겁게 읽게 만든다는 것을 그는 보여주고 있다. 그의 분석은 「깃발」에 대한 종래의 이념적 해석을 넘어서 그것의 시적 위상학을 제시하기에 이른다. 그에 의하면 깃발은 하늘과 땅의 중간 부분에 있는 공간적 위상을 가지고 있다. 그것은 하늘을 향한 '상승'과 땅을 향한 '하강'이라는 서로 모순되는 운동을 동시에 함으로써 땅에 있으면서도 하늘을 향해 솟아오르고, 하늘에 있으면서도 땅을 향해 내려오는 중간 지대에 존재하는 사물이다. 그런 점에서 유치환의 시가 한편으로는 수직적으로 '상·중·하'라는 3분 구조로 이룩된 건축물로서 '천·지·인'이라는 동양의 삼재 사상과 연결되고 한국인의 정서와 근원적으로 통하게 되어 시적 감동의 근원이 되고 있다는 것을 그는 증명하고 있다. 다른 한편으로는 '섬과 배와 바다'는 '안·경계·바깥' 이라는 3분 구조로 분절된 수평적 구조물을 형성하여 '떠남과 돌아옴' 이라는 모순된 운동을 하고 있음을 그는 보여준다. 여기에서 확인할 수 있는 것처럼 '상·중·하'의 수직적 공간과 '안·경계·바깥'의 수평적 공간이라는 입체적 구조 속에서 유치환의 시를 역동적으로 읽어냄으로써 그는 유치환의 시적 정념과 그 의미 작용을 투명하게 분석해내고 그것이 시적 언어의 음운론적, 통사론적 구조와 상응하고 있음을 밝혀낸다. 저자는 이 책을 통해서 문학에서의 공간이 얼마나 극적인 역동성을 지닐 수 있는지, 동시에 유치환 시의 독창성이 한국인의 정서와 얼마나 근원적으로 맞닿아 있는지 규명하고 제시하고 있다.

이어령 비평의 역정은 '저항의 문학'이라는 문학 바깥을 향한 외침으로부터 출발해서 문학을 문학으로 만드는 문학성이라는 문학 내면을 향한 분석으로 돌아와 있다. 그는 한국문학에 들어가는 문을 다양하게 만들어서 한국문학을 다채롭고 풍요롭게 만드는 데 기여했다. 이러한 결과가 어떤 과정과 의미를 거치게 되는지 알아보는 것은 그 후학들에게 남겨진 과제이다. 그러나 문학을 문학으로 읽고자 하는 그의 작업이 기호학과 접목됨으로써 그는 한국 기호학의 선구적인 역할을 해왔다. 그는 서양의 기호학 이론을 그대로 수용한 것이 아니라 동양사상과 접목시킴으로써 한국 기호학의 독자적인 세계를 여는 데 기여했다. 그의 '주역의 기호학적 해석'이 세계 기호학회에서 발표될 경우 한국 기호학은 세계적인 주목을 받을 것으로 보인다. 그의 많은 제자들이 한국 기호학의 세계화를 위해 기호학적 연구로 학위를 받고 대학에서 그를 계승하고 있지만, 그는 아직 너무나 생산적이고 독창적이다. 한국문학의 풍요성을 위해 그의 '다시 읽기'가 아직도 요구되고 있고, 한국 기호학의 세계화를 위해 그가 아니면 할 수 없는 기호학적 작업이 아직도

산적해 있다. 대학에서의 은퇴가 그에게 남은 작업을 완성할 수 있
게 되기를, 그리고 그것을 가능하게 하는 건강이 함께하기를 기원
한다.

『상상력의 거미줄』

1993년 2월

사진 이성미

2

Memory of Kyunggi High School

경기고등학교의 기억

Lee O-young

'화전민'의 달변과 침묵

김화영_

경기고 57회 졸업(1961년). 문학평론가, 고려대학교 불어불문학과 명예교수, 대한민국 예술원 회원. 서울대 불어불문학과와 같은 과 대학원 졸업, 프랑스 프로방스 대학교에서 알베르 카뮈 연구로 문학박사 학위를 받았다. 저서로는 『행복의 충격-지중해, 내 푸른 영혼』, 『문학 상상력의 연구: 알베르 카뮈의 문학세계』, 『프랑스문학 산책』, 『김화영의 알제리 기행』 외 역서로는 『알베르 카뮈 전집(전20권)』, 『섬』 등 다수가 있다.

〜

지금 서울 종로구 화동 언덕에는 정독도서관이 있다. 1958년에 그곳은 도서관이 아니라 고등학교였다. 나는 그때 여드름이 무성한 문학 소년이 되어 겨울철에는 꺼먼 무명 상하복, 여름에는 청색 상의와 회색 점박이 소창지 바지를 입고 그곳을 드나들고 있었다.

그 무렵 우리는 인사동 골목을 지나 풍문여고, 그리고 무엇보다도 덕성여고 앞을 지나면서 여학생들에게 호기심을 표시해보는 것이 즐거움이었고, 한편으로는 문학소년으로서 서정주, 김동리 같은 신을 섬기는 것이 은근한 긍지였었다.

그리고 문학이라는 종교와 제신들에게로 우리들을 인도하는 엄격하고도 성실한 사제로서 「요한시집」과 「현대의 야野」로 문명을 떨치는 장용학 선생님을 모신 것이 자랑이었다. 이 같은 우리들의 신전에 미지의 '화전민'이 횃불을 들고 우리들 앞에 불쑥 나타난 것이다.

"그러나 우리가 이대로 패배하기엔 너무나 많은 내일이 남아 있다. 천지와 같은 침묵을 깨치고 퇴색한 옥의를 벗어 던지지 않고는 견딜 수 없는 유혹이 있다. 그것은 이 황야 위에 불을 지르고 기름지게 밭과 밭을 갈아야 하는 야생의 작업이다. 한 손으로 불어오는 바람을 막고, 또 한 손으로 모래의 사태를 멎게 하는 눈물의 투쟁이다. 그리하여 우리는 화전민이다. 우리들의 어린 곡물의 싹을 위하여 잡초와 불순물을 제거하는 그러한 불의 작업으로서 출발하는 화전민이다. 새세대 문학인이 항거해야 할 정신이 바로 여기에 있다. 항거는 불의 작업이며 불의 작업은 미개지를 개간하는 창조의 혼이다."

그러니까 내가 이 선동적이고 화려한 글을 처음 읽은 것은 열일곱 살쯤된 사춘기였다. 그 전에는 한 번도 접해본 적이 없었던 새롭고도 도전적인 어조는 그야말로 감당할 길 없는 방화와도 같았다. 그때의 전율이 아득한 세월의 저 끝에서 아직도 신선하다.

필자인 '화전민'은 약관 25세. 당시 막강한 배경과 관록을 자랑하던 김원규 교장께서 우리 명문 고교의 국어 교사로 초빙하는데 성공했다는 당대 문단의 '제임스 딘'.

오척 단구에 날씬하고 빳빳하고 다부진 체격에 눈빛이 광채를 발했다. 서울대학교 출신. '저항의 문학'이라는 야심만만한 기치 아래 서정주, 김동리의 우상을 파괴하겠다고 나선 문제의 문학평론가 이어령. 50년대 말의 문단을 '황야'로 선언하고 나선 그의 횃불을 신명 나게 지켜보면서 우리의 가슴은 설레었다. 불이여 붙어라, 불이여 타올라라!

나는 즉시 이어령 선생님의 시야 속으로 뛰어들어갔다. 교내 문예지를 통해서 발표하는 시나 소설에 대하여 격려를 받으면 밤에 잠이 잘 오지 않는 것이 탈이었지만 잠 못 이루는 것이 곧 문학의 훈장이라고 생각할 때였다.

「탑에 기대어서」라는 시로 서정주 선생의 심사를 거쳐 교내 문학상을 받았는데, 그 시를 읽으신 '화전민' 께서는 현대문학 같은 데 추천받은 시 못지않은 수준이라고 과분한 칭찬을 해주서서 그 나이답게 우쭐해졌다. 이때부터 친구들에게도 나는 이어령 선생님과는 특수 관계로 간주되었다. 교실에서의 수업보다는 교실 밖에서 나는 훨씬 흥미로운 것을 보았고 더 많은 것을 배웠다.

어느 날 교실에서 불상사가 생겼다. 뒷자리에 늘어앉은 왈패 친구들이 신임 국어 교사 '제임스 딘'을 시험하기 위하여 고의로 소란을 피운 것이다. '문학'을 한다는 국어 교사란 원래 지나치게 '감성적'이고 '나약한' 성격이라는 평을 듣기 쉽다. 따라서 한 번쯤 테스트를 거쳐볼 만도 한 것이다.

그런데 반응은 의외로 강했다. 이어령 선생님은 들고 있던 국어책을 교탁 위에 탁 팽개치면서

"이런 분위기에선 나 수업 못 해! 주동자는 교무실로 와!"

이리하여 소문난 '어깨'인 N군이 교무실로 불려 갔다. 걱정스럽기도 했지만, 한편으로는 귀추가 궁금하기 짝이 없었다.

교실에서는 의견이 분분했다. 누군가는 '감성적'인 줄로만 알고 있던 국어 선생님이 운동장의 평행봉에서 빳빳이 거꾸로 서는 고난도 시범을 보이는 장면을 목격했다고 했고, 또 누구는 국어 선생님이 소싯적에 대천 해수욕장에서 맥주병을 깨어들고 상대편 텐트를 습격한 경력도 있는 '무시 못 할' 인물이라고도 했다. 그러니 불려 간 N군의 운명이 자못 불길하게 느껴졌다.

그런데 그는 얼마 후 웃는 얼굴로 돌아와서 말했다.

"말 잘하는 국어 선생한테 걸렸으니 밤새도록 훈시만 듣겠구나 싶어서 들어가는 길로 무조건 울었지 뭐. 그랬더니 감동했는지 보내주더라."

광채 나는 눈을 가진 그 '화전민' 선생님이 과연 N군의 말처럼 그렇게 쉽사리 속아 넘어갔을까?

그러나 '말 잘하는' 이란 수식어 하나만은 N군의 말이 틀림없다. 단순한 '달변'이 아니라 문학의 본질과 깊숙이 관련된 차원에서 그렇다. 나는 그 무렵 이래 '문학이란 인간이다.' 라던 오상순 선생의 말씀보다는 '문학은 말이다.' 라는 믿음 쪽으로 더 많이 기울어지게 되었다.

거기에는 후일에 만난 말라르메나 일반 언어학, 누보로망, 구조주의, 바슐라르 이전에 이어령 선생님의 영향이 적지 않았다고 여겨진다. 말의 매혹, 말의 신비, 말의 창조력, 말의 광채, 말의 지혜, 그리고 말의 무력함과 무의미.

이어령 선생님의 '글'뿐만이 아니라 '말'을 접할 기회는 계속되었다. 고등학교를 졸업하고 대학교를 들어가니 또 거기에도 출강하고 계셨다. 그때 역시 강의실보다는 강의 후 '학림다방'에서 더 많은 것을 배웠다. 그리고 한국일보, 경향신문 등의 논설위원실을 심심치 않게 드나들면서 등록금도 안 내는 강의를 무진장으로 들었다. 1963년 군에서 제대하고 돌아와 내가 월간 「세대」지의 제1회 이상 문학상을 통하여 시로 등단하게 된 것도 이 선생님의 권유 덕분이었다. 물론 이때도 심사는 서정주 선생이 맡으셨다. 그리고 문학사상사의 주간실, 얼마 전에는 문화부 장관실에서 독특하고 감탄스러운 '말' 잔치는 여전히 계속되었다.

나는 가끔 카뮈가 그의 스승 장 그르니에의 산문집 「섬」의 서문에서 한 말을 떠올린다.

> "오늘에 와서도 나는 「섬」 속에, 혹은 같은 저자의 다른 책들 속에 있는 말들을 마치 나 자신의 것이기나 하듯이 쓰고 말하는 일이 종종 있다. 나는 그런 일을 딱하다고 생각하지 않는다. 다만 나는 스스로에게 온 이 같은 행운을 기뻐할 뿐이다."

이와 유사한 일이 나에게도 있었다.

대학 졸업이 가까웠을 무렵인 60년대 중반 어느 날, 친구가 원고 뭉치를 가지고 왔다. 출판할 길이 없느냐는 것이었다. 원고의 필자는 그때 막 자살한 독문학자 전혜린. 그 가족들이 내놓은 미정리 상태의 원고와 일기장이었다. 백방으로 알아보았으나 당시 사정으로는 출판할 가망이 없었다. 만용을 부렸다. 같은 불문과 동기생 여학생 여러 사람을 선동하여 출자를 허락받았다.

출판은 같은 클래스메이트인 여학생이 아르바이트로 다니는 PR 출판사가 맡기로 했다. 나는 원고를 가지고 온 친구와 둘이서 원고 정리(상당 부분은 아예 뜯어 고쳤다.), 제목달기, 에피그라프 첨가, 편집 등을 맡았다. 고심 끝에 책의 제목은 전혜린이 번역한 독일 소설의 제목을 차용하였으니 그 책이 바로 한때 출판가에 유명해진 『그리고 아무 말도 하지 않았다』이다. 그 초판, 파울 클레의 그림이 찍힌

표지 장정은 나의 처녀작이다. 제목의 붓글씨 또한 나의 졸필이었다. 그러나 생전에 명동의 명문대포집 '은성'에서 단 한 번 만난 것이 기억의 전부인 전혜린 씨를 위한 나의 헌신은 거기서 그친 것이 아니다. 아무리 생각해도 이 책을 성공시키려면 명사의 발문이 필요했다. 생각다 못해 내가 직접 발문을 썼다.

"박명 속에 전혜린은 서 있다." 운운하는 암울한 텍스트였다. 이어령 문체를 닮았다고 믿은 나는 그 글을 가지고 선생님을 찾아가 존함을 좀 빌려달라고 청했다. 뭘 모르면 이렇게 대담해지는 법. 그런데 뜻밖에도 선생님은 단 한 군데만을 고치고 나서 당신의 서명을 사용해도 좋다는 것이었다. 나 역시 이런 일을 '딱하다고 여기지 않았다.' 나 역시 '스스로에게 온 이 같은 행운을 기뻐할 뿐이었다.'

전혜린의 유작집은 대성공이었다. 그러나 출판에 헌신했던 나와 나의 친구는 출자한 동기생들의 원금을 찾아주는 데도 여러 달이 걸렸다. 노회한 출판사 사장이 철부지 대학생들을 완전히 가지고 놀았던 것이다. 인생의 초년기란 대체로 이렇게 시작되기에 흥미로운 것이다.

그 후 나는 프랑스 유학 시절에 눈 덮인 파리에서 선생님을 다시 만났다. 동백림 사건으로 유명한 중국집 '광명'에서 두부찌개를 먹으면서 나는 오랜만에 선생님의 흥미진진한 '말'에 귀를 기울일 기회가 있었다. 그때 이후 지금까지 나는 이미 이야기의 서두만 들어도 수사와 논리, 어조, 표정을 미리 예측할 수 있을 만큼 길이 들어 있었고, 또 그만큼 이심전심의 공통분모가 생겨 있다. 그래도 매번 착상과 표현은 놀라웠고 인식의 방식은 독창적이어서 신비스럽기만 했다.

선생님의 시선이 빛을 발하면서 빠른 손가락이 허공을 찌르고 입이 열리면 사방에 어지럽게 흩어져 있던 사람, 사물, 현상, 관념, 흐름, 엉킴…… 이런 모든 것이 돌연 어떤 사령관의 신호나 구령에 따르듯이 두 줄로 재빨리 제자리를 찾아 도열하는 느낌이 든다. 카뮈가 그르니에에 대하여 말했듯이 "적절한 말, 정확한 지적을 에워싸고 모순이 풀려 질서를 찾게 되고 무질서가 멈춰버린다."

관념과 관념이 대립하고 관념과 현상이 조응한다. 추상화를 위하여 다양한 우화와 일화가 동원된다. 폭넓은 교양과 기발한 착상과 신기한 기억력의 압권이다. 글의 제목들만 보아도 그 수사의 틀이 엿보인다.

「지성의 오솔길」, 「결핍이 만드는 풍요의 꽃들」, 「알을 깨는 두 방법」, 「보행과 춤」, 「두 개의 머리와 하나의 아픔」, 「반대어의 창조」 그리고 말과 글의 도처에서 발견되는 대립과 조응의 구조들, 단순화한 논리의 속도와 정확성은 감탄의 대상이 아닐 수 없다.

'베르테르와 살로메', '발톱의 문화와 부리의 문화', '업는 것과 포옹하는 것', '워크와 플레이', '프랑스 인형과 선교사 부인', 그리고 저 수많은 은유들의 향연…… '세대는 태양이다. 세대는 바람이다. 세대는 강물이다.', '역사의 종기와도 같은 통증의 문화'

그리고 때로는 가슴을 흔드는 낮은 목소리.

"누구나 어린 시절에 감기에 걸리면 결석을 하고 그 결석의 체험을 통해서 질서에서 벗어난 불안스러운 인생의 자유를 처음으로 체험하게 되기 때문이다. 이렇게 감기를 통해 우리는 자유의 목소리와 최초로 인사를 나눈다. 감기의 신열은, 체온기의 숫자는, 우리들에게 하나의 생의 흔들림을, 빈 의자의 공허를, 번호가 등록된 출석부의 사선, 고무 같은 것으로는 결코 지울 수 없는 그 사선의 의미를 가르쳐 준다. 그러한 흔들림이 있기에 우리는 아직도 공장이나 서류나 통계표나 규격이 똑같은 아이비엠 카드나 제복이나 절망적인 정도로 정확한 법 조목의 문자들로부터 나 자신을 도피시킬 수 있는 생의 부름 소리를, 그 유혹을 들을 수 있는 것이다."

그러나 달변이나 수사의 탁월한 자질은 함정이 될 수도 있다. 나처럼 이미 이심전심이 되어 공감하고 감탄하는 사람에게도 때로는 적절한 침묵의 기다림이 더 감동적일 것 같다고 느껴지는 때가 있는 것이다. 또 대화가 이루어지려면 때로는 지금까지 경청하기만 하던 이쪽의 어눌하고 수줍은 목소리도 들려주고 싶을 때가 있는 법이다.

언제나 눈에서 광채가 발하고 입에서 적절한 표현이 거침없이, 거침없이 이어질 때의 견고한 확신 이상으로 문제 앞에서의 진실한 당혹, 주저 혹은 흔들림이 더 감동적일 때도 있는 것이다. 너무나 적절하고 너무나 명쾌하여 오히려 여운이나 향기가 아쉬워지는 논리도 있는 것이다.

"그와 동시에 벌써 완벽한 언어에 대답이라도 하려는 듯 수줍고 더욱 어색한 하나의 노래가 존재의 어둠 속에서 날개를 푸득거린다.”라고 카뮈가 그르니에에 대하여 한 말이 생각나는 것이다.

그런데 이선생은 좀처럼 회화에서 ‘결석’ 하시는 일이 없고 좀처럼 ‘흔들리는’ 일이 없다. 언제나 적절한 일화나 예문이 나열되고 빈틈없어 보이는 대립구조가 드러난다.

하기야 이어령 선생님이 우리들 앞에서 말수가 적어져서 ‘침묵’하거나 흔들리는 것은 곧 이어령 선생님이 되기를 그쳐 버리거나 늙어버렸음을 뜻하는 것일지도 모른다. 60세의 청년 이어령 선생님에게는 그런 장면이 도무지 상상되질 않는다.

그러나 이 달변의 선생님이 늦은 밤 불빛 아래서 홀로 얼마나 많은 침묵과 주저와 흔들림의 시간을 보냈겠는가는 충분히 짐작할 수 있다. 오히려 혼자만의 고독과 침묵과 마음의 흔들림을 우리들 앞에서의 달변으로 가리는 것이 선생님 특유의 ‘수줍음’의 표시인지도 모르겠다.

『64가지 만남의 방식』

던져진 존재들의 만남
이어령 선생님과 나와의 66년의 인연

주광일_

경기고 57회 졸업(1961년), 변호사(한국, 미국 워싱턴 D.C.), 시인, 서울대 법학박사. 전 국민고충처리위원장, 전 서울고등검찰청 검사장, 전 사법연수원 교수, 전 세종대 석좌교수, 전 국제옴부즈만협회(IOI) 부회장. 한국문인협회, 국제Pen한국본부 회원, 서울법대 문우회 회장을 역임했다. 저서로 1992년 시집 『저녁 노을 속의 종소리』 출간. 제2시집 『유형지로부터의 엽서』 제3시집 『당신과 세월』 제4시집 『나의 꿈 나의 기도』 등이 있다.

〰

세월은 사람을 기다려주지 않는다더니,

어느새 나는 83세의 노인이 되었다. 돌이켜 보면 나의 인생에는 몇 개의 결정적 순간들이 있었는데, 그 중 가장 드라마틱했던 것은 1959년 봄, 경기고등학교 2학년 9반 교실에서 일어났다.

"이 방에 주광일이 있느냐?"

1959년 4월 어느 날, 봄 학기가 시작된 지 얼마 되지 않았을 때였다. 이미 문학평론가로 명성이 높았던 이어령 선생님이 경기고등학교 국어 교사로 부임하셨다. 그런데 그분은 교실마다 돌아다니며 한 학생을 찾고 계셨다.

"이 방에 주광일이 있느냐?"

우리 2학년 9반 교실 문이 열리며 선생님이 들어오셨을 때의 그 순간을, 나는 지금도 생생히 기억한다. 모든 학생들이 기대에 찬 눈으로 선생님을 바라보고 있었다.

"예!" 하며 일어선 나를 보시더니, 칠판 옆 게시판에 붙어 있는 서울대학교 대학신문 고교판의 창간호를 가리키며 말씀하셨다.

"여기에 주광일의 시가 있는데, 이게 참 고등학교 놈이 쓴 것으로는, 좋은 시다."

그때, 교실 분위기가 확 달라졌다. 친구들의 시선이 일제히 내게

쏠렸고, 나는 얼굴이 화끈거렸다. 인천중학교를 졸업하고 경기고등학교에 진학한 지 1년이 조금 지난 시점이었다. 경기중학교 3년을 나온 다른 친구들과 달리, 나는 아직 학교 분위기에 완전히 적응하지 못한 '촌놈'이었는데, 갑자기 주목을 받게 된 것이었다.

그리고 그 순간부터 주위의 친구들은 나에게 시인 대접을 해주기 시작했었던 것이었다.

사연인즉 이러했다. 서울대학교 대학신문사에서 고교판을 창간하면서, 경기고등학교 문예반에 시 한 편을 요청해왔다. 문예반 선배들이 나를 선정하여 시를 보내도록 했고, 그것이 대학신문 고교판 창간호에 실렸던 것이다. 이어령 선생님은 교무실에서 그 신문에 실린 내 졸시를 보시고 나를 찾으신 것이었다.

나는 경기고등학교에 입학하자마자 문예반에 들어가서 아주 열정적으로 문학 공부를 하였었다. 1학년 때의 문예반 지도교사는 유명한 소설가였던 장용학 선생님이셨다, 나는 장선생님의 총애를 듬뿍 받으면서, 교내신문인 《주간경기》의 편집도 하고 조선일보사, 경향신문사에 가서 동판을 뜨기도 했다. 그와 같이 문예반 열성분자였음에도 나는 조용히 지내고 있었는데, 이 선생님이 부임하시자 오히려 문예반이 아닌 다른 친구들이 시나 수필을 써서 선생님께 보아달라며 은근히 괴롭혔던(?) 모양이었다. 그런 중에 선생님이 신문에서 내 시를 발견하고 직접 찾아오신 것이니, 그 순간이 얼마나 감격스러웠던지 66년이 지난 지금도 잊을 수가 없다.

문예반실에서의 나날들

그날부터 이어령 선생님과의 특별한 인연이 시작되었다. 선생님은 1년간 경기고등학교에서 국어 교사로 재직하시며 문예반 지도를 맡으셨다. 방과 후면 어김없이 문예반실로 내려와 우리들을 가르치셨다. 문학 이야기부터 인생론까지, 선생님의 말씀 하나하나가 17세 소년에게는 영원히 가슴에 간직해야 할 잠언 같았다.

나는 자연스럽게 선생님의 심부름꾼 역할을 하게 되었다. 말하자면 무료 조교같은 노릇을 했다. 선생님은 내게 온갖 심부름을 시키셨는데, 그것마저 영광스러웠다. 1959년 여름인지 가을인지, 선생님이 『저항의 문학』이라는 평론집을 내셨을 때는 선생님의 분부에 따라 판매하는 일까지 맡았다. 참으로 열심히 책을 팔아드렸다. 이제와 돌이켜 보니, 내 평생 최초이자 최후의 장사꾼 노릇을 한 셈이었다. 그 결과 나는 1959년 10월 23일 이선생님과 강인숙 사모님 내외분의 결혼 1주년 기념 저녁 식사에 유일하게 초청받는 영광을 얻었다. 그 당시 종각 맞은 편에 있었던 신신 아케이드arcade의 어느 양식 식당에서였다. 그때 나는 난생 처음으로 나이프와 포크를 써 보았기 때문에, 평생 잊을 수가 없는 추억으로 내 가슴에 남게 되었다.

그 당시, 선생님은 청파동에 살고 계셨다. 나는 한 번도 선생님 댁을 찾아뵌 일이 없다. 그러나 친구들 중에 몇몇이 댁을 찾아뵙고 나서, 나에게 선생님 말씀을 전해주었다. "지금 경기에서는 주광일의 시가 좋아." 그때부터였다. 몇몇 친구들이 나를 완전히 시인으로 대접해주기 시작한 것이. 그때부터 한참 세월이 지나, 내가 육군검찰관 3년을 마치고 민간 검사가 되었을 때, 친구들이 "시인이 검사가 되었다"고 말했던 까닭이.

그 무렵 나는, 선생님으로부터, 우리 인간은 모두 '던져진 존재 Geworfenheit'라는 하이데거의 개념을 처음 들었다. "우리는 어느 날 갑자기 시간과 공간에 던져진 존재다"라는 말씀이 당시 소년이었던 나의 가슴에 깊이 박혔다. 또 다른 독일어로는 'Zeit und Raum Gebundenheit'라고도 한다는데, 인간이 시간과 공간에 묶여진 존재라는 뜻이었다. 시간이 지나면 노인이 되고, 노인에겐 남은 시간이 얼마 없다는 것도 그런 맥락에서 이해했다. 또 기억나는 선생님 말씀이 있다. "문학은 저항이다. 세상의 모순을 직시히되, 그 안에서 아름다움을 찾아라."

눈부신 보석 같은 선생님의 말씀이 아직도 내 가슴에서 소중하게 빛나고 있다.

나의 운명을 바꾸려 했던 스승

1년을 함께 지내며 선생님은 나의 장래에 깊은 관심을 보이셨다. 서울대학교 문리대 국문과를 졸업하신 선생님은 내가 자신과 같은 길을 걷기를 권하셨다. 다시 말하자면 선생님은 나를 단순한 제자가 아닌, 문학의 후계자로 보셨다.

"너의 재능을 법대 같은데 묻어두지 말라. 서울대학교 문리과대학 국문학과에 들어가서 문학 공부를 하고 시인이 되고 문인이 되라."

참으로 지엄한 분부이었다. 그 말씀이 나를 설레게 했다. 어린 날의 나는, 선생님의 기대에 부응하고 싶었다.

선생님의 간곡한 권유에 그때는 "예, 선생님"이라고 대답했던 연유이다. 그러나 고3 말기에 대학 입시를 위하여 학과를 선택하여야 하는 순간이 닥치자, 내 속마음은 복잡했다. 솔직히 말하면 그 당시 법대 입학이 더 어려웠고, 법대에 가면 장래가 더 안정적일 것 같았다. 가난했던 17세 소년에게는 현실적 고려가 더 절실했던 것이다.

1961년 4월, 나는 결국 서울대학교 법과대학 법학과에 입학했다. 선생님이 서울대에서 시간강사로 강의하실 때 찾아뵙고 인사를 드렸다.

"너 무슨 과냐?"

"법학과입니다."

"이놈, 이놈이 배신했구나!"

농담조로 하신 말씀이었지만, 그 웃음 속에는 깊은 아쉬움이 서려 있었다. 나는 선생님이 바라신 길과는 다른 길을 선택한 것이었다.

평생에 걸친 애정 어린 핀잔

그 후 내가 검사가 되고 검사장, 고등검사장이 되어서도, 선생님을 뵐 때마다 들어야 했던 말이 있었다. 여러 사람이 있는 자리에 서면 으레 하시는 말씀이었다.

"이 주광일의 검사장 벼슬은 높아도, 누가 알아줘…… 내 말을 들었더라면 천하가 다 아는 주광일 시인이 되었을 텐데!"

때로는 농담처럼, 때로는 진심을 담아 하시는 그 말씀을 들을 때마다 마음이 아팠다. 한편으로는 죄송했고, 다른 한편으로는 여전히 나를 아껴주신다는 따뜻함을 느꼈다.

선생님은 나와 만나서 두세 시간 이상의 무료 강의를 해주시고 나서는 늘 나에게 평창동 선생님 댁에 자주 오라고 하셨지만, 나는 평생 한 번도 가지 않았다. "책 가지고 가라, 가라" 하셨지만 끝내 가지 않고, 서점에 가서 선생님의 책을 사서 읽었다. 그분은, 문학에 있어서, 나 같은 천학비재에게는 도저히 넘지 못할 태산이셨다. 그런 내가, 일개 검사에 불과한 내가, 문학에 너무 깊이 빠져들까, 두려워서였다. 법조인으로서의 길을 택한 이상, 시도 되도록 쓰지 않고 발표도 하지 않으려 애썼다. 그것이 내 나름의 절제였다.

또한 나는 늘 선생님께서 나의 문학적 재능을 과대평가하신다고 생각했었다.

마지막 점심과 작별

세월이 흘러 내가 마지막 공직인 국민고충처리위원장을 퇴임하고 '야인'이 된 후에는, 나도 다시 시를 열심히 쓰기 시작했다. 특히 2021년 겨울 내가 시집 『유형지로부터의 엽서』의 출간을 준비하고 있었을 때였다. 선생님은 이미 87세의 고령이셨고, 암 환자이시면서도 항암 치료도 받지 않으시는 상황이었다.

그런데도 선생님은 전화를 네 번이나 걸어오셨다.

"그거 빨리 내라, 시집을! 나를 봐라. 세월이 너를 기다리지 않아."

그리고 직접 서문까지 써주셨다. 그 서문은 천하의 명문이었다. 문학평론가 김왕식 선생이 그 서문만 가지고도 장문의 평설을 쓸 정도였다.

내가 마지막으로 뵌 것은 선생님께서 소천하시기 1년여 전이었다. 평창동의 조그만 양식집에서 나와 나의 처 서은경과 함께 셋이서 점심 식사를 했다. 그때 그 자리에서 선생님이 말씀하셨다.

"내가 살아서는 날 더 볼 생각 마라."

그때, 선생님의 눈빛에 담긴 이별의 예감이 지금도 나를 아프게 한다.

그때, 찍은 사진이 아직도 남아 있다. 그것이 마지막 만남이었다.

던져진 존재들의 숙명

하이데거가 말한 '던져진 존재Geworfenheit'라는 개념을 다시 생각해본다. 1959년 봄 경기고등학교 2학년 9반 교실에서 만난 선생님과 나도 시공간에 던져진 존재들의 우연한 만남이었을 것이다. 하지만 그 만남이 우연이었다 해도, 그 이후 66년간 이어진 인연은 결코 우연이 아니었다.

17세 소년에게 문학의 길을 제시해주신 것, 평생에 걸쳐 따뜻한 관심을 보여주신 것, 생의 마지막 순간까지 제자를 격려해주신 것. 이 모든 것은 스승의 깊고 변함없는 사랑이었다.

나는 선생님이 원하셨던 시인의 길을 처음부터 드러내놓고 걷지는 못했다. 하지만 검사로서의 길을 걸으면서도 늘 마음 한구석에는 선생님께서 심어주신 문학의 씨앗이 있었다. 그 씨앗은 오랫동안 잠들어 있다가, 세월이 흘러 공직 생활 36년 만에 늦깎이 야인이 되어서야 다시 싹을 틔웠다.

검사로서 공소장이나 불기소장을 쓸 때도, 변호사로서 준비서면 또는 답변서를 쓸 때도, 선생님께서 강조하신 '정확하고 아름다운 우리말'을 사용하려 노력했다. 그것이 젊은 시절부터 문학을 생업으로 하지 않은 제자가 스승께 보일 수 있는 최소한의 예의였다고 생각했다.

영원한 스승, 영원한 은사

이어령 선생님은 나에게 단순한 국어 교사가 아니었다. 인생의 스승이었고, 문학의 길잡이였으며, 평생에 걸친 정신적 아버지였다. 선생님이 보여주신 학자로서의 자세, 스승으로서의 사랑, 지식인으로서의 양심은 내 삶의 나침반이 되었다.

비록 선생님이 원하셨던 대로의 시인이 되지는 못했지만, 선생님께서 가르쳐주신 '언어의 힘'과 '문학 정신'은 법조인으로서의 삶에서도 큰 자산이 되었다. 정의를 구현하는 일에서도 아름다운 우리말의 힘이 얼마나 중요한지 깨달았다.

이제 83세의 나이에 이르러 선생님을 그리워하며 이 글을 쓴다. 하늘에 계신 선생님께서 보시기에 나는 여전히 '배신한 제자'일까? 아니면 늦었지만 다시 시를 쓰기 시작한 '돌아온 제자'일까?

한 가지는 분명하다. 1959년 봄 경기고등학교 2학년 9반 교실에서 시작된 인연은 이제 영원히 내 가슴에 남을 것이다. 시공간에 던져진 두 존재의 만남이 이토록 아름답고 의미 깊은 인연으로 발전할 수 있다는 것을, 이어령 선생님은 몸소 보여주셨다.

우리는 모두 던져진 존재들이다. 하지만 그 던져진 자리에서 어떻게 살아갈 것인가는 우리의 선택이다. 선생님은 당신의 자리에서 최선을 다해 사셨고, 제자들에게 삶의 방향을 제시해주셨다. 그것이 바로 스승의 도리였고, 지식인의 사명이었다.

감사합니다, 선생님. 그리고 죄송합니다. 늦었지만 이제야 선생님의 뜻을 조금이나마 이해하게 되었습니다. 하늘에서 편히 쉬시길 바랍니다.

"이 방에 주광일이 있느냐?"

그 목소리가 지금도 귓가에 맴돈다. 66년 전 그 봄날처럼.

1959년

경기고 교사 시절

1959년

경기고 교사 시절

3

Lecturer at Seoul National University

서울대 강사 이어령

Lee O-young

마로니에 잎이 푸르르던 시절
이어령 선생님의 추억

오세영_

1942년 전남 영광 출생으로 전남의 장성과 광주, 전북의 전주에서 성장했다. 1965-68 박목월에 의해 《현대문학》 추천으로 등단, 시집으로 『사랑의 저쪽』, 『바람의 그림자』, 학술서로 『시론』, 『한국현대시 분석적 읽기』 등이 있다. 서울대학교 인문대학 명예교수, 예술원 회원을 역임했다.

1

지금도 마찬가지이지만, 모교인 서울대학교 문리과대학 국어국문학과(오늘의 인문대 국어국문학과)에는 나름의 학풍이라는 것이 있었다. 대학은 학문을 하는 전당이니 '예술의 한 분야'라 할 문예창작 같은 것을 해서는 절대 안 된다는 금기禁忌, 바로 그것이다. 따라서 누가 분별없이 시 창작 같은 것을 하겠다고 덤벙대면 곧 교수들의 눈 밖에 나는 망동妄動이요, 대학 생활 내내 문제 인물로 낙인찍히기 십상이었다. 교수들로부터 호된 꾸지람을 받거나, 조교를 중심으로 한 주류 선배들로부터 왕따를 당하거나, 동학들의 흰 눈을 받아 마땅한 존재가 되거나, 대학 생활 4년을 국외자의 처지로 바짝 엎드려 살아야 하는 것 등이다.

1961년 1월, 경쟁률 6 : 1이라는 그 막강한 대학 입학 필기시험을 나름대로 치루고 다음 날 면접 고사에 임할 때였다. 순서에 따라 지정된 면접실을 노크하고 들어갔더니 권위가 태산같이 높아 뵈는 웬 교수 한 분이 정면으로 딱 회전의자에 버티고 앉아서 나를 노려보다가 대뜸 "군君은 무엇하러 국문과에 왔는가?"하고 물으셨다. 평소 '국어국문학'에 대해 무언가 다소 아는 바가 있었더라면 교수님의 마음에 드는 적절한 대답을 미리 준비라도 해두었을 것을…… 엉겁결에 나는 "시를 쓰는 저널리스트가 되려 한다"고 했다. 그런데 그 말이 채 떨어지기도 전이다. 노기충천한 그 분의 불호령이 벼락같이 떨어졌다. "대학이 뭐 '시 나부랭이'나 쓰는 덴가? 더욱이 서울대학교에서 학문을 해야지 시는 무슨 시, 자네는 서나뻘(서라벌)대학으로나 가게" 일갈하시고 그만 내쫓아버리신다.

이 일로 하여 합격자 발표날까지의 20여 일을 보내는 동안 나는 얼마나 노심초사하였던가. 그래도 결과적으로 이 대학 이 학과에 무사히 합격한 것은 내 성적이 하위권은 아니지 싶기도 하고 정직하고 우둔한 내 심성을 헤아려 '이놈 조금만 키우면 뭔가 되긴 될 것 같다'고 판단하신 그 면접관 선생님의 은총이 아니었던가 한다. 나중에 입학하여 다시 대면하고 보니 그 분이 바로 심악心岳 이숭녕李崇寧 선생님이셨다.

서울대 국어국문학과가 초창기부터 이처럼 문학 창작을 배제하고 오로지 학문 탐구에 그 정체성을 확립하게 된 것에는 아마 다음과 같은 이유들이 있지 않았을까.

첫째, 역사성이다. 원래 1948년에 개교한 국립(지금은 법인)서울대학교의 모태는 일제강점기 하, 1924년에 설립된 '경성제국대학京城帝國大學'이었다. 따라서 현 서울대학교의 국어국문학과 역시 경성제대 법문학부 문과의 조선어문학 전공(1926년 개설)을 계승한 것이라 할 수 있다. 그런데 이 조선어문학 전공에는 애초부터 현대문학이라든가. 문예창작과 같은 학과목의 개념이 전혀 없었다. 오직 고전문학과 우리말 연구(국어학)만이 있었을 뿐이다. 두 가지 이유 때문이다.

하나는 그 시절의 우리 현대문학이 대학에서 일개 학문으로 정립되기가 어려웠다는 점이다. 신문학사新文學史 자체가 일천했을 뿐 아니라 무엇보다 문학 창작의 질이나 양이 매우 빈약했던 까닭이다. 따라서 그 시기 우리 현대문학작품에 대한 연구는 대학이 아닌 문단적 논의만으로도 충분히 수용될 수 있는 상황이었다.

다른 하나는 이 대학의 설립 취지와 학생들의 의식이다. 충분히 짐작할 수 있는 일이지만 당시 설립자라 할 일제의 조선총독부는 조선어 및 조선 문학의 연구를 통해 효율적으로 조선을 식민 통치할 실천 방편들을 모색하고자 했다. 그러나 이와 반대로 그 주체라 할 학생들의 입장에선 오히려 그 목적을 민족정신의 탐구에 둘 수밖에 없었다. 즉 '조선어 문학의 연구'란 조선인으로서 일제 식민 통치에 대한 조선 민족(한민족)의 정체성 확립과 반일, 독립 정신을 고취하는 것 이상이 아니었다.* 그러므로 당대 경성제대 조선어 문학 전공 학생들에게는 이 같은 화급하고도 절실한 과제들과 다소 거리가 있던 현대문학 연구나 문학작품 창작과 같은 분야에는 미처 눈을 돌릴 겨를이 없었다고 할 것이다. 후에 경성제대 조선어 문학 전공 학생들 대부분이 (문화적인 것이든, 정치투쟁적인 것이든) 필연적으로 민족주의를 지향하는 길로 나아가, 해방이 되자 그 일부가 좌경해서 월북을 감행했던 이유의 하나도 아마 여기에 있었

---

* 민족주의의 키워드라 할 소위 '민족혼Volk Seele' 혹은 '민족정신National Geist'과 같은 개념은 그 민족의 언어나 구비문학, 고전문학에 있다는 것이 역사학, 정치학의 보편적 견해이다.

을지 모른다.

그러므로 애초부터 경성제대 법문학부 문과 조선어 문학 전공에서의 현대문학은 학문적 관심 밖에 있었다. 문제는 일제강점기 하의 이 같은 전통이 대한민국이 건국되고 1948년, 국립서울대학교의 국어국문학과가 창설되는 과정에서도 고스란히 계승되었다는 사실이다.

둘째, 설립 당시 이 학과의 인적 구성을 보면 전임교수진 대부분이 경성제대 출신들이었다는 점이다. 앞서 지적한 것처럼 그들의 전공은 모두 국어학이나 고전문학이었다. 애초부터 서울대 국어국문학과의 전공 분야에는 현대문학이나 문예창작 같은 것들이 들어설 여지가 없었던 것이다. 물론 그것은 서울대만의 일이 아니라 당시 한국의 모든 대학들 또한 그러했다. 그러므로 한국의 대학 사회에서 현대문학 연구가 정식 학문으로 대우를 받기 시작한 것은 대체로 오랜 시간을 기다린 1960년대에 들어서의 일이라 할 수 있다. 어떻든 이 같은 과정을 거쳐 개설된 서울대학교 국어국문학과의 전공 분류와 교수들의 인적 구성은 이후 오랜 세월 국어학과 고전문학이 그 중심에 서고 현대문학은 항상 방계에 위치하며, 문학 창작 같은 것은 아예 배제되는 관례를 확립시키게 된다.

이는 물론 유럽이나 미국의 대학 학제와는 판연히 다른 현상이다. 예컨대 미국의 경우 영어학은 영문학과가 아닌 언어학과 소속으로 되어 있으며, 문예창작은 모든 영문학과에 보편적으로 개설되어 있는 강좌들 중의 하나이다. 자타가 세계적인 명문대로 공인하고 있는 하버드, 버클리, 예일, 스탠퍼드가 다 그렇다. 그 같은 관점에서 세계 대학의 보편적 규범과 많이 다른 현하 한국 대학들의 국어국문학과 전공 분류는 앞으로 개선되어야 할 과제의 하나가 아닐까 생각한다.

물론 오늘의 서울대 국어국문학과에서는 현대문학 역시 여타의 전공과 동등한 지위를 누리고 있다. 다른 분야와 다소 균형이 맞지 않는 부분이 없는 것은 아니지만 현대문학 전공 교수도 수 명에 달한다. 설립 당시나 내가 대학을 다니던 시절과 비교해보면 분명 격세지감隔世之感의 변화라 할 수 있다. 그러나 아직도 개설 강좌에 문예창작은 없으며, 문학 창작에 대한 교수들의 태도나 학내 분위기는 결코 호의적이지 않다.

앞에서 밝힌 것처럼 입시 면접 고사를 치를 때 예견했던 그 같은 학풍은 내가 이 학과에 입학하여 정식 학생이 되자 곧 현실로 다가왔다. 그 첫 경험이다. 입학식을 마치고 신입생 오리엔테이션이 있는 날이었다. 예상했던 대로 참석하신 원로 교수님들과 조교가 무엇보다 강조했던 것 또한 '학문의 전당'이라는 말이었다. 서울대학교 국어국문학과는 학문의 전당이니 혹 실수로 문학 창작을 하기 위해 이 학과를 지망한 학생들이 있다면 생각을 확실히 고쳐 지금부터는 학문을 하든지, 서울대학교를 그만두고 서라벌예술대학이나 동국대학으로 전학하든지 양자택일하라는 경고였다. 당시 서라벌예술대학 문예창작과(지금 중앙대학교 문예창작과의 전신)나 동국대학교 국문학과는 한국 문단의 기라성 같은 문인들이 강의를 맡고 있었고, 실제로 타 대학보다 훨씬 많은 신인 문학인들을 배출해서 명실공히 문학 창작의 메카로 자리 잡고 있었기 때문이다.

2

1학년 수업은 거의 교양과목으로 메꾸어져 있었다. 그런데 그중에서도 눈에 띄었던 것이 유일한 전공 탐색 과목, 「국어학 특강」이었다. 이 학과목은 또한 필수이기도 해서 국어국문학과 1학년 학생들이라면 누구나 필히 이수를 하지 않을 수 없었는데, 그 설강 배경이 심상치 않았다. 담당 교수 역시 학문적 열정과 학자적 소명감이 가득한 이 학과의 대부 국어학자 이숭녕 선생님이었다. 선생께서는 이 강좌를 듣는 모든 수강생들에게 한 치의 틈도 허락지 않고 학문, 그것도 국어학 탐구의 당위성을 의식화시키고자 전념하셨다. 하시는 말씀마다 항상 서울대학교는 학자를 양성하는 곳이라 했다.

지금 생각하니까 이 강의는 신입생들 즉 대학에 대해서 아무것도 모르는 새내기들에게 국어학을 전공하도록 유도하는 일종의 세뇌교육용 학과목이었다. 그것은 첫째, 국어학을 하도록 학생들을 세뇌시키고 그게 안 되면 차선으로 고전문학을…… 둘째, 최소한 국문학과에선 시나 소설 같은 문학 창작을 하지 못하도록 단속하는데 목적을 둔 것이었다. 한마디로 국문학과 신입생들의 문학 창작의욕을 일찌감치 꺾어 그들을 가능한 한 국어학을 전공하도록 유도하기 위해 설강한 강좌였던 것이다.

선생님의 강의는 굉장히 현학적이었다. 일반 언어학을 우리 국어

연구에 접목한 것이었는데 영어, 불어, 독일어는 물론 가끔 라틴어까지도 구사하셔서 우리들을 놀라게 했다. 또 항상 하시는 말씀이 '국문과는 학자를 양성하는 곳이니, 너희들 대학원만 가면 다 대학교수다. 누구도 교수고, 누구도 교수고, 누구도 선배 교수고……'라 하셨다. 대표적인 예로 드는 학자가 이기문, 김완진 같은 국어학자, 고전문학으로서는 서강대학교의 김열규 교수였다. 현대문학에 대해선 매우 인색하셨지만 가끔 이어령 선생(아직은 대학 전임이 되시기 이전이었음에도 불구하고)을 이야기하신 적은 있었다. '현대문학을 하려면 이어령 정도는 돼야지' 그렇게…….

그래서 막연히 한국 현대문학 연구나 문학 창작에 환상을 품고 입학했던 신입생들 대부분은 이 과정에서 애초의 생각들을 거두고 대부분 국어학이나 고전문학을 연구하는 길로 들어서는 것이 일반적이었다. 나 역시 그랬다. 국어학을 전공하면 앞으로 저렇게 교수가 되기 쉽다니 국어학을 전공해서 교수가 되어야 하겠구나. 어차피 이 대학에서 시 창작은 할 수도 없을 것 같고 무엇보다 시를 전공하신 교수가 없는데 굳이 현대문학 연구나 시 창작을 해야 할까…… 그래서 나는 그 때 이 같은 선생님의 말씀에 감염이 되어 학자, 그것도 국어학을 전공하는 학자가 되기로 결심했다. 앞날이 불분명한 시 쓰기보다는 국어학을 착실히 전공해서 대학교수가 되는 길이 더 가능성 있어 보이기도 했다. 재능이란 타고나는 것이지만 노력은 누구나 기울일 수 있는 의지의 소산이 아니던가.

그러나 나의 이 같은 전공 결정의 배면에는 당시 서울대 국어국문학과의 어설픈 현대문학 강좌도 한몫 거들었을 것이 분명하다. 막상 입학해서 보니 현대문학 분야의 교수로는 현대소설을 전공하신 전광용金光鏞 선생님 달랑 한 분뿐이었고, 내가 공부하고 싶어 했던 현대시나 비평론 전임 교수는 아예 계시지 않았다. 더욱이 유일한 현대문학 전공 교수, 전광용 선생님의 강의는 당신이 발굴하고 연구하신 신소설 작품의 줄거리나 그 해설을 수업 시간 내내 받아 적도록 하는 것이 전부였다. 그래서 아무리 애정을 갖고 공부를 하고 싶어도 그 갈증을 풀 수 없었다. 더욱이 선생님은 내가 입학하기 2년 전에야 겨우 전임이 되셨으므로 당신 스승들의 권위에 눌려 아직 학과 내에서 현대문학 분야의 영역조차 제대로 확보하지 못한 상태였다.

그래서 나는 그때부터 그 같은 국문학과의 학풍에 따라 일반 언어학과 국어학에 관한 책들을 들여다보기 시작했다. 특히 그 '방법론methodology'이라며 일반언어학의 용어를 영어, 불어, 독일어 등으로 화려하게 구사하시던 심악心岳 이숭녕 선생님을 전적으로 따르고 존경했다. 따라서 오늘날 내게 일반언어학에 대한 기초적 이해가 다소나마 있다면 이 무렵의 심악 선생님과 이후 전임이 되신 이기문李基文 선생님으로부터 배운 지식의 일단일 것이다. 이렇게 나는 장차 국어학자로서의 발판을 굳히려고 1, 2년간 국어학과 그 방법론이라 할 일반언어학 공부에 온 정성을 기울였다.

그러나 문제는 남아 있었다. 머리로 선택한 이 분야의 전공이 정작 가슴으로는 받아들여지지 않았기 때문이다. 아무리 열심히 국어학을 공부하려 해도 잘 되지 않았다. 세월이 가면 서서히 적응되리라 믿었던 애초의 내 생각도 오산이었다. 의식의 밑바탕에서는 오히려 잊어버리기로 했던 시 창작에의 충동과 문학 연구에 대한 동경이 항상 살아 꿈틀거렸다. 시에 대한 믿음을 버릴 수가 없었다. 마약 중독이 따로 없을 성싶었다. 그래서 나는 하기 싫은 국어학을 꼭 해야 할 이유가 있을까, 마음이 가지 않는 학문에 일생을 종사한다는 것이 과연 의미 있는 일일까, 심지어 단순히 대학교수가 되려는 방편으로 국어학을 공부한다는 것 자체가 비윤리적이지 않을까 하는 생각조차 들었다.

그런데 1962년, 그러니까 2학년 2학기의 수강신청 기간, 설강 과목을 꼼꼼히 훑어보니 거기에는 당시 문단에서 혜성같이 떠오르던 신예 비평가 이어령 선생님의 성함이 올라 있지 않은가. 당시 《경향신문》 논설위원으로 계시던 선생님이, 전임이 아닌 시간강사 자격으로 자신의 모교인 서울대 국어국문학과에 출강을 하게 되었다는 것이다. 담당 학과목은 「한국문학비평론」, 나는 눈이 번쩍 뜨였다. 서울대 국어국문학과 현대문학 강좌로서는 돌발적인 사건이었기 때문이다. 모처럼 본격적인 문학론 강의를 들을 수 있는 기회라니! 그분이 지닌 명성에도 관심이 갔다. 나는 곧 이 강좌를 신청해 들었다.

당시 일반적으로 한국의 대학에 개설된 한국 현대문학 강좌라는 것은 단지 작가의 전기傳記를 밝히거나 작품을 해설하는 수준에서 벗어나지 못했다. 당신이 발굴했거나 조사한 자료들을 교수가 구술

하면 수강생들은 강의 시간 내내 받아 적는 것과 같은 강의였다. 그런데 이어령 선생님은 현대 비평 이론 특히 당대의 세계적인 비평 조류라 할 영미 신비평New Criticism에 토대를 두고 현상학과 관련하여 주로 시의 이미지 분석과 상상력에 관한 강의를 하셨다. 그것은 —대부분 전기 비평, 혹은 텍스트 비평의 수준에서 벗어나지 못했던— 당시 국내 대학의 현대문학 강의들에 비추어 한 차원 높은, 신선하고도 독보적인 것이었다. 대학에서 새 바람을 몰고 와 한국 현대문학 연구를 하나의 학문으로 정립하는데 명실공히 그 초석을 놓으신 것이다.

박식한 서구 문학 이론, 날카로운 작품 분석력, 뛰어난 상상력이 함께 어울린 당신의 강의는 예전엔 들어보지도 못한 명강의였다. 나는 그 비평론 첫 시간을 듣자마자 선생의 강의에 그만 푹 빠져들고 말았다. 문학을 공부한다는 것이 재미있고 감동적이었다. 당연히 머리로 했던 국어학보다는 가슴으로 느끼는 현대문학 연구가 훨씬 자연스럽고 좋았다. 아무래도 국어학은 내 적성에 맞지 않았던 것이다. 그래서 나는 대학에 입학할 당시의 초심대로 다시 전공을 국어학에서 현대문학으로 되돌리고 말았다. 그런 측면에서 이승녕, 이어령 두 분은 내 인생 항로에 결정적인 영향을 끼치신 분들이라고 할 수 있다. 이승녕 선생님은 나를 학자의 길로 인도해주셨고 이어령 선생님은 현대 문학 연구와 시 창작의 길로 인도해주셨기 때문이다.

선생님은 (그즈음 문리대의 유명 교수 대부분이 그랬던 것처럼)

휴강을 자주하셨다. 그러나 일단 강의에 들면 그 특유한 언변과 수사, 그리고 박식한 이론과 탁견으로 그 어느 교수들보다 학생들의 마음을 사로잡았다. 그런 까닭에 선생의 휴강은 우리들을 감질나게 했고 다음 강의에 대한 기대를 더욱 부풀게 만들었다. 당시 문리대는 시설이 낙후했다. 그래서 선생은 본관 옆 (지금 방송통신대학이 자리 잡고 있는) 무슨 공업 연구소 연습실 같은 곳을 빌려 강의를 하셨는데, 목조 건물이어서 그랬던지 걸으면 마룻바닥 삐거덕거리는 소리가 요란히 들리곤 했다. 책걸상 60여 개가 어설프게 놓여 있는 흡사 초등학교 교실 같은 강의실이었다. 그러나 수강생은 항상 100여 명이 훨씬 넘어 미처 자리를 잡지 못한 학생들은 강의실 뒤쪽의 빈 공간이나 창 밖 복도에 서서 청강하는 진풍경을 연출하기도 했다.

모처럼 출강하시는 날이면, 선생님은 그 하루만큼은 온전히 서울대에 바치기로 작정하신 것 같았다. 정해진 강의 시간을 초과하는 것은 물론, 강의가 끝나면 에워싼 학생들 한 떼를 몰고 대학가 다방을 찾는 것이 관례였다. 당시 동숭동 대학가에는 '학림'과 '대학'이라는 두 곳의 다방이 있었는데 선생님이 가시는 곳은 항상 대학 다방 쪽이었다. 2층에 자리한 학림에 비해 공간이 넓은 대학 다방은 1층에 있어 드나들기가 편하셨기 때문이었을 것이다. 여기서 당신은 당신을 추종하는 일단의 수강생들을 데리고 또 한두 시간 넘게 강의 아닌 강의를 하시곤 했다. 그것은 마치 플라톤의 아카데미나 소크라테스의 아테나움 같은 포스트 담론이었다. 지금 생각해보면

이 격식 없는 선생님과의 자유스러운 대화가 전후戰後의 삭막한 대학 풍토에서 그나마 문학을 지망하는 서울대학생들의 지적 목마름과 호기심을 어느 정도 충족시켜주지 않았나 싶다.

선생님의 이 비평론 강의는 국문과 학생들만이 아니라 문리과 대학에서 문학에 관심을 가진 타과 학생들 대부분도 수강을 했다. 따라서 그 무렵, 서울대학교에서 문학을 지망하는 학생들은 실상 모두 이어령 선생님의 영향권 아래 있었다. 선생님의 강좌를 개설한 국문학과 소속 학생들보다도 다른 학과 학생들이 오히려 더 그랬다. 앞서 이야기한 것처럼 국문학과의 학풍이 현대문학 연구나 문학 창작을 금기시했으므로 서울대학 내 문학 창작의 열기가 국문학과보다는 외국 문학과나 기타 다른 학과에서 더 뜨거웠기 때문이다. 이 일단의 추종자들 속에 오늘날 우리 문단의 주역들이 된 학생들 대부분이 있었다. 기억을 더듬어보면 언뜻 불문학과의 김현, 김승옥, 김치수, 김화영, 하길종, 주섭일, 독문학과의 염무웅, 김주연, 김광규 미학과의 김지하 등이다. 이청준도 우리와 같은 세대이기는 하나 그는 이 무렵 군복무 중이어서 같이 어울리지는 못했던 것 같다. 이같은 분위기 속에서 후에 김현, 김화영, 김치수, 염무웅 씨 등이 모두 이어령 선생의 도움으로 문단에 등단했다는 것은 잘 알려진 사실이다. 당신이 그 무렵《경향신문》,《한국일보》,《중앙일보》같은 대 신문사의 논설위원으로 계셨기 때문이다. 물론 나 자신도 그 말석에 끼어 있었고 그 인연으로 그 무렵에 창간된《문학춘추》던가 하는 문학잡지(전봉건 주간)에 선생님의 추천을 받아 등

단할 뻔도 했다. 무슨 사정이 있었던지 그 시점에 갑자기 그 문예지
가 폐간이 되어버려 비록 성사되지 못하기는 했지만…….

3

그 누리시던 지명도나 강의의 수준으로 보아 당시 선생님은 서울
대학교 전임교수로 부임하시는 데 부족함이 없는 분이었다. 적어도
그 시기 그분의 강의를 듣고 있던 학생들의 일반적인 평가나 학내
구성원들의 생각들이 대체로 그러했다. 당신이 곧 서울대학교 국문
학과의 교수로 임명될 것이라는 소문도 자자했다. 마침 그때 학과
내의 상황이 국어학을 전공하시던 이희승 선생님이 정년을 하시고
《동아일보》 사장으로 가시게 되어 그 후임을 결정해야 했기 때문이
다. 그래서 나를 포함한, 국문학과의 현대문학 연구나 문학 창작에
관심을 가진 대부분의 학생들은 그같은 풍문을 기정사실로 받아들
여 그분이 오실 날만을 손 꼽아 기다렸던 것도 사실이다. 그러나 소
문은 그냥 소문만으로 무성했을 뿐 내가 이 학과를 졸업할 무렵 선
생님은 허망하게도 우리들의 기대를 저버리고 (서울대 전임 티오를
여전히 공석으로 남겨둔 채) 홀연 이화여자대학교 국문학과 교수로
부임해버리셨다.

물론 당시 학생이었던 나로서는 이 소문의 정체나, 선생님이 어
찌해서 서울대학교 교수자리를 박차고 (혹은 못 오시고) 이화여대
로 가셨는지의, 그 내밀한 내용은 잘 모른다. 다만 외부로 비쳐진
사실과 들리는 풍문만큼은 그러했다. 이후 나는 그 훨씬 뒤 내 자신

이 서울대 교수로 재임하게 되면서 가끔 이어령 선생님이 만일 서울대 국문학과에 계셨더라면 얼마나 학과 발전이나 학문적 성취에 이바지하셨을까 하는 아쉬움이 있었다. 그때 그분은 왜 당신의 모교인 서울대로 오시지 않고 이화여대로 가셨을까.

그런데 나는 수십 년이 지난 후 그 의문의 일단을 풀게 되었다. 어느 날인가, 고려대 영문학과 교수로 오랫동안 봉직하셨던 김우창 선생님을 우연히 뵙고 여러 가지 이야기를 나눌 기회를 갖게 되면서였다. (다 아는 것처럼 선생은 서울대 영문학과를 졸업하고 하버드 대학에서 박사 학위를 취득하신 후 잠깐 서울대 교수로 봉직하시다가 고려대학교로 전직하신 분이다. 사적으로는 나의 서울대 박사 학위 심사 위원이시기도 하다). 그분이 문득 다음과 같은 일화를 들려주셨기 때문이다 "오교수, 내 생각에 나는 살아오는 동안 별로 부끄러운 일을 한 적이 없는 것 같은데 이 한 가지만은 지금도 부끄럽게 생각해요" 이렇게 서두를 꺼내신 이야기가 이러했다.

당시 김우창 선생은 서울대 영문학과에서 석사 학위를 마치고 미국 하버드 대학원으로 유학을 준비하면서 이 학과의 조교 생활을 하고 있던 중이었다. 그런 어느 날이었다고 한다. 당신의 지도 교수이기도 했던 영문학과의 학과장 ○○교수가 찾아오시더니 불쑥 종이 몇 장을 내밀면서 이 문서의 하단에 서명을 하라고 했다는 것이다. 거기엔 문리대(지금의 인문대)의 다른 많은 교수들과 조교들이 연명으로 이미 사인을 한 것이 눈에 들어왔고 또 지도 선생님이 요청하는 것이기도 해서 별 뜻 없이 사인을 해드린 적이 있었는데 후에 알고 보니 그 서류는 일부 문리대 교수들이 총장에게 보내는 「이어령의 서울대 교수 임명 반대 청원서」였더라는 것이다. 그때 당신도 얼핏 본 그 문건의 내용 중에는 이어령 선생님의 저작물 그 중에서도 특히 이 무렵 베스트 셀러였던 에세이집『흙 속에 저 바람 속에』의 일부 글들이 붉은 잉크로 밑줄이 그어진 상태로 인용되어 있었던 것이 기억나신다고 했다.

당시 이어령 선생님은 이 저서에서 한국인의 생활 방식이나 가치관 등 한국적 전통을 예리하게 비판적으로 성찰하여 지식인들 사이에 논란을 일으킨 바 있었다. 그런데 여러 가지 이유에서 이어령 선생을 부정적으로 보던 일부 문리대 교수들이 이를 빌미로 소위 '민족의 대학'이라고 자부하는 서울대학에 어찌 민족 전통을 비판한, '이어령과 같은 부적절한 인물'을 교수로 초빙할 수 있느냐고 들고 일어나 결국 선생의 서울대 임명을 무산시켜버렸던 것이다. 물론 (김우창 교수도 그리하셨겠지만) 나는 왜 그분들이 이어령 선생을 그처럼 부정적 시각으로 바라보았는지 이유를 아직까지도 잘 모른다. 다만 나는 당시 우리 문단에서 혜성같이 떠오르던 신예 문학비평가 이어령이 기성 지식인들의 허상과 권위를 거침없이 통렬하게 비판했던 언행과 무관치는 않을 것이라는 사실만큼은 조심스럽게 추측해볼 따름이다.

1960_{년대}

1960년

1960년대 말

1969_년

4

Professor at Ewha Womans University

이화여대 교수 이어령

Lee O-young

큰 스승 이어령의 발자취

김현자_

문학평론가이자 이화여자대학교 국어국문학과 명예교수. 1974년 「아청빛 언어에 의한 이미지」로 중앙일보 신춘문예 평론부문에 당선됐고. 이화학술상을 수상했다. 한국시학회 회장, 한국기호학회 회장, 이화여자대학교 인문대학장을 지냈다. 주요 저서로 『시여 내 손을 잡아줘』, 『한국시의 감각과 미적 거리』, 『현대시의 서정과 수사』 등이 있고, 「서정주 시에 나타난 은유와 환유」를 비롯한 80여 편의 논문이 있다.

〰

지식의 욕망을 일깨운 정신 항로의 안내자

이어령 선생님은 동시대 사람들보다 10년 쯤, 아니 한 세대 30년 쯤을 늘 앞서가는 화두를 던졌다. 아무도 가지 않은 길을 가장 먼저 홀로 걸은 거인의 고독 때문이었을까. 선생님은 수업 시간이나 강연 시 약간 하이톤의 고성으로, 때로는 금속성의 고음으로 말씀하시곤 했다.

선생님은 새와 물고기, 종이비행기와 바람개비를 사랑하셨다. 특히 앉아 있는 새가 아니라 땅을 박차고 나는 새, 헤엄치는 물고기가 아니라 상류를 향하여 힘차게 거슬러 올라가는 물고기, 그저 뜨는 헬기가 아니라 역동의 양력揚力으로 높이 나는 비행기의 창조적 상상력을 강조하셨다. 또 오방색 보자기, 쌈지공원, 가위 바위 보, 청산별곡과 보들레르에 대해 즐겨 말씀하셨다. 이대 학관 앞 십자로의 사루비아 꽃, 이상과 서정주, 그리고 제자들을 사랑하셨다.

선생님은 돌아가셨어도 우리는 여전히 선생님의 음성을 듣는다.

"너는 너의 네가 되어라"

"훌륭한 상상력을 지닌 창조적 인간이 되어라"

"어떤 것으로도 대체할 수 없는 '온리 원'이 되어라"

우리들 한 사람 한 사람이 소중한 그리고 특별한 존재임을 일깨워주신 선생님, 돌아가시기 몇 시간 전까지도 서재에서 부축을 받으시며 책을 정리하던 모습, 선생님과 식사를 하면 선생님 혼자 먼저 재빠르게 후루룩 한 입 하시고 나서 눈빛을 반짝이며 새로운 화두를 펼치시는 바람에 밥이 입에 들어가는지 코로 들어가는지 모른 채 메모하느라 바빴던 기억, 제자들에게 장난스런 얘기 슬쩍 건네시고 소년같이 즐겁게 웃던 모습, 그 모습을 그립고 아프게 기억한다.

이어령 교수에게는 수많은 직함이 있었지만, 평생에 걸쳐 변함없이 충실했던 본업은 교수였다. 1967년 34세의 나이로 이화여대에 부임하여 1989년까지 22년간, 그리고 다시 1995년부터 석좌교수로 7년간 만 30여 년을 이대 강단에 섰고 2007년 명예교수가 되었다.

"사실 나는 글을 쓰는 것보다, 언론인으로서 유명해지는 것보다, 대학 강의실 안에서 지적 교류를 하는 대학교수가 꿈이었어요."

실제로 선생님은 문화부 장관 재직 2년을 제외하고는 평생에 걸쳐 수업하고, 제자들 논문 지도하며, 학계에 큰 영향을 끼친 책을 쓴 교수의 역할에 충실했다.

수업을 통한 지적 자극과 도전의식

부임 초기에 선생님은 국어국문학과에서 〈현대 수사학〉, 〈문학연구방법론〉, 〈문예사조사〉, 〈현대문학강독〉 등의 전공 수업을 맡아 학생들을 가르쳤다. 수업은 3대 명강의로 꼽힐 만큼 최고 인기였다. 강의 내용은 새롭고 창의적이어서 늘 지적 자극과 도전 의식을 불러일으켰다. 학생들은 선생님의 강의에 열렬한 반응을 보였다. 그리하여 선생님의 수업 시간은 팽팽한 긴장으로 가득했고 가르치는 사람과 수업 받는 사람 사이의 감동적인 교감으로 큰 울림을 주었다.

"작품이, 시의 구절이 읽는 사람에게 왜 감동을 주는가. 그냥 '좋다', '아름답다', '공감을 준다'가 아니라 그 미감을 논리적, 과학적으로 설명할 수 있어야 학문이 된다." 그러면서 선생님은 물 샐 틈 없이 빈틈없는 논리로 텍스트를 분석했다. 때로 메마르고 건조하기 쉬운 논리에 특유의 감성과, 유머, 위트로 수업 분위기에 윤기를 더했다.

작가의 전기적 특성이나 시대적 상황, 이념적 추구에 몰두하여 막상 중요한 작품 자체의 분석에 소홀한 감이 없지 않았던 1960년대 대학의 분위기를 뛰어 넘어 텍스트를 정밀하게 읽고 그 언술의 심층구조를 밝히는 실천비평의 본보기를 보였다.

선생님은 국문과 전공 학부 과목인 〈소설의 이해〉, 〈현대시론〉, 〈수사학〉, 〈문학연구방법론〉 등을 통해 이론의 체계화, 방법론의 구체적인 적용을 가르쳤다. 문학이라는 언어의 마술이 어떻게 녹색의 이파리에서 붉은 꽃을 피우며 이를 다시 노랑나비로 날아오르게 하는가. 학생들은 선생님의 호흡에 맞추어 그 현란한 이미지의 변용을 숨 가쁘게 쫓았다. 고독한 인간이 자신의 작은 존재를 날개 돋친 수직의 상승으로, 때로는 온 우주를 가득 안을 수 있는 끝없는 수평의 확장으로 넓힐 수 있음을 윤동주의 〈서시〉를 비롯하여 이상의 〈산촌여정〉과 〈권태〉와 〈절벽〉에서 배웠다. 또한 이육사의 〈황혼〉과 〈광야〉가 새롭게 읽혀지고 분석되었다. 학생들은 김소월의 〈진달래꽃〉의 역설과 가정법, 이상의 〈산촌여정〉의 은유법, 이육사의 〈황혼〉이 갖는 '나'의 확대를 이어령이라는 렌즈로 새롭게 들여다볼 수 있었다.

문학작품이 지닌 다채로운 상상력의 세계와 그것을 밝히는 정교한 논리, 감성과 이성의 교집交集이 펼치는 놀라운 신세계였다. 시원한 여름 소나기, 폭포수처럼 쏟아져 내리던 달변의 언어들, 그 언어들을 뒷받침하던 정연한 논리들은 감탄스러웠다. 스승이 펼쳐 보이는 한국문학의 텍스트는 광대하고 경이롭고 오묘했다. 작품은 선생님의 분석에 의해 찬란한 빛을 발했고 학생들은 경청하고 집중하고 찬탄했다. 그 시절 수업을 받은 제자들은 칠판 가득히 적혀 있던 용어와 도표, 기호와 그림들을 기억하면서, 지식을 전달하던 사람과 그것을 전수받는 사람 사이에 오가던 교감을 그립게 회상하곤 한다.

선생님은 대학원 수업을 매 학기 새로운 방법론으로 강의하셨다.

그 시절 수강생들은 현대문학 전공자들은 물론 고전문학, 국어학 전공, 영문과, 불문과, 철학과 대학원생들까지, 소속된 과나 장르, 대학(이화, 연세, 서강대 학점교환제로 가능했다)을 넘나들며 수업을 들었다. 목마른 제자들은 스승의 우물에서 신선한 물을 길어 올리며 지적 갈증을 해소하곤 했다. 진실로 한 주일 내내 기다려지는 수업 시간이었다. 그것은 결코 아무나 할 수 있는 일이 아니다. 가장 앞서가는 첨단의 이론들을 매번 새롭게 준비하면서 때때로 선생님도 그 고달픔을 토로하기도 하셨다. 밤을 새우셨는지 수업에서 뵙는 선생님의 눈은 자주 실핏줄이 터져 충혈된 상태였다.

대학원 강의의 주제와 항목을 정리해 보면 다음과 같다.

1980년 1학기 「현대수사학특강」에서 몰리에르의 메타포 이론을 중심으로 메타포의 유형을 한국 현대문학에 적용했으며, 1982년 1학기 「한국현대비평 특수연구」에서 기호학의 일반이론을 한국문학에 적용했으며, 1984년 1학기 「현대문학비평론」에서 이효석의 「메밀꽃 필 무렵」의 서사 구조를 분석했다. 인물과 공간, 의미항의 대립을 규명했고, 김소월의 「산유화」를 분석, 산·꽃·새의 관계와 '피다'와 '지다'의 대립을 통해 삶에 대한 존재론적 구조임을 밝혔다.

이와 함께 그레마스의 서사 구조와 인물의 행위항, 베이트슨의 커뮤니케이션 이론 등을 강의했다.

1984년 2월 「기호학과 구조주의」에서 고려가요 「만전춘」을 분석했다. 그 의미 구조를 파라데이그마로 배열했을 때, 사랑의 장소, 님과의 관계, 이별의 진술이라는 각 측면에서 대립 관계를 추출했다. 던즈, 프로프, 그레마스, 레비스트로스, 야콥슨의 이론들을 정리했다.

1985년 1학기에는 「형식주의 이론과 비평」에서 김소월의 시들을 음성적 층위와 어휘론적 층위에서 분석했다. 민요로부터의 이탈, 한恨과 이화異化, 낯선 말과 방언에 의한 이화현상을 규명했다. 또한 야콥슨의 언어 시학의 이론을 강의했다.

1985년 2학기 「한국시의 공간구조」에서는 유치환의 시에 나타난 문학 공간을 기호론적으로 분석했다. 또한 정지용의 「유리창」에 대한 분석에서, 유리창은 안/밖의 경계로서 생과 사의 갈림이며 분할과 결합의 양의성을 내포함을 밝혔다.

1986년 1학기 「공간현상학」 수업에서는 메를로 퐁티의 공간론, 오토 프리드리히 볼노, 바슐라르, 레비스트로스의 이론들을 소개하고 기호론과 현상학, 기호론과 원형비평 등 기호론을 통해 연구 시각을 확대시켰다.

1986년 2학기 「구조주의와 기호론」에서는 조너선 컬러의 「해체에 관하여On Deconstruction」을 통해 후기 구조주의의 관점에 입각한 독서이론을 강의했다.

1987년 1학기 「한국문학의 언술양식」에서는 '처용가', '제망매가', '청산별곡'의 시적 언술 양식에 대해 분석했다. '처용가'는 연대기적 분절과 이항대립적 의미의 해체를 보여주고, '제망매가'의 경우에는 불교적, 논리적 질서를 지니는 데 비해서 '청산별곡'은 병렬적 구성을 보인다.

1988년 1학기 「문학연구방법론」에서 미하일 바흐친의 「라블레와 그의 세계Rabelais and His world」를 통해 그로테스크 리얼리즘, 카니발 이론을 강의했다. 연암, 김유정, 채만식의 해학성, 욕설 등을 카니발적 웃음의 형식으로 이해하고, 「날개」와 「빼앗긴 들에도 봄은 오는가」에서 나타나는 카니발적 돌변성과 카니발적 해체 양상을 규명했다.

1988년 2학기 「한국문학의 병렬법 연구」에서는 우리 문학에 나타나는 대구와 병렬 구조에 대해 강의했다. 야콥슨, 로트만의 parallelism의 이론을 소개하고 「용비어천가」, 「산유화」의 병렬구조, 유치환의 「시일市日」의 공간 기호론적 병행 구조를 밝혔고, 「메밀꽃 필 무렵」과 「날개」의 대응 병렬 구조를 분석했다.

1989년 1학기 「한국시의 은유구조」에서 리쾨르의 「메타포의 규칙Rule of Metaphor」를 강독하고, 이상의 작품들에 나타나는 은유를 분석했다.

1989년 2학기 「현대작품의 실제분석」에서는 이태준의 「복덕방」과 성서의 「사도행전」을 중심으로 텍스트의 시간과 공간, 구조를 분석했다.

선생님은 전공 수업 외에도 전교생을 대상으로 한 교양과목의 심화에도 큰 열정을 기울이셨다. 교양 국어의 교·강사 세미나를 이끌면서 한국과 한국인의 정신적 원형과 계보를 밝혔고, 한국사상사와 정신사의 큰 맥을 일깨웠다.

　　"단군신화는 어둠이 밝음을 낳는 시간의 생성을 보여주고 있다. 즉 동굴과 어둠
이 밝고 신선한 아침 햇살로 바뀌는 드라마이다. 이 아침을 인식하는 것이 곧 인간
을 의식하는 것이었고 그 아침에서 출발하는 것이 곧 역사의 출발을 의식하는 것이
었다."

「신시神市의 아침」

이대 교양 국어에 실린 이 글은 이화에 갓 입학한 새내기들의 가
슴을 고동치게 했고, 새학기와 더불어 수업하는 교·강사 선생님들
에게도 늘 잊히지 않는 명문장으로 길이 기억된다. 이 글을 통해 선
생님은 단군신화를 함축적인 의미의 상징체로 부각시키고, 동서양
에 대한 포괄적인 문화사적 관점에서 건국신화를 새롭게 해석하고
있다.

나라를 세운 신시神市의 의미, 하늘과 땅을 잇는 신단수, 천·지·
인天·地·人의 삼재三才사상, '죽어야 살아나는' 통과의례通過儀禮를
읽어내고, 거기에서 연원한 원효, 증산, 동학, 삼일정신으로 이어지
는 한국 전통사상의 계보를 명쾌하게 체계화한다. 새학기마다 구성
원들에게 민족에 대한 소명 의식과 자부심을 불어넣어주셨던 실로
감동적인 문장이었다.

1995년 석좌교수로 돌아와서는 강의의 범주가 문화 전반으로 확
장되고 있다. 〈한국문화의 뉴패러다임〉, 〈한국인과 정보사회〉, 〈문
학과 기호학〉 등의 수업은 전교생의 가장 인기 있는 교양과목으로
꼽히면서 시대를 앞서가는 최첨단의 화두를 제시했다. 〈한국인과

정보사회〉 수업은 21세기 정보화 시대의 상황과 전망, 한국문학에 나타난 의식의 특성 등이 집중적으로 다루어지고 있다. 2000년, 2001년의 강의록을 살펴보면 그 중심 주제는

첫째, 수신 지향적 사회와 발신 지향적 사회의 통합,

둘째, 다원주의 시대의 복합적 가치,

셋째, 인터넷 환경의 개방성, 수평성, 분산성

넷째, 21세기의 정보 기술과 한국인의 조건을 종합, 제시하는 것으로 요약된다. 디지털과 아날로그, AI, 재택근무 등 정보화 시대의 중심어들의 개념을 제시했다.

선생님이 몇 년 후 이루어질 유비쿼터스 혁명으로 재택근무의 일상화가 이루어질 것이라 예언했을 때, 당시 수업을 들었던 제자들은 현실감이 느껴지지 않았던 기억을 떠올린다. 그리고 2025년 현재 스승의 예언은 고스란히 우리 눈앞에서 실현되고 있음을 보며 놀라워한다.

학기마다 몇백 명의 학생이 강의를 들었던 학관 109호, 110호 교실은 선생님의 제안과 기업의 후원으로 학생들의 책상 위에 첨단 기기를 설치하여 수업 도중에도 학생 개개인의 질문이 강단 위의 선생님께 전달되고 그 답신이 가능하게 하여 미래 사회를 위한 최첨단 실험실 같은 느낌이 들기도 했다.

동시에 선생님은 통제 불능의 정보화가 불러올 역기능으로 "정보화가 폭력과 독점의 아나키로 돌변할" 가능성에 대해서도 경고하고 있다. 이에 대응하는 인류의 해결책으로 "천 년 전 원효의 원

융회통圓融會通과 같은 전통이 오히려 21세기를 여는 새로운 키워드로 작용될 수가 있다. 선형의 논리에서 원형의 순환 논리로, 분리와 지배의 정책에서 융합과 상생의 글로벌리즘으로 바뀌어가고 있다"는 것이다. 그러면서 한국은 근대화에는 실패했지만 정보화 사회에서는 앞서갈 수 있는 문화적 자원과 잠재력을 지니고 있음을 해법으로 제시하고 있다.

〈한국문화의 뉴패러다임〉에서는 여러 재료로 이루어진 장구가 전혀 새로운 소리를 창출해내듯 21세기에는 서로 모순된 가치가 융합되어 새로운 가치를 만들어내는 시대가 될 것임을 예고했다. 이 과목들을 통하여 교양과목을 듣는 이화의 수많은 제자들에게 미래 사회의 제시, 문화를 읽는 방법, 동양 문화와 서구 문화의 차이, 한국 문화의 원형적 구조, 한·중·일 3국의 공통점과 차이점을 밝히며, 폭넓으면서도 깊이 있는 수업을 제공했다.

분석비평과 텍스트의 능동적 읽기

신비평-구조주의-기호론으로 대표되는 내재적 비평은 이어령 선생님이 평생에 걸쳐 중점적으로 탐색한 문학의 방법론으로 한국 학계에서 실로 중요한 의의를 지닌다. 선생님은 1950-1960년대까지 작품을 읽는 제대로 된 방법론이 없었던 시기에 가장 선구적으로 이론들을 소개했을 뿐 아니라 한국문학작품에 구체적으로 적용하여 실천비평의 본보기를 보였고, 오늘날 한국 대학과 문예 비평사에서 분석비평이 자리잡게 한 절대적인 공헌자로 자리매김한다.

“시를 정밀하게 읽고 그 시적 언술의 심층구조를 따져가면 우리가 지금까지 잘 모르고 있던 여러 가지 풀이들이 가능해진다. 아무리 퍼 써도 마르지 않는 우물처럼 진정한 시의 텍스트는 되풀이하여 재독을 가능케하는 의미의 심연을 갖고 있게 마련이다.

그동안 우리는 시인의 전기적 특성이나 시대적 상황 그리고 이념적 틀 만들기에만 열중하여 막상 중요한 시 자체의 텍스트에 대해서는 소홀한 감이 없지 않다.”

『시 다시 읽기』 머리말

선생님의 수많은 저서 중에서도 분석비평의 결정판이라 할 수 있는 『시 다시 읽기』(1995), 『공간의 기호학』(2000), 『언어로 세운 집』(2015)은 한국 학계의 중요한 이정표가 된다.

『시 다시 읽기』는 선생님이 평생 몰두한 방법론의 정점이라고 할 수 있는 기호론적 접근의 정수를 보여준다. 대상이 되는 텍스트들은 「처용가」, 「용비어천가」, 「하여가」, 「단심가」 등의 고전에서 시작하여 정지용의 「유리창」, 이상화의 「빼앗긴 들에도 봄은 오는가」, 윤동주의 「서시」, 서정주의 「자화상」 등 현대시의 세계로 확장된다. 선생님은 이 책에서 시 장르의 병렬법과 반복성, 은유와 환유, 이미지의 변형과 생성 과정에 의해 다의성과 열린 해석을 끌어내고 있다. 가령 「하여가」와 「단심가」 다시 읽기는 역사, 정치적 의미를 포괄하면서도 그것에 그치지 않는 전혀 다른 읽기를 시도하면서 시대와 이념을 넘어선 통찰을 보여준다. 두 작품에서 ‘칡넝쿨’과 ‘백골’이라는 두 대립항을 추려내고, 충신과 반역자 사이의 인연과 갈

등을 식물성과 광물성, 결합과 분리, 삶과 죽음이라는 인간 삶의 보편적 맥락 속에서 능동적이고 열린 구조로 읽어낸다.

『공간의 기호학』은 청마 유치환의 시들을 텍스트로 하여 언어와 의미 구조 사이의 연관을 밝히고 그 이미지를 해독해내면서 흔히 관념적이라고 일컬어져 온 유치환의 시 세계에 구체적인 육체성을 부여한다. 기호론의 근간을 이루는 수평／수직의 이항 대립적 특성과 이 두 공간에서 세분화되어 나타나는 다양한 경계 공간들의 양상을 분석, 종합하고 있다. 무엇보다도 공간 의식이 인간의 신체를 중심으로 인식된다는 사실의 입증은 놀랄 만큼 감동적이다. 또한, 시간이 공간화되는 이치를 선명하게 보여주는데, 공간의 형성 체계가 세계의 상像을 구현한다는 명제에서 출발해 일상적 세계와 신화적 세계를 함께 포괄하는 문학적 깊이를 달성하고 있다.

특유의 예리한 감성과 능동적 분석을 따라가다 보면, 자칫 건조하고 도식적이라는 인상을 줄 수도 있는 기호 이론을 생생하게 이해할 수 있으며, 수학 공식처럼 어렵게만 느껴지던 기호론의 용어와 개념을 체계적으로 정리하는 즐거운 수확까지도 얻을 수 있다.

이 책에서 보여준 문학 공간론의 기본 틀은 시, 소설, 희곡 등 모든 문학 장르와 회화, 건축, 무용 같은 비언어적 예술에 이르기까지 광범위하게 적용될 수 있다. 논리와 감성의 교직交織이 절정의 꽃밭을 이루는 이어령의 『공간의 기호학』은 바슐라르의 『공간의 시학』에 비견할 만한 우리 학계의 소중한 자산이라 할 수 있다.

『언어로 세운 집』은 시 읽기 분석과 통합의 절정 편이라 할 수 있다. 시어 하나가 지니는 음상과 음운, 의미를 뒷받침하는 리듬과의 관계를 빈틈없는 논리, 예리한 분석, 탁월한 감각으로 아우른다. 논리와 정감이 어우러진 글로 텍스트가 지닌 절묘한 아름다움을 끌어내고 있어서, 이 글을 읽노라면 비평이 시나 소설보다도 더 감동적일 수도 있다는 것을 깨닫게 한다.

김소월의 「진달래꽃」, 유치환의 「깃발」, 박목월의 「나그네」 등의 시는 한국인이라면 누구나 즐겨 읽는 시이고, 많은 학자가 저마다 다른 해석을 제시한 바 있다. 그런데 이어령의 분석은 전혀 새로운 관점으로 이 시들을 다시 음미하게 만들어준다.

"나그네의 한 발짝 한 발짝은 고통이 아니라 새로운 풍경을 펼쳐가는 보행이다. 운명과도 같은 지평의 둘레는 나그네의 보행에 의해서 변화하고, 물질의 결핍은 오히려 가벼운 봇짐이 된다. 멈추지 않는 것, 소유하지 않는 것, 모든 방향으로 열려진 도주로를 지니고 살아가고 있는 사람이 바로 나그네다."

기호론에 의한 선생님의 분석은 일상적인 의미의 시어를 시적 차원의 새로운 의미로 바꾸어 놓는다. 그리하여 나그네는 "집을 나간 가출자에서 새로운 풍경을 만들어내는 창조자"가 된다. 또한, 광대한 하늘이 한 알의 포도 속으로 들어와 박히는 이치(「청포도」), 한없이 작은 존재인 골방의 '나'가 지구의 반을 품는 황혼(「황혼」)으로 끝없이 확대되는 상상력을 읽어낸다. 그리고 청마의 깃발, "끝없이 비상하면서도 깃대에 묶여 있는 그 슬프고도 애달픈 마음"을 바람에 나부끼는 빨래, 연이나 소리개, 박쥐, 장대에 나부끼는 물고기라는 변주되는 열린 구조로 밝혀내면서 하늘을 향해 매달려 있는 모든 존재에 관한 시의 모티브를 중심으로 변형, 생성되는 새로운 시 읽기를 보여준다.

혹자는 이렇게 질문하기도 한다. "그래서 어쨌다는 것이오? 그렇게 정교하게 구조를 분석한 것치고는 결론이 허무합니다."라고. 분석비평의 특성이라고도 할 수 있는 이런 유형의 질문에 대해 선생님은 다음과 같이 말한다.

"언술은 비평하는 것이 아니라 그 유효성을 밝히는 데 있다. 기호로서의 문학작품은 의미를 산출하고 있는 하나의 구조물이기 때문에 우리는 그것들이 산출한 의미를 놓고 이야기하는 것이 아니라, 그러한 의미를 만들어내게 된 그 작품에 관해서 이야기하려는 것이다."

왜 문학작품이 감동을 주는가. 어떤 작품은 감동을 주고 또 다른 작품은 감동을 주지 못하는가. 분석비평은 이에 대한 해답을 과학적으로 연구하며, 방법론이 하나의 질문이고 시선이라는 것이다. 이를 먼저 깨달은 '구루'의 이러한 해명은 읽는 사람으로 하여금 금빛 언더라인을 치게 만드는 구절이다.

분석비평이 중심이 되는 이 세 권의 명저를 요약하면 『시 다시 읽기』는 은유와 환유, 병렬법의 수사적 논리로, 『공간의 기호학』은 문학 상상력과 공간의 체계 및 존재론적 공간 의식을, 『언어로 세운 집』은 언어의 변형과 생성의 문법으로 텍스트의 능동적 독서를 유도한다.

기호학 연구의 정립과 전통문화의 세계화

선생님은 수업하고 가르치는 일 이외에도 학자로서 새로운 학문에 대한 개척자적인 노력을 아끼지 않았다. 1987년 5월 이화여대 소속 국내 첫 〈기호학 연구소〉를 설립, 당시 외국에서 선풍을 일으켰던 기호학의 국내 소개와 전통문화의 기호학적 해석에 체계적인 첫발을 내딛게 했다. 이 연구소는 기본적인 연구 외에도 기호학 연구의 정립과 최신 기호학 정보의 확산 등 다양한 활동을 펼쳤다. 특히 외국의 기호학을 그대로 수용하는 데 그치지 않고 주역의 음양오행 등 동양 사상과 관혼상제, 탈춤, 탱화 등의 우리 문화에 대한 기호학적 분석에까지 연구 방향을 확대함으로써 학계의 큰 관심과 기대를 모았다.

후에 이 연구소는 기호학에 관심을 둔 전국 학자들이 〈한국 기호학회〉를 탄생시킨 모태가 되었다. 1987년 학회 창립 강연회에서 발표한 「한국 문학의 기호론적 접근」은 우리 문화와 전통 사상에 대한 기호학적 분석을 시도한 획기적, 기념할 만한 논문으로 남아 있다. 또한 1996년 세계 기호학회의 학술대회에서 발표한 「도산서원의 공간기호론적 연구」는 그 독창성과 탁월함으로 기호학이 우리

사회의 문화 현상을 분석하고 해석하는 틀로서 정착될 수 있는 가능성을 입증함으로써 한국 기호학회의 위상을 획기적으로 드높였다고 칭송받았다.

이 논문은 도산서원을 공간 기호론의 모델로 하여 배산임수의 한국 주거 공간의 개념을 기호학의 관계론에 의해서 풀어내고 있다. 그리고 도산서원의 생성 과정과 건물 배치, 구성, 역易의 기호로 본 열정洌井과 몽천蒙泉의 의미를 밝힌다. 도산서원의 두 우물인 수풍정水風井과 풍수환風水渙을 열정과 몽천의 의미를 나타내는 기호로서만이 아니라, 도산서원과 한국의 중요한 서원들, 그리고 유교의 선비 정신을 해독하는 공간 기호로서 작용하고 있음을 제시한다. 또한 퇴계 이황의 글쓰기와 집짓기가 다 같은 성리학의 담론에 속하는 텍스트이며 도산陶山이라는 경관과 집터로서의 공간 설정이 일종의 메타 텍스트로서 작용하고 있음을 밝히고 있다.

선생님은 학생들과의 공동 작업도 활발히 펼쳤다. 작가의 전기자료와 작품 연보, 참고문헌 등을 함께 조사하고 정리하여『한국 작가 전기 연구』(1975)를 발간하였다. 이 책은 작가와 전기 연구를 한 최초의 책이었기 때문에 1970, 1980년대 석, 박사 논문에 가장 많이 인용된 바 있다. 대학원 학생들과는『기호학사전』을 펴냈고『문장백과대사전』(금성출판사)을 펴내 특수사전의 불모지였던 한국 학계에 큰 이정표를 세웠다.

예리한 눈, 따뜻한 웃음, 반겨주시던 목소리

선생님의 제자들에 대한 관심과 존중, 배려는 각별했다. 특별히 작은 재능이라도 엿보이면 칭찬과 격려를 아끼지 않았고, 삶의 고비에서 어려움을 겪는 제자들에게는 귀중한 조언과 실질적인 도움으로 뒷받침을 해 주셨다.

1993년 제자들이 펴낸 『영원한 기억 속의 작은 이야기』에서 보여지는 제자들의 회고에 의하면, 제각기 다른 모습으로 선생님과의 만남을 술회하고 있지만, 한결같이 자신이 가장 아낌을 받았다는 자신감을 내보이고 있어 재미있다.

> "내가 가진 지식의 많은 부분은 선생님이 먹여주신 것이다. 새 새끼에게 먹이를 주는 어미새처럼 선생님은 아낌없이 그 가지신 것들을 우리들에게 주셨다. 선생님은 우리가 고여 썩지 않도록 항상 새로운 지식의 봇물을 열정적으로 흘려 내리셨다. 이것은 아마도 선생님이 가지신 바 세계를 향해 열어놓으신 끊임없는 지적 열망과 호기심 때문에 가능했으리라."(이수자)
>
> "나는 아직도 너는 좋은 소설을 쓸 수 있으리라고 믿고 격려해주시는 선생님의 눈에 들만한 작품을 써보고 싶다는 어린아이 같은 욕심을 지니고 있다."(한정희)
>
> "'최고'나 '처음'이 아니면 가치를 두시지 않는, 욕심 많은 선생님"(김미현)

이기도 했다. 논문지도 시에는 서릿발같이 날카로운 지적으로 호되게 야단치고 나서 다음 순간 쩔쩔매며 따뜻한 말을 건네는 다정한 스승이었다.

특별히 선생님은 자유로운 영혼과 개성을 가진 제자들을 사랑하셨다. 때로는 버릇없이 굴어도 창의성 있는 글을 쓰거나 개성 있는 발표문을 보면 어김없이 말을 건네시고 북돋아주셨다.

선생님 주위에는 언제나 한바탕 웃음꽃이 피어났다.

"어제 어떤 사람이 나를 몹시 비방했다는 얘기를 듣고 밤에 잠을 설쳤는데 말이야. 오늘 아침에 마음이 심란해서 성경을 탁 펼쳤더니 '네 원수를 사랑하라'라는 성경 구절이 딱 나오는 거야."

우리 모두는 빈틈없는 논리로 사람을 꼼짝 못 하게 하는 지성의 절정에 계신 분이 가끔씩 섞는 위트와 유머에 하하하 웃으며 긴장을 풀곤 했다.

교수로서의 이어령의 공적은 아무리 강조해도 지나치지 않다. 우리는 감동에 젖어 선생님의 수업 시간을 회상하곤 한다. 인간의 비의秘意처럼 막막하고 하염없는 문학 텍스트를 수학, 과학처럼 논리적으로 종합할 수 있게 했다. 공간과 시간의 분할, 이미지, 은유, 상징의 세계, 예술의 보편적 요소와 독창적 요소, 작품과 작가, 작가와 독자 사이의 거리 조정을 대장장이가 풀무질을 가르쳐주듯 구체적으로 보여주면서 제자들에게 작품 분석의 막강한 기술을 전수했다. 덕분에 수많은 제자들이 박사도 되고 교수도 되어 강의를 하고 있다.

선생님이 우리 곁을 떠나버린 지금 우리는 스승의 외로움, 아무도 가지 않은 길을 앞서 간 거인의 고독을 모른다. 그분을 둘러싼 광채가, 지성의 빛이 너무 눈부셔서 선생님이 헤쳐온 각고의 노력과 때로 부딪쳤을 절망과 어둠을 알지 못한다. 침묵과 여백, 선생님이 마지막으로 남기신 화두인 '눈물 한 방울'의 의미와 그 진수를 생각해본다. 선생님이 남긴 어록, 책을 다시 정독하며 선생님의 발자취를 따라 사유하고 탐색할 것이다. 선생님이 가꾸신 예지의 숲은 더욱 무성해지고 길의 이어짐은 계속될 것이다.

독수리, 날개를 펴다

김혜니_

이화여자대학교 박사, 국제대학 문예창작과 교수를 역임하고, 한국문인에 평론으로 등
단하여 전국대학 문예창작학회 회장직을 역임했다. 주요 저서로 『박목월 시 공간의 기
호론과 실제』, 『한국 근대시문학사 연구』, 『한국 근대비평문학사 연구』, 『외재적 비평
문학의 이론과 실제』, 『내재적 비평문학의 이론과 실제』, 『현대시론 다시읽기』, 『동양
문학연구』, 『서양문학연구』, 『김혜니 교수 에센스 세계문학』(전16권) 외 다수가 있다.

〰

굴렁쇠 소년과 한여름의 능소화

나는 일주일에 서너 번 한강 공원을 산책하는데, 한남대교 밑을 지나면서 능소화 흐드러진 길목을 만나게 된다. 7~8월 여름 태양빛을 타고 흐르는 주홍빛 능소화와 마주하면, 저절로 우리 스승이신 '능소 이어령 선생님'의 무대가 끝없이 펼쳐진다. 나의 심연 깊숙이 켜켜이 쌓아 간직해놓은 서랍이 슬그머니 열리는 것이다.

우리 선생님은 제자들 여럿 모인 자리에서는 언제나 거침없이 번뜩이는 지성과 지식으로 열띤 강론을 펼치곤 하셨다. 그날도, 그러니까 1988년 7월 어느 날 늦은 오후였다. 하루의 일과를 마친 국문과 조교들이 교수실에 모여 한담을 나누고 있었다. 그때 뜻밖에 선생님께서 성큼성큼 들어오셨다. "으음, 너희들 여기에 모여 있구나. 학교에 볼일이 있어 왔다가 잠깐 들렀어~" 하시면서 의자를 당겨 앉으셨다. 그리고 어김없이 시작된 강론 주제는 88올림픽의 '굴렁쇠 소년'이었다. 당시 선생님께서는 1988년 서울에서 개최된 제 24회 하계올림픽의 개회식과 폐회식을 총괄 기획하는 임무를 맡고 계셨다.

이와 관련하여 선생님께서는 천天지地인人 삼재사상三才思想에 대해 달변의 강론을 펼치셨다. 하늘과 땅 그리고 사람의 근본은 하나이며, 이 셋의 조화를 통해 만물이 발전하고 완성을 이룬다고 하셨다. 나아가 천지인 정신은 지구를 중심으로 국가와 국가, 민족과 민족이 조화를 이루는 지구 정신이며 동시에 인류 정신이라고 말씀하셨다. 다시 말하여, 천지인 삼재는 우주를 구성하는 근본적인 요소라는 강론이었다. 이러한 천지인 삼재사상을 바탕으로 선생님의 '굴렁쇠 소년'이 창작 탄생된 것이다. 나는 당시 올림픽의 공식 주제곡으로 코리아나가 부른 '손에 손잡고'는 '굴렁쇠 소년'과 더불어 88올림픽 정신에 잘 어울린다고 생각했다.

열띤 강론을 끝내고 선생님은 여담으로 능소화 이야기를 꺼내셨다. 때마침 능소화가 피는 계절이기도 했다. "너희들 능소화 잘 알지? 요즘 제철 맞은 능소화가 여기저기에서 흐드러지게 피어나고 있구나. 따가운 태양 아래에서 꽃을 피우는 주홍색 덩굴 능소화를 보면, 색깔부터가 고귀하고 신비스러워서 경외스러운 감정마저 느끼게 하지." 라고 말씀하셨다. 그런데 이 능소화가 선생님 마음 속 깊이 뿌리 내려, 그 곁을 지키는 단단한 의미가 될 줄이야…….

대학 시절 들여다보기

영국의 계관 시인 존 메이스필드는 대학을 '지상에 존재하는 곳 중에서 가장 아름다운 곳'이라고 예찬한 바 있다. 캠퍼스 여기저기에는 젊은이들의 정열이 있고, 욕망이 있고, 꿈이 있고 이상이 있다. 고뇌가 있고, 고독이 있고, 아픔이 있다. 또한 젊은이들의 주요한 테마인 연애와 사랑이 있다. 이렇듯 젊음이 요동치는 대학에서 우리는 삶의 모든 것과 만난다.

그런데 우리가 대학에서 훌륭한 스승을 만나기란 지극히 어렵다. 따라서 당시 이대 국문과 학생들의 이어령 선생님과의 만남은 정말 낙타가 바늘귀를 통과하는 것과 견줄 만큼 기적과 같은 행운이었다. 이어령 선생님을 만나면서 우리 학생들은 비로소 새로운 학문다운 학문의 가능성을 발견하고 깊고 높고 넓은 지식과 학문하는 자세를 배우게 되었던 것이다.

내가 이어령 교수님을 처음 뵌 것은 1967년 이화여자대학교 국문과 3학년 2학기 강의실에서였다. 선생님은 가을의 맑은 햇살과 함께 강의실 교단에 성큼 오르시면서, 우리 국문과 학생들에게 신선한 충격을 안겨주셨다. 나는 언제나 선호하는 좌석, 그러니까 맨 앞줄 한가운데 앉아 있었다. 짙은 남색 바탕에 은은한 빛이 감도는 양복, 흰 와이셔츠에 붉은색 계통의 넥타이, 반들반들 윤이 나는 검정색 구두가 내 시야에 먼저 들어왔다. 이어서 안경 너머로 날카로운 눈이 반짝였다.

첫 강의가 시작될 찰나 호기심 어린 학우들의 눈동자가 한 곳, 선생님을 주시했다. 선생님은 약간 계면쩍고 어색한 표정으로 손으로 백묵을 잡으셨다. 드디어 낮으면서도 약간 허스키한 파열음이 학생들의 고막을 때렸다. 선생님의 날카로운 눈과 파열음조의 목소리가 열정적으로 부딪쳤다. 순간 한 마리 거대한 독수리가 날개를 활짝 펴고 강의실 천장으로 날아올랐다.

의도적 오류, 랑그와 파롤, 메타포, 이차언어…… 바르트, 그레이마스, 골드만, 크리스테바, 바흐친, 소쉬르, 야콥슨…… 기호론, 매개항, 이항 대립, 상승과 하강…… 선생님의 강의는 항상 어렵고 수준이 높았다. 우리 학생들은 강의실 안에서는 무언가 알 것도 같았는데, 강의실 밖에 나오면 도통 감이 잡히지 않아 당황하곤 했다. 이처럼 알 것도 같으면서도 또한 알 수 없는 선생님의 강의에 대해 학생들 모두는 '사기당했다'는 우스개 표현을 곧잘 입에 담곤 했다. 이러한 표현은 성생님의 학문이 그만큼 깊고 넓고 높아, 우리 학생들에게 황당한 거리 의식을 심어준 데서 기인한 것이기도 하다.

선생님은 결코 묵은 노트로 강의를 되풀이 하신 적이 없었고, 내용은 언제나 새로웠다. 항상 학문의 텍스트는 참신했고, 앞서가는 방법론이었다. 지금 생각해보면, 그것은 선생님의 학문에 대한 태도와 자존심이었을 것이라 판단된다. 학부 시절, 조교 시절, 그리고 석·박사 시절을 통해, 나는 교수 연구실에서 학문 연구에 전념하는 선생님의 모습을 한 번도 본 적은 없었다. 그러나 어느 틈에 그렇게도 많은 연구를 하셨는지, 언제나 선생님의 강의 보따리는 '화수분'이었고, 놀랍게도 내용은 강의실을 꽉 메웠고 학생들을 압도했다.

선생님의 주변에는 선생님의 분위기와 학문을 흠모하고 추종하는 학생들이 구름결처럼 맴돌았다. 때문에 선생님이 강의실로 들어가실 때나 강의를 끝내고 나오실 때나 할 것 없이, 항상 많은 학생들로 둘러싸여 있었다. 정말로 슈퍼스타의 그것처럼 야단스럽고 화려한 입장과 퇴장이 한바탕 연출되곤 했었다. 나의 조교 시절 지켜본 바로는 선생님의 연구실에는 수많은 학생들로 북적였고 끝없는 질의응답이 펼쳐졌다. 경외의 눈빛으로 선생님을 응시하고 강론을 경청하는 학생들의 파노라마……. 그러한 장면들은 지금도 나의 머릿속에 그리고 가슴속에 지워지지 않는 그립고 아름다운 진풍경을 그려주고 있다.

그 무렵 선생님께서는 학위논문을 지도하시다가 학생들을 위해 작가의 전기 자료와 작품 연보, 참고 문헌 등을 직접 학생들과 함께 조사 정리 작업을 하셨다. 이 작업을 통하여 『한국 작가 전기 연구』라는 자료집이 출간된 바 있다. 나는 석사 과정에서부터 이 연구 조사 작업의 일원으로 가담하였다.

작업이 진행되는 1970년대 어느 가을 방과 후였다. 우리 학생들은 여느 때와 같이 수집된 카드를 정리하고 있었다. 선생님께서 강의를 끝내고 연구실로 들어오셨다. 일에 열중하고 있는 우리들을 한참동안 바라보시다가 "누구 돈 가진 것 없어? 나 돈 좀 꿔줘" 하셨다. 우리 모두는 조금은 놀라고 의아한 표정으로 선생님을 주시했다. 선생님께서는 빙긋 웃으시면서 "아니, 뭐 좀 사 먹자고……." 그래서 우리는 가을날 방과 후, 땅거미가 지고 있는 캠퍼스를 바라보며 선생님과 함께 땅콩, 군밤, 오징어 등을 커피와 곁들여 맛있게 먹었다. 나는 이후, 그 차림표를 더 이상 맛있게 먹어본 적이 없다.

독수리와 종이연

선생님의 강의가 시작되면, 언제나 우리 학생들의 머리 위로 커다란 독수리 한 마리가 거대하고 날카로운 날개를 쭉 펴고 비상한다. 일반적으로 독수리는 높이, 더 높이 올라서 마침내 태양에 닿는다는 속설에서 태양을 상징하며, 이러한 의미에서 독수리는 '불멸에의 영혼'을 상징한다. 따라서 독수리의 모든 상징적 의미의 기본적 특성은 '신성한 존엄성'을 내포한다고 할 수 있다. 이렇듯 선생님은 언제나 강의실에서는 한 마리 날카롭고 예민하며 늠름한 독수리로 변신하셨다. 그리하여 마치 태양이 온 우주를 감싸며 비추듯 제자들을 위해 자신의 모든 지성과 지식을 아낌없이 쏟아내곤 하셨다.

이러한 선생님이야말로 우리 제자들의 독수리, 곧 태양이었다. 그 태양의 햇살을 받으며 우리 제자들의 학문도 한 계단 한 계단 저 높은 곳을 향하여 날개짓을 하게 되었다. 그래서 자기만의 개성 있는 학문 연구에 정진하고 성과를 거두게 되었다.

헤르만 헤세는 세상을 '빛의 세계'와 '어둠의 세계'로, 그리고 이를 각각 '이성의 세계'와 '감성의 세계'로 나뉘면서 또한 이들이 서로 맞물려 있음을 설파하고 있다. 이것은 융C. G. Jung의 언어로 표현하면 아니마anima(여성 원형), 아니무스animus(남성 원형)이라고도 표현할 수 있다. 융은 인간의 정신적 성숙은 원형들의 통합을 통해 이루어진다고 한다. 선생님은 바로 우리 제자들에게 빛과 어둠, 이성과 감성이 맞물려 공존하는 세계를 깨닫게 하셨다. 즉 우리 제자들에게 대립하는 두 세계가 조화를 이룬 자아실현과 더불어 자존감이 생동하는 학문의 높이와 깊이 그리고 넓이를 당부하신 것이다.

한편 선생님은 독수리 상과는 정반대되는 끝없이 순정한 동경을 품고 있는 젊은 소년상을 보여주시기도 하였다. 그 소년은 항상 손에 청량한 청색 물감으로 채색된 종이연을 들고 있었다. 우리 선생님에 대한 나의 이러한 상상력의 소년상은 선생님의 강의 노트에 여실히 등장한다. 선생님은 유치환의 시 '깃발'을 열심히 분석하고 계셨다.

> **이것은 소리없는 아우성./해원海原을 향하여 흔드는/영원한 노스탤지어의 손수건./순정은 물결같이 바람에 나부끼고/오로지 맑고 곧은 이념理念의 푯대 끝에/애수哀愁는 백로처럼/날개를 펴다./아! 누구던가/이렇게 슬프고도 애닯은 마음을/맨 처음 공중에 단 줄을 안 그는/**

유치환 「깃발」 전문

이 시를 통하여 시인은 인간의 본질을 파악하고 해명하려는 철학적 문제를 제시한다. 즉, 이상과 현실 사이에서 허우적거리며 발버둥치는 인간의 근원적 한계를 노래하고 있는 것이다. 이 시에서 '푯대'는 동경하는 영원한 세계를 향한 밝고 곧은 지향을 상징하고 있다. 또한 '해원'은 바로 인간의 이상이 집약된 곳이다. 깃발이 깃대에서 펄럭이는 것은 이상을 향해 날아오르겠다는 의지의 표상이다. 그리고 '맨 처음 푯대에 깃발을 달 줄을 안 사람'은 바로 하늘 끝까지 종이연을 날리고자 하는 소년이며, 그 소년은 바로 이어령 선생님과 동일화된 상징이다.

소년은 한 손은 타래실 기구를 꼭 쥐어 잡고, 다른 한 손으로는 조심스럽고 유연하게 실을 조종한다. 그러면서 끝내 포기하지 않고 이상을 좇아, 심혈을 다하여 멀리멀리 하늘 끝을 향하여 종이연을 올리고 있는 것이다.

공간 기호론 강의 노트

우리가 문학을 기호 체계화한다는 것은 그 구조체를 탐색하는 작업이다. 그리고 그 구조체를 탐색하는 과정에서 필연적으로 부딪치는 것이 공간이다. 따라서 공간 기호론은 문학 언어인 이차적 언어를 대상으로 메타언어의 체계를 구축하자는 이론이다. 선생님은 공간 기호론의 기본 이론으로 하이데거의 『존재와 시간』(1960), 『짓는 것·사는 것·생각하는 것』(1954), 뽕띠M. pony의 『지각 현상학』(1962), 볼로우O. F. Bollnow의 『인간과 공간』(1963), 바슐라르G. Bachelard의 『공간 시학』 등을 참고하셨다.

그런데 볼로우와 바슐라르의 공간 이론은 모두가 현상학으로 체험된 공간을 기저로 삼고 있으며, 수직과 수평을 중요한 공간 단위로 설정하고 있다. 이후 선생님은 유치환의 시를 중심으로 분석한 『공간 기호학』(2000)을 출간하셨다. 우리 제자들은 선생님의 열강과 명강으로 기호론에 대한 이론에 공감하면서 기초를 다지고 정립하였다.

또한 선생님께서는 1985년도에 '한국시의 공간 구조'를 강의 하시면서 유치환 시에 나타난 문학 공간을 기호론적으로 분석하셨다. 이어 1986년에는 정지용의 시 「유리창」 등을 분석하시면서 '공간 현상학'을 강의하셨다. 필자는 이러한 선생님의 강의 노트를 바탕으로 박목월의 시 〈윤사월〉을 간략하게 분석한 바 있다.

1 松花가루 날리는	2 외딴 봉우리
3 윤사월 해 길다	4 꾀꼬리 울면
5 산지기 외딴 집	6 눈 먼 처녀사
7 문설주에 귀 대이고	8 엿듣고 있다

박목월 「윤사월」 전문

먼저, 이 시는 어느 외딴 산봉우리에 소나무가 서 있고 그 나무 주위를 꾀꼬리가 날고 있으며 산 아래는 산지기 집이 자리하고 있는 서경을 연상할 수 있다. 시적 화자는 절제된 언어를 통하여 최대한 감정을 배제하고, 눈에 보이는 경관만을 보여줌으로써 신비하고 정적인 분위기를 형성해주고 있다.

전문을 통해서 볼 때 크게 자연 공간(1, 2, 3, 4)과 인간 공간(5, 6, 7, 8)으로 분절되는데, 각 자연 공간은 수직축(1, 2, 3, 4, 5, 6)을, 인간 공간은 수평축(5, 6, 7, 8)의 기호 체계를 구축하고 있다. 즉, 시 〈윤사월〉에서 수직축 공간은 '上(하늘) / 下(집)'의 이항대립 체계를 형상하고, 다시 '上(하늘) / 中(산·나무) / 下(집)'의 삼원 구조로 확충되는 기호 체계를 구축하고 있는 것이다.

수직축 매개항인 산과 나무는 그 하방을 단단히 땅(집)에 고정하고, 땅(집)으로부터 하늘로 높이 솟아 이마(산봉우리)와 팔(하늘로 치켜든 가지)이 하늘에 맞닿고 있다. 이것은 하늘과 땅을 연결시켜주는

것으로 聖/俗, 이상/현실, 자연/인공, 이성/감성 등의 모든 이항
대립을 융합 통일시켜 하나가 됨이다. 이 하나됨은 다시 이 시 속에
서 공간 확산, 공간 해체의 상징물로 등장한 송화 가루와 꾀꼬리에
의해 모든 공간의 경계를 허물고 전부가 된다.

수평축 공간기호 체계는 '內(집안)/外(집밖)'의 이항대립 체계를
형성하고 '內(집안)/中(문설주)/外(집밖)'의 삼원 구조로 확충된다.
눈먼 처녀는 外공간의 허물을 벗고 수평축의 경계 공간인 문설주에
나와 꾀꼬리 울음소리를 엿듣고 있다. 꾀꼬리와 더불어 송화 가루
는 수직축 공간으로부터 번지고 확산되어 수평축 공간에까지 이른
것이다. 그리하여 인공/자연, 휴지/활동, 구속/자유, 죽음/삶 등
의 모든 이항대립의 경계를 해체 용해시킨다.

이와 같이 이 시의 공간 기호 체계는 수직축과 수평축의 총체적
공간의 구축이며 동시에 수직축과 수평축이 융합, 통일, 용해되어
하나가 되고 전부가 되는 공간의 해체, 확산, 무화無化의 탈구축으
로 귀결된다고 할 수 있다. 더불어 시각(송화 가루)과 청각(꾀꼬리 울
음)도 함께 조화된, 그리하여 이 어우러진 조화는 온 우주 공간을
평온, 생기, 기쁨으로 가득 채운다. 그러므로 시 「윤사월」은 하나의
서경적인 그림으로 늦봄을 묘사하고 있다고 설명하기 보다는, 공간
기호 체계에 의해 구축하고 있다는 해석이 가능해진다. 따라서 공
간의 기호 표현과 기호 의미에 의해 생성되는 의미 작용을 살펴보
면, 시 〈윤사월〉의 공간 구조와 윤사월(늦봄)이라는 시간(계절)은 서
로 양면적인 등과 관계로 맺어졌음을 엿볼 수 있다.

즉, 땅으로부터 높이 솟은 산과 나무의 하늘과 맞닿음은 윤사월
(시간)의 절정을 의미하고, 그 계절의 절정은 동시에 여름의 이행과
연결된다. 이러한 대자연의 기운은 송화 가루와 꾀꼬리에 의해 上
→下, 遠→近으로 공간이 이동 축소되면서 산지기 외딴집에까지
번진다. 그리고 눈먼 처녀의 내면으로 응축된다. 이것은 표층적 진
술과 심층적 의미 사이의 거리가 유지되는 장면으로써, 표층적으로
는 응축이지만 눈먼 처녀의 심층에서는 내적 공간의 무한한 확산
이 일어난다. 다시 말하여 그 표층적인 '여름의 시작' 신호에서 심
층적인 '인생의 여름'을 느낀 것이다.

이렇듯 공간 기호 체계의 이항대립과 매개항에 의해 판독되는 시
적 의미 작용은 자연언어의 지시적 의미보다 훨씬 복합적이고 다
의적인 텍스트를 형성하고 있는 것이다. 따라서 시 〈윤사월〉에 있
어서, 수직축과 수평축의 모든 경계를 해체하고 전 우주 공간으로
확산하는 여름의 공간 기호는 豊, 이상, 자연, 활동, 대화, 소통, 자
유, 평온, 생기, 기쁨 등등 온갖 의미 작용을 생성하고 있다. 이러한
공간 기호 체계가 바로 시적 의미이며 동시에 테마가 된다고 할 수
있다.

선생님께서는 인생을 몽땅 털어 학문 연구와 후학지도에 시간을
바치셨다. 제자들의 잠재된 창의력을 북돋아 새로운 학문 연구에
정진할 수 있도록, 강의 시간마다 놀라운 테마와 방법론을 열강하
셨다. 덕분에 이후 선생님의 제자들은 현대문학과 고전문학 전반에

걸쳐 다방면에서 꾸준히 우수한 논문들을 내놓았다. 또한 제자들은 여러 대학에서 선생님의 강의 노트를 바탕으로 훌륭한 실력의 많은 후학들을 키웠다. 이러한 학문에 대한 연구 태도는 이화여자대학교 국문과의 실력과 명성을 다지고 굳히게 했으리라 믿는다.

나의 지적 호기심은 잠들지 않는다

이수자_

이화여자대학교 국어국문학과 학사·석사·박사학위를 수료했고. 배재중학교 국어교사, 나주대학 문화관광과 교수, 안성여자기능대학 학장, 중앙대학교 민속학과 겸임교수, 문화재청 문화재전문위원 및 문화재위원, (재)한중일비교문화연구소 사무국장 등을 역임했다. 저서로 『큰굿열두거리의 구조적 원형과 신화』, 『설화 화자 연구』, 『나주 토박이 나종삼 옹이 들려준 옛날이야기 ① ② 및 속담풀이』 외 수십 편이 있다.

우리 젊은 날, 제자들의 우상이었던 선생님

국문과에 가면 멋진 글 쓰는 법을 배울 수 있을까 하고 나는 이대 국문과를 택했다. 다행히도 합격하여 원하는 바를 이룰 수 있었다. 대학교 2학년 교과과정에 〈창작론〉이 있었기 때문이다. 더군다나 이 강의를 그토록 유명하신 이어령 교수님께서 해주신다고 했다. 나는 너무 좋아서 이 과목을 한번 열심히 공부해보리라 생각하며 설레는 마음으로 첫 시간을 기다렸다. 아마도 그때 우리 동기들은 거의 모두 나와 같은 심정으로 선생님을 기다렸을 것이다. 우리들은 이렇게 선생님과 첫 인연을 맺었다.

창작론 수업을 배울 때 한번은 선생님께서 붉은색 장미 한 송이를 들고 강의실로 들어오신 적이 있다. 앗, 선생님께서 웬일로 장미를 다 가지고 오시나 하는 생각으로 우리들은 모두 일시에 장미꽃을 바라보았다. 선생님께서는 장미를 들어 보이시며 이것을 보면 뭐가 생각나느냐고 물으셨다. 우리는 뭐 그런 뻔한 걸 다 물으시냐고 생각하면서 가시? 아, 사랑? 열정? 아름다움? 이슬?…… 등등 각자 자기가 생각하는 것을 말하기 시작했다. 시끄러워진 강의실이 조용해지기를 기다리신 후 선생님께서는 조용히, 그러나 단호하게 말씀하셨다. 이것은 어디까지나 붉은색의 한 송이 장미일 뿐이다. 여기에서 장미라고 말한 학생은 아무도 없다. 여기 어디에 가시가 있으며, 사랑이 있고, 열정이 있냐? 이런 것은 여러분이 장미와 관련하여 갖고 있는 선입견일 뿐이다. 이런 선입견을 가지고 글을 쓰면 진부한 글이 될 수밖에 없다. 이제부터는 사물을 볼 때 선입견을 버리고 있는 그대로를 볼 수 있어야 한다. 그리고 자기만의 눈과 생각을 가지고 사물을 이해하고 느낄 수 있어야 한다. 그래야 좋은 글을 쓸 수 있다. 창작론의 서두는 이렇게 장미 한 송이로 시작되었다. 이후 이어진 창작론 수업은 먼저 선생님께서 내외국의 작품 중 일부를 읽고 분석해 주시며 마지막에는 우리들에게 어떤 사건이나 장면과 관련하여 글을 써오라고 숙제를 내주셨다. 그리고 그중에서 잘 썼다고 생각하신 글들을 뽑아 읽어주시며, 앞으로 글 좀 써보라는 격려 말씀도 해주셨다. 내 글도 두세 번 읽어주신 기억이 있는데, 나와 우리 부모님은 그때 내가 앞으로 유명한 소설가가 될 줄 알았다. 나중에 알게 된 사실이지만, 우리 동기 중 한 친구는 그때 선생님의 격려에 힘입어 글을 써 나중에 학보사에 소설로 당선된 친구도 있다. 나는 후일 시나 소설을 쓰는 작가보다는 주로 논문을 쓰는 입장이 되었지만, 그때 배운 창작론 수업 덕분에 지금도 내가 원하기만 한다면 언제라도 글을 쓸 수 있다는 자부심을 갖고 있다.

창작론과 더불어 2학년 때 배운 〈현대수사학〉도 정말 재미있고 유용한 수업이었다. 선생님의 강의는 매시간 우리들의 기대를 저버리지 않으셨다. 늘 신선한 내용으로, 그리고 열정적으로, 제자들에게 문학에 대한 새로운 지식을 한 아름 안겨주셨다. 우리는 그것을 하나도 안 놓치려고 모두 눈을 깜빡이기도 하고, 귀를 쫑긋거리기도 하면서 문학과 수사법에 대한 수많은 지식들을 머리 속에 차곡차곡 쌓아갔다.

　3학년과 4학년 때에는 〈현대문학실습〉과 〈비평론〉, 그리고 〈작가론〉을 배웠다. 나는 그때 우연히 평론 반장을 맡게 되었는데, 선생님께서 지도교수님이셨다. 선생님께서는 시인, 또는 소설가 중 유명한 작가들을 중심으로 작가 조사를 하자고 제안하시어, 우리 평론반 친구들은 각자 자기가 원하는 작가들을 골라 작가 조사를 하였다. 대학 3~4학년 때 이루어진 이런 결과는 일부 『문학사상』에 실리기도 하고, 나중에 『한국작가전기연구韓國作家傳記硏究』라는 책으로 발간되기도 했다. 나는 그때 소설가로는 이효석을, 그리고 시인으로는 박용철을 맡았다. 이효석을 조사하기 위해 따님인 이유미 님을 만났을 때, 그녀는 난로 위에 있던 주전자에서 보글보글 끓고 있는 향긋하고 맛있는 차를 따라주었었는데, 이것은 지금도 아름답고 그리운 추억으로 남아 있다. 그때 사과껍질과 귤껍질을 함께 넣어 끓인 그 차는 왜 그리도 그렇게 맛과 향이 좋았던지…… 박용철 생가를 찾아가느라 생전 처음 호남의 광주를 갔을 때는 무더운 여름철이었다. 음식점에 들어가 콩국수를 사 먹었을 때 주인아저씨는 얼른 설탕 한 숟갈을 푹 떠서 내 콩국수 그릇에 넣어주었다. 앗, 우리 서울에서는 소금을 넣어 먹는데…… 지방에 따라 콩국수 먹는 법이 다르다는 것을 그때 처음 알았다.

　대학 시절, 선생님의 강의를 생각하면, 늘 창밖의 푸른 햇살과 붉게 타오르는 교정의 사루비아 꽃이 생각난다. 우리들은 그렇게 타오르는 열정으로, 지적 호기심을 갖고 새로운 것을 배우고자 선생님 강의 시간을 애타게 기다렸다. 그런데 선생님께서는 단 한 번도 우리를 실망시키지 않으셨다. 늘 새로운 것으로, 영원히 사라지지 않을 푸른 햇살 같은 명쾌함으로, 뉴크리티시즘을 가르쳐주셨고, 에밀리의 장미도 소개해주셨으며, 시나 소설 쓰는 법도 알려주셨다. 우리 국문과 동기들은 지금도 모이면 그때 이야기를 한다. 선생님은 어쩌면 그리도 아시는 것이 많으신지? 아마도 한 번 읽거나 들으시면 모든 것을 기억하시는 천재이신 것 같다. 그리고 또 어쩌면 그렇게 멋있게 잘생기셨는지? 게다가 옷도 정말 멋지게 입고 다니셨다. 여기에 또 말씀은 어찌 그리도 잘하시는지? 말씀 중 하나도 버릴 것이 없다……. 우리들이 대학생이던 그 시절, 선생님은 이처럼 완전히 우리들의 우상偶像이었다.

문학연구방법론: 매 학기마다 달랐던 대학원 때의 강의 내용들

대학을 졸업하고 다행히도 배재중학교에 취직이 되어 국어 교사로 7년을 근무했다. 공부를 더 해보고 싶다는 생각에 다니던 직장을 그만두고 대학원에 진학하기로 했다. 선생님을 찾아뵙고 그 뜻을 말씀드렸더니 잘 생각했다 하시며 격려를 해주셨다. 입학을 해보니 학과에는 교수님들도 거의 다 새로운 분들로 바뀌었고, 강의 내용도 새롭기만 했다. 석사과정에서 나는 우리 문화 쪽을 공부하고 싶어 전공을 구비문학口碑文學으로 결정했다. 학문의 경향이 너무나도 많이 바뀌어 있어 7년간의 공백이 얼마나 큰 것이었나를 실감했기에, 나는 선생님 강의는 학점을 신청하여 모두 들었고, 학점이 넘쳐 신청을 할 수 없었을 때는 미리 양해 말씀을 드리고 청강을 많이 했다. 결과적으로 대학원 석·박사 전 과정을 통해 강의는 선생님 것을 가장 많이 듣게 되었는데, 놀라운 일은 선생님 강의는 매 학기마다 내용이 모두 달랐다는 것이다. 이러한 강의 내용들은 우리 국문학 작품을 이해하는 데도 도움이 되었지만, 전공한 구비문학 자료를 새롭게 이해하는 데에도 큰 도움이 되었다. 후일 내가 대학, 혹은 대학원에서 강의를 하게 되었을 때 나는 이렇게 하지 못했다. 이런 점을 감안하면, 선생님의 이런 강의는 정말로 위대한 것이었다고 볼 수 있다. 선생님은 우리들 강의에 정말로 진심이셨고 열심이셨으며, 그리고 온갖 정성을 다하셨던 것이다.

내가 석·박사 과정에서 선생님 강의를 들은 것은 1980년 1학기부터 1987년도 2학기 초반까지다. 이중 1982년과 1986년은 빼야 하니, 대략 5.5년간이다. 후에는 박사 학위논문을 쓰고 졸업을 했기에 더 이상 선생님 강의를 듣지 못했다. 석사과정에서는 〈문학연구 방법론〉에서, 그리고 박사과정에서는 주로 〈문학연구의 이론과 역사〉에서 선생님 강의를 들었다. 이때 배운 수업 내용들은 그 내용이 너무나 다양하고 방대하여, 무엇을 어떻게 배웠나를 다 소개하려면 분량이 너무 많아 책 한 권으로도 부족할 지경이다. 때문에 여기에서는 어떤 것을 배웠는지, 그 내용만 간단하게 적어보기로 한다.

현상학現象學적 비평: 어떤 글을 쓰는 작가의 의식의 뿌리를 찾는 비평으로, 의식 비평이라고도 할 수 있다. 조르주 풀레의 '플로베르론을 중심으로 한 현상학적 소설연구 방법'이라는 논문을 소개하며 강의를 시작하셨는데, 이 글은 주로 플로베르의 보바리 부인을 분석한 것이다. 소설의 공간화[소설 내용을 공간 위주로 그림으로 그려보기(tableau, 따블로)], 작가 혹은 작중인물의 의식의 확산과 수축, 확산되지 않는 존재의 한계성으로서의 점의 유무 살피기, 확산의 축-몽상, 우주 공간의 사다리, 나선형의 주제 살피기, 확산과 수축의 결합 및 반복 등을 살펴보는 것이다. 현상학에 대해서는 이후 다른 학기 때 바슐라르의 공간의 시학 및 상상력과도 연결시켜 강의를 해주셨는데, 이때는 특히 frisson(떨림, 진동)을 강조하셨다. 역학적 상상성도 강조하셨는데, 이것은 수축된 의식이 다시 팽창되는 현상을 말한다. 퐁데르의 현상학적 공간에서는 원공간, 생공간을 강조하셨다. 이육사의 시 '황혼'과 '광야', '청포도' 등을 현상학적 비평으로 분석해주셨다.

원형비평: 융의 이론과 노스럽 프라이의 원형비평 이론을 강의해주셨다. 영웅의 일생과 관련된 서사 구조적 특징, 통과의례initiation의 개념 및 구조적 특징, 재생rebirth, 존재론적 변신, 탐색Quest 등을 강조. 특히 이니시에이션에 대해서는 두세 학기에 걸쳐 강의를 해주셨다. 나무, 태양과 달, 돌의 원형적 상징성에 대해서도 강의를 하셨다. 황순원의 독 짓는 늙은이와 소나기, 김동리의 등신불 등을 원형비평과 관련하여 분석해주셨다.

구조주의(형식주의) 비평: 1928년 쓰여진 블라디미르 프로프의 민담 형태론으로부터 시작하여 브레몽의 이항대립(-, +) 이론, 북미 아메리카 인디안의 설화를 분석한 Dundes의 이론, 그레이마스의 이론, 레비스트로스의 신화 해석 방법, 롤랑 바르트의 창세기 연구, Miller의 민담분류, Volkov의 판타스틱 민담의 15가지 소재 등을 강의해주셨다. 문학작품에 있어 구조와 기능, 동사와 행위항, 이항대립과 매개항, 변환체계, doner, 헬퍼, 트릭스터 등의 중요성도 강조하셨다.

1960년대 후반 프랑스에서 등장한 데리다, 들뢰즈에 의해 등장한 후기구조주의post-structuralism와 관련하여 탈구조, 탈구축deconstructuralism 등을 소개해 주셨으며, 여러 학기에 걸쳐 기호학, 그중에서도 특히 공간 기호학에 대한 강의를 많이 하셨다. 소쉬르의 변형문법, 피아스의 이론, 야콥슨의 언어 전달의 6가지 기능, P. Guiraud의 Media 이론, 롤랑 바르트의 이론 등을 알려주셨다. 이 세상의 많은 것들이 전부 기호로 되어 있다는 것을 강조하신 후 문화 기호학을 설명해주셨는데, 인사의 기호학, 음식 기호학, 레슬링의 기호학, 건축의 기호학, 옷의 기호학 등을 언급하셨다. 기호학으로 시나 소설의 문법을 해독할 수 있는데 특히 행위항, 혹은 공간이 중요하다고 강조하셨다. 유치환의 시, 정지용의 향수, 이상의 날개, 황순원의 독 짓는 늙은이 등을 분석해주셨고, 뿔레의 보들레르의 시 분석을 소개해주시기도 했다. 특히 이효석의 메밀꽃 필 무렵은 롤랑 바르트의 5가지 코드와 관련하여 설명해주시기도 했다.

문학 공간의 기호학적 연구: 이것은 공간의 기호 체계 해독을 통해 문학의 2차적 의미구조를 파악하고자 하는 것이다. 현대 문명은 공간적 확충에 의해 이루어지고 있으며, 현대문학은 시간 형식을 공간 형식으로 바꾸고 있는 특징이 있으므로, 문학에서 공간을 기호학적으로 연구하는 것이 중요하다. 공간 연구는 시각 공간적 측면, Text 레벨적 측면, 지형 구조(내용)적 공간을 연구할 수 있지만, 수업에서는 특히 세 번째를 중요하게 다룬다. shifter, 길, 춤, 계단, 후커의 공간론: 수직적 체계(종달새, 우주수, 집, 탑)와 수평적 체계(동물 기호학, Proxenic, 내집, 남의 집, 공공의 장소, 무한의 공간, 호수), 도상학, 코드의 위반과 전환, 경계와 벽의 의미, 지평 구조. 유리벽, 우산, 거울, 만리장성, 무덤, 몰리의 격벽 이론, 성, 감옥, 옷, 거울, 상자, 깃발 등의 기호론적 의미 설명. 기억술 연구—공간과 관련하여 기억하기. 이 때는 유치환의 깃발, 조춘, 박쥐, 귀고, 학, 바위, 생명의 서, 박목월의 윤사월, 청노루, 서정주의 화사, 정비석의 유리벽, 이상의 날개 등을 분석하시면서 이들 작품에 나타나는 공간의 기호학적 의미를 설명해주셨다.

문화 기호론에서 말하는 공간의 문제: 롤랑 바르트의 라신느에 대하여, 로트만의 문화의 유형학과 메타랭귀지(메타언어), M. 오툴의 이론 등.

서사 구조에 대한 기호학적 연구 강조: Discourse 혹은 Text에 대한 개념 설명. 이것은 문장과 문장의 연결로 이루어진 서사물들의 구조에 대한 기호학적 연구를 의미하는 것이다.

1) 디스코스 연구: 공간 텍스트는 ① 논리성logica ② 시간성chronogical

과 같이 문장을 이끌어가는 법칙성이 있는데, 선생님은 여기에 더하여 ③공간성, 즉 공간적 결합도 가능함을 강조하시고, 여기에서 문학 공간의 기호론적 연구가 가능하다고 하셨다. 제망매가는 시간적 결합이 강한 것 같지만, 전체적으로 보면 논리적인 결합이 강하고, 처용가는 시간적 요소의 결합이 강한데, 공간성도 강하기 때문에 문학 공간을 연구할 수 있다. 고려가요 동동, 농가월령가는 시간적인 연대기성이 강하고, 쌍화점은 반복성(병렬성)이 강한데 우리 민요는 특히 병렬법이 강하다. 야콥슨은 러시아 민요의 디스코스를 연구하여 병렬법적 특징이 있음을 밝혔고, Kaplan(1966)은 여러 민족의 디스코스를 비교 분석하여 문화적 사상의 패턴을 추출하였다. 디스코스는 이처럼 민족에 따라, 장르에 따라, 그리고 사람에 따라 달라지기 때문에 디스코스 연구는 나라와 나라 사이, 시와 소설 사이, 그리고 작가와 작가 사이를 비교 연구할 수 있다고 하셨다.

2) 제라르 주네트의 Narrative Discourse 분석 방법 소개: 이것은 소설을 쓰는 방법과도 연결시킬 수 있기에 중요하다고 하셨다. 쥬네트는 사건을 자연현상으로 배치하는 이야기story와 구별되는 문학 작품으로서의 이야기Recit, narrative, 즉 인간이 작위적으로 이러한 이벤트를 재배치하는 소설 같은 것을 구별하여 내러티브에 나타나는 서사적 언술 분석의 세 영역을 강조하였는데, 그것은 바로 ①순서(순차성, order) ②지속(속도, speed. duration) ③빈도frequency이다. 내러티브 속에는 2차원의 시간이 존재하는데, 자연현상으로서의 시간과 인간이 재배치한 시간이 그것이다. 이 두 시간의 연관성, 차이

등이 바로 서사 구조를 만들어가는 것이므로 이들 관계를 연구할 수 있다. 그런데 순서는 같아도 어떤 부분은 길고 자세하게, 어떤 것은 짧고 간단하게 언급하는데 이런 것을 속도, 지속성이라 한다. ①순서에는 예변법과 후변법이 있다. 예변법에는 외적 예변법과 내적 후변법이 있는데, 내적예변법에는 보완적 예변법과 반복적 예변법이 있다. 후변법에는 이질적 서사내용의 후변법, 보완적 후변법, 반복적 후변법, 부분적 후변법, 충분적 후변법 있다. 재개방법과 접합 방식의 명시성과 암묵성도 살필 수 있다. ②지속(속도)은 흔히 대화 장면으로 많이 나타난다. 속도는 이항대립으로 나누어 최고속과 최저속으로 나눌 수 있는데, 최고속은 햇수를 생략하는 것이고, 최저속은 시간을 늘이는 방법이다. 후자는 죽어가면서 일생을 회고한다든가 하는 방법을 말한다. 이런 방법은 우리나라 현대소설이나 고전소설 연구에 시사하는 바가 많고, 춘향전 등을 연구할 때 적용하면 좋다. ③빈도는 한 번 일어난 일을 몇 번이나 등장시키는가 하는 것을 따지는 것이다. 자연에서는 이벤트가 단 한 번 일어나지만, 영화에서는 회상하는 것으로 하여 같은 사건을 여러 번 등장시키기도 한다.

이 외에도 선생님께서는 문체론, 토도로프 이론, 정신분석학을 기호학에 대입하여 시의 언어적 특성을 밝혀낸 크리스테바의 이론(어머니의 몸, 구순어, 환상언어, 금기언어), G. 베이트슨의 Double-Bind 이론, 수용미학, 낯설게 하기 등도 강의 해주셨다. 87년도 2학기에는 Michail Bakhtin(바흐친)의 대화 이론을 강의하셨다. 대화 이론을 설

명하실 때는 라캉의 욕망 이론도 함께 언급하셨고, 우리에게 Lotman
의 이론도 살펴보라고 하셨다.

　나는 이때 개인적인 사정이 있어 학기 초까지만 수업을 들을 수
있었기에 여기까지 배웠지만, 후일 알아보니 선생님께서는 이때 바
흐친의 카니발 이론도 강의하셨다고 한다. 카니발 이론은 문학작품
에 나타난 카니발적 요소를 찾는 것으로 풍자와 패러디, 패러독스,
광대와 바보, 몸의 하부 등이 강조되는 특징이 있다.

　선생님 강의는, 정리를 해보면, 문학작품을 분석하고 연구할 수
있는 다양한 방법을 알려주신 것이다. 선생님은 늘 말씀하셨다. 문
학평론은 곧 문학적 언술을 연구하는 것인데, 이때 방법론은 하나
의 시선이고 질문이며, 써치라이트 내지는 색깔 있는 안경과 같다.
어떤 방법론으로 작품을 보는가에 따라 작품은 각기 다르게 보이
기 때문에 우리는 여러 방법론의 본질을 이해하고 이것을 잘 응용
해야 한다고.

　선생님은 학기 초에는 늘 이번 학기에는 무엇을 공부할 예정이라
는 것을 확실하게 알려주셨고, 다음 시간에는 무엇을 강의할 예정
이니 무슨 작품을 읽어 오라고 숙제를 내주셨다. 그리고 강의를 하
실 때는 먼저 이론을 설명하신 후 이어서는 우리의 시나 소설을 골
라 작품을 분석해주셨다. 이들 작품은 신화로부터 제망매가, 처용
가와 같은 신라 향가, 청산별곡, 쌍화점, 동동, 만전춘 같은 고려가
요, 정철의 시조, 최남선의 해에서 소년에게, 김소월, 한용운, 윤동

주, 이육사, 유치환, 박목월, 정지용 등의 시를 포함하여 현대소설 중에는 이상의 날개, 이효석의 메밀꽃 필 무렵, 황순원의 독짓는 늙은이와 소나기, 김동리의 등신불, 무녀도가 있었다. 그 외에 일본의 하이쿠, 외국의 여러 작품들, 그리고 우리 설화도 다양하게 인용하여 그 범위는 실로 동서고금의 작품을 관통하고 있었다고 볼 수 있다. 그리고 나중에는 어떤 것을 이런 방법으로 연구해보면 좋을 것이라고 앞으로의 연구거리까지 알려주셨다. 까닭에 강의 노트를 보면, 연구거리가 가득하여 지금도 가슴이 두근거린다. 그런데 신기한 것은 선생님께서는 강의안은 준비해 오시지만, 이것은 별로 보시지 않고 그냥 칠판에 내용을 쓰시면서 강의를 하셨다는 것이다. 그렇다면 선생님께서는 그 많은 강의 내용들을 머릿속에 다 외우고 오셔서 강의를 하셨다는 것이 아닐지?

선생님에 대한 이런저런 단상들

선생님께서는 제자들의 앞날을 많이 걱정해주셨다. 애써 가르친 제자들이 사회에 나가서 우뚝 제 자리를 잡고 사회인으로서 한 몫을 한다면 선생님으로서도 매우 기쁘고 자랑스러우셨을 것이다. 나의 경우도 그랬다. 박사 학위를 받은 후 나는 다년간 여러 대학에서 강의를 하다가 지방에 있는 대학에 전임이 되었다. 주말마다 서울을 오가며 4년간 근무를 하다 보니 여러 가지로 너무 힘이 들었다. 대학 선배님께 이런 이야기를 했더니, 어느날 선배님은 안성여자기능대학에서 학장을 공채한다는 것을 알려주시며 응모를 권하셨다.

공채에 합격하여 2000년 이 대학에 학장으로 부임하게 된 것은 순전히 선배님의 응원과 선생님의 추천서 덕분일 것이다. 학장 취임식날 선생님께서는 그 바쁘신 중에도 친히 오셔서 축사를 해주셨는데, 학생들에게 특별히 강조하신 말씀은 모두 자기 분야에서 온리 원Only One이 되라는 것이었다. 기능대학은 노동부에서 산업 현장의 인력을 충원하기 위해 세운 대학이어서 학생들은 적어도 한 가지 이상의 이과계 기술을 배운다. 자기가 갖고 있는 기술 분야에서 제일인자가 된다는 것은 얼마나 가슴 설레는 위대한 일인가! 그런데 선생님께서는 학생들에게 이런 인재들이 되라고 하셨으니, 선생님의 이 말씀은 아마도 당시 학생들에게 자긍심과 함께 큰 희망과 비전을 심어주었을 것이 분명하다. 축사를 해주신 후 국무회의 시간이 1시간 남았다고 서둘러 떠나시는 모습을 뵈니, 선생님께서는 특별히 얼마나 귀한 시간을 내신 것인가 하는 생각이 들어 눈물겹도록 감사한 마음이 들었다. 이후 나는 편안하게 직무를 다할 수 있었는데, 이 모든 것은 다 선생님의 후광 덕분이었다. 당시의 안성 시장님은 이어령 장관님 같이 유명하신 분이 안성에 와주신 것만 해도 큰 영광이라고 기뻐하셨고, 늘 우리 대학에 많은 배려를 해주셨다. 선생님께서는 강의에만 열과 성을 다하신 것이 아니라 이처럼 제자들 일이라면 만사를 제치고 도와주시곤 하셨다. 기능대학은 이후 폴리텍 대학으로 이름을 바꾸었다.

선생님께서는 2009년 (재)한중일비교문화연구소를 만드시고 10년

정도 이사장을 하셨다. 나는 처음 1년간 연구소에서 사무국장으로 근무하면서 선생님을 도와드린 적이 있다. 선생님께서는 우리 한국만 알아서는 안 되고, 이웃하고 있는 중국과 일본을 함께 알아야 한다는 생각에서 이 연구소를 오픈하시고, 우선적으로 십이지신 동물이 이들 세 나라에서 어떻게 달리 나타나는지를 책으로 내실 계획을 세우셨고, 실제로 그 일을 성공리에 마치셨다. 그때였는데, 언제인가 선생님은 소파에 앉으시며 이런 말씀을 하셨다. "사람들은 나보고 천재라고 하는 사람들도 있는 것 같지만, 나는 결코 천재가 아니다. 나는 다만 그간 정말 열심히 노력해왔을 뿐이다. 나는 아마존에서 일주일에 한 권 이상 책을 구입해서 읽고 있는데, 지금도 그렇게 하고 있다." 나는 순간 깜짝 놀라서 속으로 '앗, 그렇구나. 선생님께서는 그렇게 한평생을 끊임없이 노력해오신 거구나. 그토록 많은 일을 해가시면서 일주일에 한 권 이상 새로운 원서를 읽는다는 것은 결코 쉬운 일이 아닌데…….' 라는 생각을 했다. 그렇다. 선생님께서 대학원에서 그렇게 매 학기마다 새로운 내용으로 강의를 해주신 것은 그렇게 뼈를 깎는 각고의 노력을 하신 결과였던 것이다. 우리는 그런 것도 모르고, 그것을 당연하게 여기면서, 어미 새로부터 먹이를 받아먹는 새끼 새처럼 받아먹으며 지식의 산을 쌓아온 것이었다.

이어령 선생님과 함께 이대 국문과에서 교수로 근무하셨던 서대석 선생님은 언젠가 이렇게 말씀하신 적이 있다. 나는 이 말이 너무 재미있어서 지금도 기억하고 있다. "내가 옆에서 보니, 이어령 선생님은 정말 천재이신 것 같다. 선생님은 책을 읽으시면 전체를 다 읽지 않고, 처음과 끝만 읽으신다. 그래도 저자著者보다 그 책 내용을 더 자세하게, 그리고 완벽하게 아신다.” 라고. 우리는 처음부터 끝까지 책을 다 읽어도 그 내용을 잘 모르는 경우가 있다. 그것이 영어나 기타 외국어로 쓰여진 원서라면 더욱 그렇다. 그런데 선생님은 이런 책을 처음과 끝만 읽으셔도 저자보다 그 책 내용을 더 잘 아신다는 것이니, 선생님은 분명히 천재가 맞으시는 것 같다.

예전에 선생님께서 강의해주셨던 여러 문학연구방법론들은 지금은 대부분 책이나 논문으로, 아니면『문학비평용어사전』(국학자료원, 2006) 같은 곳에 소개되어 있다. 그러나 80년대 당시에는 이런 상황이 아니었다. 이런 내용들은 아직 우리 학계에 널리 알려져 있지 않았을 때였다. 예를 들면, 블라디미르 프롭의『민담형태론』은 E. 멜레틴스키의 글을 김치수 교수가 번역하여 1982년 5월호『문학사상』에 소개되었다. 그러나 이 책이 완역·출간되어 학계에 알려진 것은 1998년, 그리고 2009년이다. 그런데 우리는 이 책의 내용을 이미 1980년에 배웠다. 우리가 이렇게 시대를 앞서 여러 가지 문학 연구 이론을 배울 수 있었던 것은 모두 잠들지 않는 지적 호기심을 가지셨던, 그리고 앞날을 미리 내다보셨던 우리의 위대하신 선생님 덕분이었다. 그때 배웠던 많은 문학 연구 방법론들은 지금도 내가 우리 민속 문화를 연구하는데 큰 힘이 되고 있다.

이 글을 쓰느라 대학원 때의 노트를 찾아보니, 어떤 한 면에 〈나의 지적 호기심은 잠들지 않는다〉라는 글이 있고, 그 옆에는 선생님이 하신 말씀이라고 적혀 있다. 이 말이 너무 멋져서, 언젠가 선생님께서 이런 말씀을 하셨을 때 내가 이것을 무심코 기록해둔 것 같다.

2023년 봄, 우리 동기들은 대학졸업 50주년을 맞아 기념행사로 남도문학 현장 답사를 했다. 전주에 있는 혼불의 작가 최명희 기념관, 장흥에 있는 이청준의 생가, 고창의 미당 서정주 생가 등을 방문하기로 했는데, 이 행사의 맨 처음에는 천안에 있는 선생님 묘소를 찾아뵙기로 했다. 처음 이런 계획을 제안했을 때 20여 명이 넘는 친구들은 다들 너무 좋아했다. 친구들 중에는 미국에서 온 친구들도 여럿 있었는데, 이중 어떤 친구는 선생님을 뵙고 싶어서 이번 답사에 참가했다는 친구도 있었다. 선생님께 드릴 꽃다발은 친구들이 서로 자신이 만들겠다고 했다. 아마도 본인이 직접 만든 꽃을 드리고 싶어서, 그리고 조금이라도 더 예쁜 꽃을 드리고 싶어서였을 것이다. 또 어떤 친구는 이날 선생님의 마지막 시집 『헌팅턴비치에 가면 네가 있을까』를 사 가지고 와서 친구들에게 한 권씩 나누어 주기도 했다. 묘소에서 우리는 기도를 하고, 선생님과의 만남의 과정을 설명하고, 선생님께 드리는 헌시를 읊고, 찬송가를 부르면서 선생님을 추억하고 기억했다. 나는 그때 속으로 '선생님, 다른 대학에 가시지 않고 한평생 우리 이화여자대학교 국문과에 교수로 근무해주셔서 감사합니다. 제 생애에서 선생님을 만난 것은 큰 행운이고 축복입니다. 제 학문의 9할은 선생님의 강의와 말씀에 힘입은 것입니다. 제가 이제 우리 민족문화의 정체와 뿌리를 밝히는 일에 더 매진하여, 과연 선생님의 제자구나 하는 말을 들을 수 있도록 하겠습니다. 선생님, 한평생 저희들에게 좋은 강의와 말씀을 많이 해주셔서 진심으로 감사드립니다.' 라는 말을 되뇌었다. 우리는 예쁜 꽃다발을 상석에 놓아두고 그곳을 떠났다. 그곳의 관리인들은 이어령 교수님 묘소에는 항상 꽃다발이 많아서, 어딘지 모르고 와도 누구나 다 선생님 묘소를 찾을 수 있다고 했다.

학생들로 가득 찼던 교실 안에서의 그 열정적인 강의들, 그리고 스승의 날 모임을 했던 '평창동의 봄'에서 환하게 웃으시며 들려주셨던 그 수많은 이야기들…… 지금도 선생님의 말씀이 귀에 쟁쟁하게 들려오는 듯하다. 아, 그리운 선생님…… 뵙고 싶습니다.

분석 비평가 이어령

김옥순_

이화여대 국문학 박사 과정을 수료하여 이화여대 국문과 강사, 문화관광부 국립국어원 학예연구관, (재)한중일비교문화연구소 연구원으로 재직했다. 저서로 『이상 문학과 은유』(채륜, 2010년도 학술원 우수학술도서 선정), 공역 『옛 이야기의 매력』(시공사)이 있다.

〰

　이어령 선생님은 160여 권이 넘는 책을 쓰셨고 아직도 많은 글들을 책과 강의 노트와 여러 사람의 컴퓨터에 남겨놓고 계시다. 돌아가셨지만 아직도 우리 곁에 계시는 듯하다.

　1969년, 나의 대학 입학은 취미 활동과 온갖 강연 벽보에 눈길이 쏠리던 자유분방하던 시절로 기억된다. 대학 시절 이어령 선생님의 가장 인상적인 강의는 카프카의 단편 「굶는 광대」였다. 단식을 재미로 보고 경탄하는 구경꾼들에게 서커스단의 단식가는 행위 예술가이기 이전에 광대와 같다. 굶주림을 작품의 주제로 삼은 이 작품은 제1차세계대전이 끝나고 궁핍했던 당시의 사회상이나, 혹은 당대 실제로 단식을 업으로 삼아 전시하던 단식가들의 존재를 역사적 배경으로 하고 있다고 한다.

　또 선생님이 강의하신 셔우드 앤더슨의 「손 Hands」에서 주인공 윙 비들범의 불안하게 움직이는 손의 이미지가 인상적이었다. 선생님이었던 윙은 자신의 창조적인 열정을 표현하고 학생들에게 꿈을 심어주기 위해 손으로 그들의 어깨를 어루만지거나 헝클어진 머리를 쓰다듬는다. 그러나 비언어적 소통의 수단인 손을 통한 그의 표현 방식은 성적인 오해를 불러일으키고 심지어 마을에서 추방되는 결과를 초래한다. 와인즈버그에 정착한 후 윙은 사람들 앞에서 항상 손을 숨기려고 애쓰는 등 손에 대해 강박관념과 신체적 접촉에 대한 두려움을 느끼는 그로테스크로 살아간다. 또한 포크너의 단편 「에밀리의 장미」를 우리 동기들은 아직도 이야기하곤 한다. 거만하고 독선적인 남부 귀족 아가씨의 기괴하고 섬뜩한 사랑 이야기에 대한 공감을 말이다. 그리고 헤밍웨이의 단편 「살인 청부업자」는 덩치 큰 헤비급 권투 선수 출신의 남자가 살인 청부업자들이 찾아올 것을 알면서도 도망가지 못하고 방에 누워서 진땀을 흘리고 있는 장면이 지금도 가슴을 울린다. 헤밍웨이의 「인디언 캠프」에서는 닉 아담스가 의사 아버지를 따라 인디언 여성의 제왕절개 출산의 고통과 그 남편의 죽음의 현장을 경험하고 아이에서 어른으로 성장하는 모습을 보여준다. 여기서 이어령 선생님은 주인공 닉 아담스의 입사식the story of initiation을 주목하셨다. 소년기에서 죽음의 공포와 그것을 느끼며 살아가는 인식의 변화 말이다.

이렇게 말하면 선생님은 영문과 교수냐고 질문할 수도 있지만 선생님은 국문학도라도 한국문학에만 억매이지 말고 우물 안 개구리가 되지 말라는 뜻으로 미국의 신비평New Criticism 이론가들이 소개한 소설의 기법들(플롯, 인물, 구성, 주제 등)을 소개 분석하였다. 국내의 작가들, 김유정, 김동리, 김소월, 이효석, 이상 작품 들을 분석하는 그 사이사이에 이런 외국 작품을 소개하신 것 같다. 이런 신비평가들, 그중 클리언스 부룩스의『잘 구워진 항아리』, 클리언스 부룩스, 로버트 펜 워렌의『현대수사학Modern Rhetoric』, 케네스 버크의『A Grammer of Motives』등 신비평서 이론서들을 통해서 문학작품은 작가의 의도가 중요한 것이 아니라 작품 자체의 해독이 중요하고,

작가 전기 연구도 중요하지만 작품 자체를 연구 분석하는 방법론
이 중요하다는 것을 알게 해 주었다.

1

내가 대학원에 들어간 1970년대 말부터 1980년대 시절은 지금
생각하면 내 인생의 황금기였다. 비록 버스표 두 장과 도시락 두 개
싸 가지고 매일 학교 도서관에 출근하던 늦깎이 학생이었지만 스
승으로부터의 새로운 배움과 새로운 친구들과 새로운 선후배들과
도서관에서 친해진 다른 과 대학원생과의 친교로 인생이 즐거웠다.
마침 신촌 3개 대학이 서로 대학원 과정을 터놓아서 이어령 선생님
의 강의는 이화여대 학생들만의 강의가 아니라 연세대생, 서강대
생, 그리고 문인들의 청강으로 오륙십 명 어떤 때는 백여 명의 수강
생들로 인산인해였다.

그 당시 떠돌던 풍설風說이 있었다. 서강대의 김열규 선생님, 이화
여대의 이어령 선생님, 서울대의 조동일 선생님 세 분이 국문학계
의 3대 천재라는 풍설이었다. 우리는 이 풍설의 주인공들에게 강의
를 듣는다는 사실에 어깨가 으쓱해졌고 그중 한 분이 우리 선생님
이라는 데에 자부심을 가졌다.

내가 대학원에 진학했던 때의 이대 국문과의 분위기는 신화 비평
으로 출렁거리고 있었다. 단군신화와, 심청전의 재생 의례, 민담 지
네장터 이야기 등 각 분야의 우리 고전이 신화 비평을 타고 새로
조명되고 있었다. 신화 비평은 미르치아 엘리아데의 『우주와 역사』

와 같은 종교 문화적 이론서라든가, C. G. 융의 집단 무의식을 통한 원형비평Archetypal Criticism에서 아니마와 아니무스 이론이라든가, 재생Rebirth, 그림자 이론, 그리고 제임스 프레이저의 『황금의 가지』, 에리히 노이만의 『그레이트 마더』, 그리고 그때 마침 번역된 노드롭 프라이의 『비평의 해부Anatomy of Criticism』 등을 강의하셨다. 문학 작품, 민담, 고대소설 속에 신화적이고 보편적인 원형Archetype이 되는 인물의 유형, 상징, 이미지, 서사 구조를 찾아내고 분석하는 자세를 갖게 되었다. 이런 시선으로 황순원의 『독 짓는 늙은이』, 김동리의 『등신불』 등을 강의하시던 기억이 난다. 이때에 문학작품은 그냥 읽고 감상을 말하면 끝나는 것이 아니라 바로 그 시작이라는 것을 깨닫게 되었다.

그뒤 선생님의 강의는 야콥슨과 레비스트로스의 "고양이들" 분석을 필두로 소쉬르와 로만 야콥슨의 구조주의 기호학 강의로 이어졌다. 러시아 형식주의의 "낯설게 하기" 이론이라든가 몽타주 등 영화 이론이 생각난다. 발자크의 작품 『사라진느』를 분석한 롤랑 바르트의 『S/Z』라든가 움베르토 에코의 『기호학 이론』 등 열심히 가르치셨지만 우리 제자들은 숨을 헉헉대면서 따라갔던 생각이 난다. 선생님은 쉬지 않고 미하일 바흐친의 카니발 이론, 줄리아 크리스테바의 "아버지의 법이 지배하는 로고스 중심주의"와 "어머니의 몸" 이론 등을 열렬히 강의하셨다.

선생님은 늘 족보 있는 비평을 해야 한다고 우리에게 주지시키셨다. 족보 있는 비평을 하려니까 허덕허덕 따라가다가 나도 읽기 힘든 난해한 글을 쓰는 제자의 고심을 선생님은 모르실거다. 두 번째로 늘 당부하시는 것은 문학비평은 텍스트 외적인 연구도 중요하지만 작가와 시대를 떠나서 텍스트 자체의 문학성을 찾는 것이 중요하다고 늘 말씀하셨다. 문학작품은 자연언어, 일차적 정보 위주의 글이 아니라고 강조하였다. 문학작품을 언어 외적인 실질로 환원시키는 비평에 대해서 엄격하게 선을 그었다. 로만 야콥슨의 언어 전달의 6가지 기능에서 시적 기능, 자기 지시적인 기능을 강조하였다. 예를 들어 문학작품 속의 '하늘'은 비기호적인 자연 영역에서 기호 영역의 텍스트 안으로 들어온 것을 의미한다고 보았다. 그것은 이미 독립된 한 사물로서가 아니라 문학작품 속에서 사물과 사물의 관계, 그 차이와 대립의 관계 안에서만 실재하는 것이라고 말씀하셨다.

2

그런데 내가 생각하기에 선생님의 문학에 대한 첫사랑은 이상李箱이 아닌가 생각된다. 선생님이 대학 시절 학보에 쓴 「이상론-순수 의식의 뇌성과 그 파벽」(문리대학보 3권 2호 1955. 9)을 보자. 나는 학보라 해서 얇은 신문을 상상했다가 책 한 권 분량의 긴 「이상론」을 대하고 질겁을 하였다. 선생님은 대학생 때 이미 본격적으로 이상의 작품에 대한 총괄적인 작가론을 정립한 것이다. 그 다음 해인 1956년에 평론가 조연현씨가 "근대정신의 해체"라고 이상을 논평

한 데 대하여 선생님이 「나르시스의 학살」로 두 차례(1956, 1957)나 반박한 사실은 널리 회자된다. 정신 분일자의 글과 이상의 글은 차원이 다른 글임을 역설하고 또한 자유연상과 의식의 흐름 기법을 통한 이상의 소설을 '시적 소설'이라고 새롭게 명명하면서 이상의 문학사적 위치를 공고히 하려고 애쓰셨다. 선생님을 이상 연구 1세대라고들 하지만 선생님은 평생 이상에 대한 연구의 끈을 놓지 않으셨다. 이상의 각주를 새롭게 단 자료집을 발간하고, 《문학사상》을 통해서 이상의 작품을 계속 발굴하고 번역하고 연구하고 이상 문학상을 제정하셨다.

이어령 선생님 강의-『산촌여정』

이어령 선생님이 이상의 수필 『산촌여정』을 강의하신 강의 노트(1977년 1학기 〈현대 수사학〉 강의, 신선희 교수 노트임)를 보게 되었다. 한 글로 쓴 건데 무슨 강독이냐고 반문할 분도 계시겠지만 이상의 『산촌여정』은 명문, 명 수필로 이름을 날리면서도 왜 명문인지 밝혀주는 글이 별로 없을 정도로 온통 비유의 지뢰밭이다. 그래도 난해한 이상의 글 중에서는 가장 독자 친화적인 글이라 볼 수 있다. 신문 연재를 목적으로 쓴 아름다운 묘사문이기 때문이다(1935년 9월 27일~10월 11일 〈매일신보〉에 발표). 강의 노트에서 말의 네 가지 유형(설명문, 묘사문, 토의문, 서술문)을 시조를 예로 들어 재미있게 설명하는 가운데 묘사문 항목에서 『산촌여정』 강의가 시작된다.

이어령 선생님은 서두에서 『산촌여정』에 나타난 은유의 특징을 설명한다. 은유Metaphor에는 기능적인 은유와 장식적인 은유가 있고, 기능적 은유는 내용과 밀접한 것이고 장식적 은유는 내용과 무관한 것이다. 그리고 이상의 글에 나타난 은유의 수사적 기능을 세 가지로 나누고 있다. I. 일반적인 것을 특수한 것으로 비유하는 기능이다. 예를 들어 일반적인 음료수 커피를 '향기로운 M.J.B.'로 표현하는 것 등이다. II. 눈으로 볼 수 없는 것을 눈으로 볼 수 있는 것으로 묘사하는 기능이 나타난다. "가을이 이런 시간에 엽서 한 장에 적을 만큼式 오는 까닭입니다."처럼 농촌의 계절 감각(A-가을)을 도시적 체험(B-엽서 한 장 式)으로 표현하고 있다(A→B). 즉 가을이 조금씩 다가오고 있음을 시각적으로("엽서 한 장 式") 보여주는 것이다. III. 이상은 두 개의 이질적인 것에서 동질적인 것을 끌어내는 특출한 비유를 보여준다. 여기서는 인공(문명)과 자연의 비교, 도시와 농촌의 비유 체계로 나타난다. 그리고 선생님은 이같이 수사법은 의미의 변화를 다루는 것이 아니라 표현 형식의 변화를 다루는 것이라고 하였다. 이 지면을 통하여 분석비평가 이어령 선생님이 강의를 통해 분석한 『산촌여정』을 정리해보려 한다. 마침 내 박사 학위 논문 「은유Metaphor 구조론」(1989)이 이상李箱의 작품을 대상으로 한 것이었는데 이어령 선생님의 지도로 논문을 쓴 바 있다.

I. 은유metaphor란 일반적인 것을 특수한 것으로 비유하는 기능

향기로운 MJB의 미각味覺을 잊어버린 지도 이십여 일二十餘日이나 됩니다.

『산촌여정』의 이 첫 문장을 읽으면서 이어령 선생님은 이 언술의 매력은 일반적인 것을 특수한 것으로 비유하여 새롭게 하는 능력에서 온다고 했다. 바로 친숙한 것을 친숙하지 않은 것에 비유하여 새롭게 만드는 은유의 힘이다. "향기로운 MJB의 미각"이라는 특수한 표현이 커피에 기호성을 가진 1930년대 도시 생활자의 모습을 제유법(synecdoche, 수사법의 한 가지. 사물의 한 부분으로 그 사물 전체를 의미하는 방법)으로 드러내고 있다. 이런 묘사 언어는 글이 생동하는 맛이 있다. 묘사는 사물 자체를 특수하게 재현representation하는 것이지 해석이 아니다. 즉 사물에 대해서about thing가 아니라 사물 그자체 thing itself의 의미 재현이다. 이러한 재현을 통해 복합적 의미를 가질 수 있다. 그러나 너무 특수화하면 오히려 정보가 될 가능성도 있다. 비묘사적 언어, 즉 설명 언어로 '커피 맛'이라고 해도 정보적 의미는 동일하나 수사적 의미 차이가 있다. "커피 맛을 잊은 지 20여 일이나 됩니다"라고 하면 오히려 정보가 될 가능성이 있다고 말하면서 분석 비평가의 시선을 보여준다.

이 곳에는 신문도 잘 아니 오고 체전부遞傳夫는 이따금 하도롱빛 소식을 가져옵니다. 거기는 누에고치와 옥수수의 사연이 적혀 있습니다. 마을 사람들은 멀리 떨어져 사는 일가 때문에 수심愁心이 생겼나봅니다. 나도 도회에 남기고 온 일이 걱정이 됩니다.

여기서도 '하도롱빛 소식'이란 특수한 수사적 표현이 주목된다.

외진 곳이라 커뮤니케이션이 두절된 상태임을 구체화하면서 '하도롱빛 소식'은 편지란 일반적인 것을 특수화, 추상화, 감각화하고 있다. 하드롱은 'hard rolled paper. 다갈색 종이를 가리킨다. '하도롱'이란 낯선 어휘가 주는 이국적인 느낌과 달리 그 뜻은 화사하지도 달콤하지도 않다. 꾸밈없고 생활 그 자체의 소식이 담겼을 뿐이다. 여기서는 다갈색 편지지에 쓰인 투박한 내용을 말한다. 그리고 마을 사람들을 빗대어 화자 자신이 도회에 남기고 온 일가족들의 소식이 걱정스러운 사연임을 암시하고 있다. 수심을 불러일으키는 도회의 소식과 대조적으로 누에고치와 옥수수의 사연이 담긴 시골의 사연은 자연에서 오는 수확의 기쁨을 보여준다. 이상은 편지가 전하는 우울한 소식을 걱정하면서도 그 종이의 재질까지 원어로 표현하며 교양 있는 지성인의 면모를 느끼게 한다.

> 건너편 팔공산에는 노루와 멧도야지가 있답니다. 그리고 기우제 지내던 개골창까지 내려와서 가제를 잡아먹는 곰을 본 사람도 있습니다. 동물원에서밖에 볼 수 없는 짐승, 산에 있는 짐승들을 사로잡아다가 동물원에 갖다 가둔 것이 아니라, 동물원에 있는 짐승들을 이런 산에다 내어 놓아 준 것만 같은 착각을 자꾸만 느낍니다. 밤이 되면 달도 없는 그믐 칠야漆夜에 팔봉산도 사람이 침소로 들어가듯이 어둠 속으로 아주 없어져 버립니다.

이 단락에서는 시골 성천의 주민인 마을 사람(인간계)과 산짐승(자연계)의 관계를 도회 중심적 시선으로 통째로 뒤집어서 특수하게 표현하고 있다. 팔봉산의 주인은 산짐승이다. 가끔 팔공산 곰이 그들의 영역인 산에서 사람이 사는 동네의 개골창까지 내려오기도 한다. 경계 침범이다. 그런데 이상은 원래 짐승들이 팔봉산에 살던 게 아니라 동물원에 있는 짐승들을 팔봉산에 풀어놓은 듯한 착각을 느낀다는 이상다운 특수하고 낯선 가설을 드러낸다. 범주 위반의 언술이다. 이 비유적 문장이 범주 실수category mistake라면 일종의 계산된 실수, 즉 논리적 일탈을 보인다. 도시적인 잣대로 자연적인 것을 보는 비유체계다. 여기서 이상은 도시 중심의 잣대로 자연계를 재단한다. 2020년대의 현대(지리산의 경우처럼)라면 이해되지만 1930년대의 풍요로운 자연계가 펼쳐진 성천에서는 논리적 일탈로 느껴지지 않을 수 없다.

밤이 되었습니다. 초열흘 가까운 달이 초저녁이 조곰 지나면 나옵니다. 마당에 멍석을 펴고 전설 같은 시민이 모여듭니다. 축음기 앞에서 고개를 갸웃거리는 북극 펭귄 새들이나 무엇이 다르겠습니까.

밤에 활동 사진을 보러 학교마당에 모여든 농촌의 주민들을 '전설같은 시민' 또는 "축음기 앞에서 고개를 갸웃거리는 북극 펭귄"으로 비유한다. 현대 문명의 이기에 어두운 농촌 사람들이 현재가 아닌 과거에 사는 존재라고 보아 시간적으로 먼 전설에 속하는 시민이라고 모호한 이미지를 사용하고 있다. 그리고 축음기 앞에서 고개를 갸웃거리는 농촌 사람들을 땅 위를 뒤뚱거리며 걸어가는 모습에서 공간적으로 먼 북극 펭귄에 비유한 것으로 보인다. 이와 별도로 이어령 선생님은 〈이상문학연구 60년〉("李箱研究의 길 찾기-왜 記號論的 接近이어야 하는가", 문학사상사, 1998)에서 북극 펭귄이 아니라 남극 펭귄임을 지적하였다.

문자의 비유

나는 그 화성암火成岩으로 반들반들한 징검다리 위에 삐뚜러진 N자로 쪼그리고 앉았노라면 시야에 물동이를 이고 주저하는 두 젊은 새악씨가 있습니다.

문자의 비유가 많은 것도 이상의 특이한 수사적 특징 중 하나다. 이상은 징검다리 위에 쪼그리고 앉은 모습을 "삐뚜러진 N자"로 형상화한다.

유자가 익으면 껍질이 벌어지면서 속이 비져 나온답니다. 하나를 따서 실끝에 매어서 방에다가 걸어둡니다. 물방울져 떨어지는 풍염한 미각 밑에서 철필같이 수척하여가는 이 몸에 조곰식式 조곰식式 살이 오르는 것 같습니다. 그러나 이 야채도 과실도 아닌 유모러스한 용적에 향기가 없습니다. 다만 세수비누에 한겹씩 한겹씩 해소되는 내 도회의 육향肉香이 방 안에 배회할 뿐입니다.

이상 자신의 말라가는 모습을 '철필같이'란 문구류로 비유한다. 말라가는 도회의 향기를 지닌 자신의 몸에서 육향肉香이 세숫비누에 씻겨지듯이 사라지고 있다면서, 향기 없는 유자의 향기와 자신의 육향을 비교한다. 비눗물에 살이 벗겨지듯 유자의 향기가 방안에 흩어지듯 근육이 사라지고, 몸이 말라가는 모습을 소모의 이미지를 통해 묘사하고 있다.

유자의 미각은 시각화된 미각이다. 공감각이랄까. 유자 맛은 '물방울져 떨어지는 풍염한 미각'이라고 말하듯이, 혀보다 눈으로 맛보는 것이라고 이어령 선생님은 지적한다. 야채도 아니고 과일도 아닌 것이 향기조차 없는 화려한 주황색의 유자가 이상 자신과 비교되고 있다.

객주집 방에는 석유등잔을 켜 놓습니다. 그 도회지의 석간과 같은 그윽한 내음새가 소년시대의 꿈을 부릅니다. 정형鄭兄! 그런 석유등잔 밑에서 밤이 이슥하도록 호까-연초갑지煙草匣紙- 붙이던 생각이 납니다. 벼쨍이가 한 마리 등잔에 올라 앉아서 그 연두빛 색체로 혼곤한 내 꿈에 마치 영어 '티'자를 쓰고 건너 긋듯이 유다른 기억에다는 군데군데 '언더라인'을 하여 놓습니다. 슬퍼하는 것처럼 고개를 숙이고 도회의 여차장이 차표 찍는 소리 같은 그 성악을 가만히 듣습니다. 그러면 그것이 또 이발소 가위 소리와도 같아집니다. 나는 눈까지 감고 가만히 또 자세히 들어봅니다.

"객주집 방에는 석유등잔을 켜 놓습니다"에서 '석유등잔'이 주목을 끄는 것은 단순히 묘사 대상이기 때문만은 아니다. 이 문장에는 "서울 내 집에서는 전기등을 씁니다"라는 상이한 체험이 숨어 있다. 전체의 수사는 도시(A)와 시골(B)의 묘사 문맥에서 이루어진다. '석유등잔' 냄새는 공간적 거리를 뛰어넘어 도회의 신문을 연상케 한다. 또한 시간적으로는 전기등을 켜지 않고 살던 소년 시절과 시골의 석유등을 연결하면서 과거에 서울에서 석유등을 쓰던 시절을 추억하게 한다. 화자 이상은 호까, 연초, 갑지 등을 통해 현재에서 과거로 돌아간다. 시골 체험을 통해 잊었거나 상실했던 존재의 근원을 찾아가는 것이다.

"벼쨍이가 한 마리 등잔에 올라 앉아서 마치 영어 '티'자를 쓰고 건너 긋듯이 '언더라인'을 하여 놓는다."는 묘사에서는 특수하게 문자 생활을 비유화한다. 벼쨍이가 등잔불에 올라 앉은 모습을 보는 화자의 시선. 그는 졸려서 혼곤한 상태다. 연둣빛 고운 벼짱이의 색채와 과거의 추억이 겹쳐진다. 기억은 시간적 순서로 떠오르지 않는다. 마치 공부할 때 중요한 단어나 문장에 밑줄 긋는 것처럼 띄엄띄엄 추억이 떠오른다. 가장 좋았던 일, 기뻤던 일, 충격적인 일 등이 초록빛 자태로 이미지화하여 띄엄띄엄 떠오른다. 글자에 밑줄 긋기와 선별된 기억의 출현이 비유로 겹쳐진다. 여기서 영어 T자에 밑줄을 긋는다는 비유도 상당히 기교적이고 전문적이다. 건축하는 사람들이 쓰는 제도용 T자 자가 연상된다. 전문적 지식인의 느낌이 풍긴다.

그에게 떠오르는 연둣빛 벼짱이의 추억은 아마 아름다운 것이었을 것이다. 이상은 경성고등공업학교 건축과를 1등으로 졸업하고 조선총독부 내무국 건축과 기수로 근무했던 전도유망한 엘리트 건축가였으니까 말이다. 그는 1933년에 서울대 문리대 교양학부 등을 설계하기도 한 인재였다. 그런데 이제 모든 것을 다 잃고 병든

채 시골에 휴양 온 화자의 눈앞에 벼짱이의 연둣빛 자태는 슬퍼하는 것처럼 고개를 숙이고 있는 듯 보인다. 벼짱이의 성악은 현재에서 과거로 농촌에서 도시로 슬퍼하는 것처럼 기억 속으로 미끄럼을 탄다. 그 성악은 도회의 여차장이 차표 찍는 소리 같기도 하고 이발소 가위소리처럼 들리기도 한다.

등잔 심지를 돋우고 불을 켠 다음 비망록에 철필로 군청群靑빛 모를 심어 갑니다. 불행한 인구가 그 위에 하나하나 탄생합니다. 조밀한 인구가-.

이질적인 체험을 동시에 할 수 있게 하는 것이 문학의 능력이다. 또한 모순되는 것을 포괄하는 능력이 문학의 생산적인 발견이다. 1)철필로 원고지에 군청빛 글을 쓰는 지식인의 행위, 2) 군청빛 어린 모를 줄친 논에 심는 농부의 행동, 3) 마을이나 도회에서 집집마다 어린 인구가 하나씩 탄생하는 것, 이렇게 서로 낯선 것들이 작가의 문학적 상상력을 통해 하나로 결합된다. 즉 비유를 통해 이질적 체험들이 동시에 한 덩어리로 이해되는 것이 문학의 능력이다. A가 B이면 C는 D이듯이, 군청빛 문자가 군청빛 모로 비유되면 줄이 쳐진 원고지에 글을 쓰는 행위는 모줄을 쳐 놓고 모를 심는 것으로 유추될 수 있다. 그것은 도시의 집집마다 아기를 낳는 것과 같지 않겠냐는 유추적 비유 체계를 이끌어낸다. 그런데 비관론자 이상은 인간의 탄생이 기쁨이 아닌 불행한 인구의 탄생이 아닌가 하는 회의의 시선을 통해 현대적인 문명비평가의 면모도 보여주고 있다.

이렇게 비유적 상상력을 통해 인공(문명)과 자연, 도시와 농촌, 지식과 생활이라는 세계가 서로 다른 것이 아니라 하나의 유기체로 통합되고 연결될 수 있음을 보여준다.

대상		행위	주체자
종이	문자(문화, 지식)	글 쓰는 것	지식인, 도시인(지식 증가)
논	모(벼농사)	모 심는 것	농부(농산물 증가)
마을, 도시	남녀(결혼 생활)	애 낳는 것	사람(인구 증가)

Ⅱ. 눈으로 볼 수 없는 것을 눈으로 볼 수 있는 것으로 비유

시간의 시각화

아침에 볕에 시달려서 마당이 부스럭거리면 그 소리에 잠을 깨입니다. ① 하루라는 짐이 마당에 가득한 가운데 새빨간 잠자리가 병균처럼 활동입니다. ② 끄지 않고 잔 석유등잔에 불이 그저 켜진 채 소실된 밤의 흔적이 낡은 조끼 단추처럼 남아 있습니다. 작야昨夜를 방문할 수 있는 요비링입니다. ③ 지난밤의 체온을 방 안에 내어던진 채 마당에 나서면 마당 한 모퉁이에는 화단이 있습니다. 불타오르는 듯한 맨드라미꽃 그리고 봉선화.

은유의 또 다른 특징이 눈에 보이지 않는 것을 눈에 보이는 것으로 형상화하는 것에 있다. 여기서 ①"하루라는 짐"은 하루라는 시간적 개념을 시각화, 공간화하여 비유한 것이다. 이상 은유의 특징

중 하나다. "새빨간 잠자리가 병균처럼 활동입니다."에서 가을에 흔히 보는 잠자리를 병균으로 비유한 것은 이상 자신의 환자적이고 도시인적인 시선이 배어 나오는 기술적 묘사다. 친숙한 것을 친숙하지 않은 것에 비유함으로써 새롭고 막연한 의미를 주는 이상만의 은유적 특징이다.

②"끄지 않고 잔 석유등잔에 불이 그저 켜진 채 소실된 밤의 흔적이 낡은 조끼 단추처럼 남아 있습니다. 작야昨夜를 방문할 수 있는 요비링입니다."에서는 이중 비유가 나타난다. 일차적으로는 밤새 타다 남은 석유 등불이 낡은 조끼 단추로 비유된다. 밤을 밝히는 등잔불은 아침 햇볕에는 낡은 빛이 된다. 그 낡은 속성은 오랫동안 입은 조끼의 단추로 형상화된다. 즉 보이지 않는 시간 개념을 보이는 것으로 물체화하고 있다. 이차적 비유로 그 동그란 단추는 양옥집에 달려 있는 요비링(초인종)처럼 동그랗다. 요비링을 누르면 집 안에서 사람이 나타나듯이 지난 밤의 시간을 돌아볼 수 있다는 것이다. ③"지난밤의 체온을 방 안에 내어던진 채 마당에 나서면"에서는 "체온을 내어던진다"는 비유적 술어를 통해 촉감적 감각을 시각적인 물체로 바꾸는 효과를 보여준다.

기상학의 시각적 비유

밤의 슬픈 공기를 원고지 위에 깔고 창백한 동무에게 편지를 씁니다. 그 속에는 자신의 부고도 동봉하여 있습니다.

우리는 공기를 통해 숨 쉬고 있다는 것을 물리학적으로 알고는 있지만 볼 수는 없다. 이상은 이런 기상학적인 개념인 공기를 카페트 같은 물체를 원고지 위에 깐다는 시각적 비유로 표현한다. 여기서 시각화된 공기는 밤의 슬픔이 담긴 물체로 나타난다. 왜 슬픈가 하면 자신의 부고를 동봉하였기 때문이다. 여기서 모순어법oxymoron이 나타난다. 자신이 살아 있으면서 죽었다는 부고장을 보낸다는 모순이 나타나기 때문이다.

청석靑石 얹은 지붕에 별빛이 나려쪼이면 한겨울에 장독 터지는 것 같은 소리가 납니다. 벌레 소리가 요란합니다. 가을이 이런 시간에 엽서 한 장에 적을 만큼식式 오는 까닭입니다. 이런 때 참 무슨 재조才操로 광음光陰을 헤아리겠습니까? 맥박소리가 이 방房안을 방房채 시계로 만들어 버리고 장침과 단침의 나사못이 돌아가느라고 양兩짝 눈이 번갈아 간질간질합니다. 코로 기계 기름 내음새가 드나듭니다. 석유등잔 밑에서 졸음이 오는 기분입니다.

이상이 계절의 흐름, 시간의 천문학적인 변화를 사색하는 순간이다. "이런 때 참 무슨 재조才操로 광음光陰을 헤아리겠습니까?"에서 우주의 광음을 인간인 자신이 헤아릴 수 없다고 한탄하면서 동시에 시계의 비유를 생각해 낸다. "A가 B라면 C는 D이고 E는 F이다" 식으로 두 체계를 병렬하는 유추를 통해서다. 방이 시계라면 화자의 양쪽 눈은 장, 단침이고, 맥박소리는 시계 소리고, 콧구멍으로 쉬는 숨은 시계 기름 냄새라는 수사학적 유추가 성립된다. 이런 유추를 통해 이상 몸에서 들리는 맥박 소리는 시간이 흐르는 시계 소리로 비유되고 벌레 소리는 가을이 흘러가는 우주의 광음으로 연결된다. 도표로 보면 다음과 같다.

A (내 몸)	---	B (시계)	---	C 가을(우주)
D (내 양쪽 눈)	---	E (시계의 장단침)	---	F 별빛(우주의 시계)
G (내 맥박소리)	---	H (시계소리)	---	I 가을벌레소리(우주의 광음)
J (내 콧구멍 속 숨 냄새)	---	K (시계 기름냄새)	---	L (자연의 연료, 석유냄새)

쉼 없이 재깍째깍 돌아가는 내 몸속의 시계는 지금 별빛이 쏟아지는 계절의 흐름과 같다. 하늘의 별과 땅의 벌레들과 방안의 자신을 시계 이미지로 동일화하면서 이상은 지금 이 순간 우주 한가운데에 살아있는 자신의 맥박 소리를 듣고 있다. 이런 유추적 비유를 통해 이상은 성천의 가을 별빛과 벌레 소리의 합창 가운데 존재하는 자신의 존재를 시계 이미지로 바꾸어 자연의 광음에 경의를 표하고 있다.

그러나 공기는 수정처럼 맑아서 별빛만으로라도 넉넉히 좋아하는 누가복음도 읽을 수 있을 것 같습니다. 그리고 또 참 별이 도회에서보다 갑절이나 더 많이 나옵니다.

여기서 묘사는 과학적 진실이 아니라 감각적 진실임을 알 수 있다. 논리적 진실이 아니라 현실적 체험의 진실이다. 즉 정보 information 이상의 것을 묘사는 준다. 공기가 맑다고 해서 책을 읽을 수는 없다. 단지 감각적 진실에서만 가능할 뿐이라고 이어령 선생이 예리하게 지적하고 있다. 그러나 이상이 별빛을 등불 삼아 좋아하는 성경을 읽을 수 있고 별들의 운행하는 기척이 이웃집 사람의 인기척처럼 다정하게 느껴진다는 비유적 언술은 가을 별빛과 이상의 상상력이 결합된 황홀한 수사의 힘이라고 볼 수 있다. 별빛의 시각화, 의인화가 드러나는 비유다.

토목학의 시각화

또 연식 테니스 공의 마개 뽑는 소리가 음향의 흔적이 되어서는 등고선의 각점 모양으로 남아 있는 것 같습니다.

여기서는 학교 학생들이 치는 테니스 공의 마개 뽑는 소리라는 청각적인 대상을 '음향의 흔적'이라고 시각화한다. 그리고 '등고선의 각점'이라는 또다른 토목학적 개념으로 연결한다. 등고선은 지도에서 해발고도가 같은 지점을 연결한 곡선으로 지형의 높낮이와 경사를 시각적으로 표현하는 데 사용된다. 테니스 운동의 현전성은 과거와 미래의 흔적을 지닐 때만이 생각할 수 있다. 즉 테니스 공과

라켓의 운동 기능을 표현하기 위해서는 그 대립인 부재에 속하는 '등고선의 각점'이라는 성질을 갖고 있지 않으면 안 되는 것이다. '음향의 흔적'이나 '등고선의 각점' 같은 시각화를 통해 테니스공의 마개 뽑는 소리는 부재와 현존의 운동 과정으로 연결된다. 이렇게 서로 낯설고 이질적인 소리와 그 흔적이 이어지면서 시각과 청각의 공감각적 비유를 보여주고 있다.

> "얼마 있으면 목이 마릅니다. 자리물- 심해처럼 가라앉은 냉수를 마십니다. 석영질 광석 내음새가 나면서 폐부에 한난계 같은 길을 느낍니다. 나는 백지 위에 그 싸늘한 곡선을 그리라면 그릴 수도 있을 것 같습니다."

에서는 물의 이미지를 광물로 비유하면서 또 한편으로 폐 속에 흘러가는 물길을 토목학적으로 연결한다. 즉 자신의 목구멍을 통해 폐 속으로 흘러가는 물길은 땅속을 흘러가는 물길과 같다는 유추법이다. 냉수 마시기의 행위를 토목공사에서 설계도 그리는 작업으로 시각화하고 있다.

Ⅲ. 두세 개의 이질적인 것에서 동질적인 것을 끌어내는 기능

과거 시대와 현대의 비교

청둥호박이 열렸습니다. 호박꼬자리에 무 시루떡- 그 훅훅 끼치는 구수한 김에 좇아서 증조할아버지의 시골뜨기 망령들은 정월 초하룻날 한식날 오시는 것입니다.

그러나 저 국가백년의 기반을 생각케 하는 넓적하고도 묵직한 안정감과 침착한 색

채는 럭비구球를 안고 뛰는 이 제너레숀의 젊은 용사의 굵직한 팔뚝을 기다리는 것
도 같습니다.

청둥호박을 보면서 명절날 조상님에게 차례 지내려고 만든 호박
꼬자리 무 시루떡을 연상한다. 조상님들은 그 무시루떡의 구수한
김을 좋아서 명절날 후손들 앞에 오신다. 또한 청둥호박의 시각적
특성상 그 넓적하고 묵직한 안정감과 색채는 럭비공과 젊은 용사
의 굵직한 팔뚝에 비유된다. 과거에는 크고 넓적한 청둥호박이 명
절날 조상님이 즐기시는 음식이고 현대에는 젊은이들이 즐기는 럭
비공과 스포츠맨의 굵은 팔뚝이라는 연상적 비교를 보여준다. 이상
은 1930년대의 도시인이면서 동시에 한국인의 전통을 이어받은 사
람임이 잘 나타난다. 도시적인 것과 농촌적인 것, 과거와 미래와 같
은 더블 이미지를 청둥호박이라는 사물로 통합하고 있다. 여기서
이어령 선생님은 I.A. 리차즈 이전에는 흑백논리와 형식논리의 메
시지 중심의 단일적 이미지를 말하였지만 I.A.리차즈 이후에는 양
면성을 갖는 통합적인 이미지를 중시하게 되었다고 지적하고 있다.

나는 그 화성암火成巖으로 반들반들한 징검다리 위에 삐뚜러진 N자로 쪼그리고

앉았노라면 시야에 물동이를 이고 주저하는 두 젊은 새악씨가 있습니다. 나는 미안

해서 일어나기는 났으면서도 일부러 마주 보면서 그리로 걸어갑니다. 스칩니다. 하

도롱빛 피부에서 푸성귀 내음새가 납니다. 코코아빛 입술은 머루와 다래로 젖었습

니다. 나를 아니 보는 동공에는 정제된 창공이 간쓰메가 되어 있습니다.

M백화점 미소노 화장품 스위-트껄이 신은 양말은 이 새악씨들의 피부색과 똑같은 소맥빛이었습니다. 삐뜨름히 붙인 초유선형 모자 고양이 배에 화-스너를 장치한 갑붓한 핸드빽-이렇게 도회의 참신하다는 여성들을 연상하여 봅니다. 그리고 새벽 아스팔트를 구르는 창백한 공장소녀들의 회충과 같은 손가락을 연상하여 봅니다. 그 온갖 계급의 도회 여인들 연약한 피부 위에는 그네들의 빈부를 묻지 않고 온갖 육중한 지문을 느끼지 않습니까.

시골 새악시 모습을 도회적인 특징과 비유로 엮고 있다. 시골 새악시의 햇빛에 탄 피부색은 하도롱빛이다. 머루와 다래로 붉은 입술은 코코아빛이다. 넓은 창공이 압축된 듯 보이는 시골 새악시의 눈동자는 간스메된 듯하다. 특히 "수줍어하는 시골 새악시의 눈 안에 압축된 "창공의 빛"은 시골 새악시에 대한 멋진 찬사이자 자연예찬이다. 또한 도회의 백화점 스위트걸이 신은 양말은 이 새악시들의 피부색과 같다는 지적이 눈에 띤다. 도회의 여인들이 햇볕에 건강하게 탄 시골 새악시 살빛을 부러워하여 소맥빛 양말을 신는다는 이상의 접근법도 상당히 긍정적이다. 시골 여인의 순수성을 도회의 여자와 비교하여 긍정적 시선을 보내고 있다.

야채 사라다에 놓이는 아스파라가스 잎사귀 같은 또 무슨 화초가 있습니다. 객주집 아해에게 물어봅니다. 기상꽃-기생화妓生花란 말입니다. 무슨 꽃이 피나-진홍眞紅 비단꽃이 핀답니다.

선조가 지정하지 아니한 조셋트 치마에 외스트민스터 권련을 감아놓은 것 같은 도회의 기생의 아름다움을 연상하여 봅니다. 박하보다도 훈훈한 리그레추윙껌 내음새 두꺼운 장부帳簿를 넘기는 듯한 그 입맛 다시는 소리- 그러나 아마 여기 필 기생꽃은 분명히 혜원 그림에서 보는 것 같은- 혹은 우리가 소년시대에 보던 떨떨 인력거에 홍일산 받은 지금은 지난날의 삽화인 기생일 것 같습니다.

이상은 기생꽃을 보고 양식 야채 샐러드에 있는 '아스파라가스'를 연상한다. 길다란 '아스파라가스' 형태에서 연상된 두 번째 비교는 영국산 '외스트민스터 궐련'이다. 세 번째 비교는 궐련의 종이가 감긴 데에서 연상되는 도회 기생의 모습이다. 늘씬한 몸매에 '조셋트 치마'를 휘감고 걷는 모던한 1930년대의 기생은 미국산 '리그레추윙껌' 냄새를 풍기며 도시를 활보하리라. 그런데 여기서 피어날 기생꽃의 모습은 조선 시대 화가 혜원 신윤복이 그린 우아하게 인력거를 타고 홍일산을 받는 그 기생의 삽화일 거란다.

그러나 혜원 신윤복이 그린 조선의 기생과 모던한 기생이 다를 것 같지만 동시에 두꺼운 장부를 넘기는 소리에서 공통적인 속성을 보인다. 모던한 기생이 껌을 씹으면서 침을 넘기는 소리가 두꺼운 장부를 넘기는 소리로 연상되면서 사랑이 아닌 돈에 관심을 두는 공통점을 지적한다. 시간적으로 보면, 전통과 서구화된 근대, 공간적으로 보면, 농촌과 도시, 중심 인물인 기생으로 보면, 현대와 전통이란 이중의 의미가 엮여 있다. 이렇게 이상의 묘사문에서는 언어가 소재일 수 있음을 선생님은 지적하고 있다. 조셋트 치마, 웨스트민스터 궐련, 파라마운트 상표, 리그레추윙껌, 인력거, 홍일산 등등. 사물과 실질적으로 일치하지 않아도 된다. 단어에서 분위기만 연상시켜도 된다고 말이다.

자연물을 영화의 한 장면으로 전이

활동사진을 보고 난 다음에 맛보는 담백한 허무-장주莊周의 호접몽이 이러하였을 것입니다.

나의 동글납짝한 머리가 그대로 카메라가 되어 피곤한 따블렌즈로나마 몇 번이나 이 옥수수 무르익어가는 초추初秋의 정경을 촬영하였으며 영사映寫하였던가- 후레슈백으로 흐르는 엷은 애수- 도회에 남아 있는 몇 고독한 팬에게 보내는 단장斷腸의 스틸이다.

이상은 밤에 열릴 금융조합 선전 활동 사진을 볼 것을 예상하면서(아니면 활동 사진을 본 뒤에) 장자의 호접몽을 생각한다. 마치 장주의 나비의 꿈처럼 활동 사진에 몰입하던 관객이 영화가 끝난 뒤 현실에서 느끼는 허무함 같다는 비유다. "나의 동글납짝한 머리가 그대로 카메라가 되어"의 비유적 언술에서는 이상 자신이 도회에 있는 친구에게 쓴 글들이 바로 자신이 영사기가 되어 농촌의 가을 풍경을 찍어 보낸 것이라고 한다. 그의 동글납짝한 머리는 카메라로 비유되고, 피곤한 두 눈은 '따블렌즈'로 비유되며, 엷은 애수가 깔려 있는 자신의 심경은 영화의 플래시백(회상 장면)으로 비유된다는 것이다. 이렇게 자신이 쓰는 글들을 영화의 한 장면a still photograph으로 전이transfer하고 있음을 말하고 있다.

두 소년이 고무신을 벗어들고 시냇물에 발을 잠가 고기를 잡습니다. 지상의 원한이 스며 흐르는 정맥靜脈 - 그 불길하고 독한 물에 어떤 어족魚族이 살고 있는지- 시내는 대지의 신열身熱을 뚫고 벌판 기울어진 방향으로 흐르고 있습니다. 그것은 가을의 풍설風說입니다.

가을이 올 터인데 와도 좋으냐고 쏘근쏘근하지 않습니까. 조이삭이 초례청 신부가 절할 때 나는 소리같이 부수수 구깁니다. 노회한 바람이 조 잎새에게 난숙爛熟을 최촉催促하는 것입니다. 그러나 조의 마음은 푸르고 초조하고 어립니다.

가을바람에 흔들리는 조밭이 이상의 놀라운 상상력을 통해 초례청의 한 장면으로 영상화된다. 가을바람은 식물에게 난숙을 재촉하는데 마치 노회한 어른이 어린 신부를 달래며 시집보내는 모습과 같다는 것이다. 아직 채 익지 않은 푸르고 어린 조 이삭은 어린 신부처럼 초조하고 더 자라야 한다. 이렇게 바람은 가을을 재촉하고 어린 조 이삭을 영글게 한다. 어린 조 이삭이 바람에 흔들리는 이미지는 통과의례The rites of initiation 중인 어린 신부의 초례청 모습으로 결합되고 영상화된다.

익어가는 조 이삭		어린 신부의 통과의례
조밭	---	초례청
조 이삭은 푸르다	---	신부는 어리다
조 이삭은 아직 덜 익었다	---	어린 신부는 초조하다

가을이 와도 되냐고 바람이 쏘근거린다	---	노회한 어른이 어린 신부를 시집보내도 되냐고 쏘근댄다
바람이 조 이삭대를 흔들어 부수수 구기는 소리가 난다	---	노회한 어른이 초례청에서 신부에게 절을 시키니 신부 옷이 부수수 구기는 소리를 낸다
조 이삭이 가을바람에 계속 흔들린다	---	노회한 어른이 얼른 어른이 되라고 어린 신부를 가르친다

①옥수수밭은 ⓐ일대一大 관병식입니다. ②바람이 불면 ⓑ갑주 부딪치는 소리가 우수수 납니다. ③카-마인 빛 ⓒ꼭구마가 뒤로 휘면서 너울거립니다. ④팔봉산에서 총소리가 들렸습니다. ⓓ장엄한 예포 소리가 분명합니다. 그러나 그것은 내 곁에서 소조小鳥의 간을 떨어뜨린 ④공기총 소리였습니다. ⑤그리면 옥수수밭에서 백白, 황黃, 흑黑, 회灰, 또 백白, 가지각색의 개가 퍽 여러 마리 ⓔ열을 지어서 걸어 나옵니다. 센슈알한 계절의 흥분이 이 ⓕ코삭크 관병식觀兵式을 한층 더 화려하게 합니다.

①옥수수밭이 ⓐ일대 코삭크 관병식으로 비유된다. ②옥수수밭에 바람이 불면 우수수 소리를 내는데 ⓑ군인들 갑주 부딪치는 소리로 바뀐다. ③옥수수의 붉은 술이 너울거리는 모습은 ⓒ군인들 벙거지에 꽂던 붉은 털(꼬꼬마)이 너울거리는 듯하다. ④팔봉산에서 사냥하는 총소리는 ⓓ장엄한 예포 소리가 분명하다. ⑤옥수수밭에서 여러 마리 동네 개들이 걸어 나오는 모습은 ⓔ군인들과 함께 개

들이 걸어 나오는 모습과 같다. ⑥흔들리는 거대한 옥수수밭은 ⓕ 코삭크족의 관병식과 같다. ①-ⓐ에서부터 ⑥-ⓕ까지의 이질적인 것을 통합하는 유추법으로 색체, 전문용어, 구체적 사물 명이 동원되고 있다. 휘날리는 옥수수밭은 갑자기 화려한 러시아 코삭크족의 일대 관병식으로 영상화된다. 여기서의 비유적 영상은 비유법을 통해 마치 영화의 한 장면처럼 펼쳐진다.

산삼이 풀어져 흐르는 시내 징검다리 위에는 백채白菜 씻은 자취가 있습니다. 풋김치의 청신한 미각이 안약 스마일을 연상시킵니다.

이상은 상상력을 통해 옥수수밭에서 멋진 '코삭크 관병식'을 치르고, "산삼이 풀어져 흐르는 시냇가 징검다리"에 이르렀다. 산삼이 풀어져 흐르는 시냇물이란 표현에서 갑자기 농촌의 시냇가는 세속이 아닌 신선이 사는 성스러운 장소로 느껴진다. 그리고 이 시냇가에는 백채(白菜, 배추) 씻은 자취도 있다. 이 배추에서 풋김치의 청신한 미각이 연상된다. 여기서 풋김치의 청신한 미각과 안약 스마일을 비유로 연결시키는 것은 비합리적인 표현이지만 신선fresh한 미각과 안약을 눈에 넣는다는 것이 깨끗하고 청순한 이미지라는 점에서 묘한 일치를 보여준다. 이런 복합적 이미지가 공감각의 세계를 뛰어넘어 전혀 같지 않은 것끼리의 유사성을 발견케 한다. 선생님은 여기서 수사적 가치가 높아진다고 지적하고 있다.

자연물을 도회적인 것으로

수수깡 울타리에 오렌지빛 여주가 열렸습니다. 당콩넝쿨과 어우러져서 세피아빛을 배경으로 하는 일폭의 병풍입니다. 이 끝으로는 호박넝쿨 그 소박하면서도 대담한 호박꽃에 스파르타식 꿀벌이 한 마리 앉아 있습니다. 농황색에 반영되어 세실 B 데밀의 영화처럼 화려하며 황금색으로 사치합니다. 귀를 기울이면 르넷산스 응접실에서 들리는 선풍기 소리가 납니다.

묘사는 묘사 대상보다 묘사자의 시선이 중요하다. 수수깡 울타리에 핀 식물들이 묘사 대상이다. 하도롱빛, 군청빛, 오렌지 빛, 세피아 빛, 농황색, 황금색, 머루빛, 진홍빛 등등 색채어가 화려하다. 하도롱빛, 오렌지 빛, 머루빛은 사물 언어로 빛을 대신하여 표현하고 있다.

오렌지빛 여주와 세피아 빛 '당콩넝쿨'이 어우러진 울타리는 병풍을 연상케 한다. 이 울타리가 병풍으로 비유될 뿐 아니라 세실 B 데밀 감독이 찍은 영화의 한 장면이란 이중 비유로 표현된다. 유머러스한 도시인의 시선으로 꽃과 벌을 바라볼 때 소박하면서도 대담한 호박꽃과 조그맣지만 자신만만한 스파르타식 꿀벌의 연애담이 등장한다. 현대인이 여름에 선풍기보다 에어컨을 선호하듯이 이상이 살던 1930년대에는 부채 대신에 선풍기가 더위를 이기는 새로운 문명의 도구로 등장했다. 그래서 시골 꿀벌 윙윙대는 소리가 경성 '르넷산스' 음악 감상실의 선풍기 소리로 전이되고 영화의 배경음이란 효과음까지 내고 있다. 여주와 당콩넝쿨이 어우러진 울타리는 병풍으로 그리고 세실 B 데밀 감독이 찍은 영화의 한 장면으로 영상화된다.

　　교회가 보고 싶었습니다. 그래서 예루살렘 성역을 수만 리 떨어져있는 이 마을의 농민들까지도 사랑하는 신 앞에서 회개하고 싶었습니다. 발길이 찬송가 소리 나는 곳으로 갑니다. 포프라 나무 밑에 염소 한 마리를 매어 놓았습니다. 구식으로 수염이 났습니다. 나는 그 앞에 가서 그 총명한 동공을 들여다봅니다. 세루로이드로 만든 정교한 구슬을 오브라이드로 싼 것 같이 맑고 투명하고 깨끗하고 아름답습니다. 도색桃色 눈자위가 움직이면서 내 삼정三停과 오악五嶽이 고르지 못한 빈상을 업수여기는 중中입니다.

교회를 찾아가다 염소를 만난다. 그런데 염소는 구식 수염을 기르고 있는 관상쟁이의 이미지이다. 관상쟁이가 총명한 동공으로 내 관상을 본다는 상상력이 발동된다. 염소의 동공은 셀루로이드, 오브라이드로 싼 듯하다고 초현대적 도시적 이미지로 전이시키고 있다. 내 삼정(三停, 상정: 이마, 중정: 코, 하정: 입술과 턱)과 오악(五嶽, 코와 양측의 광대뼈, 이마와 턱) 이 빈상이라고 염소 점쟁이의 맑은 눈이 말하는 듯하다. 이상이 교회를 찾아가 신에게 회개하려다 관상쟁이 염소의 비유를 통해 그 눈에 어린 자기 얼굴을 성찰하는 모습이 그려진다.

　　그저께 신문을 찢어버린 때문은 흰나비

 며칠 지나 찢어진 그저께 신문이라도 시골에서는 때 묻은 흰나비 같이 신비롭고, 아름다운 애인의 귀같이 기쁨을 준다. 소식을 날라 다 준 찢어버린 신문은 흰 나비로 비유되고 세상 소식을 읽어보는 기쁨은 아름다운 애인의 귀같이 생긴 봉선화꽃처럼 아름답게 비유된다. "귀에 보이는 지난날의 기사"란 표현은 상호 영향에 의한 이미지 교환이라고 볼 수 있다. 자석적magnetic 효과를 주는 공감각적 표현이다.

 '파라마운트'회사 상표처럼 생긴 도회 소녀가 나오는 꿈을 조곰 꿉니다. 그러다가 어느 도회에 남겨 두고 온 가난한 식구들을 꿈에 봅니다. 그들은 포로들의 사진처럼 나란히 늘어섭니다. 그리고 내게 걱정을 시킵니다. 그러면 그만 잠이 깨어 버립니다. 죽어 버릴까 그런 생각을 하여 봅니다. 벽 못에 걸린 다 헤어진 내 저고리를 쳐다 봅니다. 서도천리를 나를 따라 여기 와 있습니다그려!

 꿈속에 나타난 '파라마운트회사' 상표처럼 생긴 소녀의 모습은 구체화되지도 못하고 설명으로도 부족하다. 그러나 세련된 도회의 소녀일 것이란 이미지의 논리성을 줄 수 있다. 깜찍한 도회 소녀의 모습이나 식구들의 포로같이 늘어선 모습은 이상에게 타자와의 관계를 생각하게 하는 대상들이다. 가난한 식구들이 포로들의 사진과 비교된 그들의 공통점은 구해 달라는 외침이다. 포로로 비유되는 식구들은 이상에게 전쟁터의 참상처럼 심각한 상태다. 그는 안전한 타자들로부터 고립된 존재로 여기서 존재론적인 고민이 느껴진다.

특히 "화자의 저고리" 묘사에서는 의인화된 저고리 자체의 실존적이고 독립적인 이미지를 보여준다. 너무 오래 신어서 다 헤어진 빈센트 반 고흐의 끈 달린 낡은 구두처럼, 이상의 못에 걸린 낡은 저고리 이미지에서는 화자의 존재론적인 고민이 동시에 배어 나옴을 느낄 수 있다.

이와 같이 이어령 선생님의 뛰어난 분석력을 통해 이상의 『산촌 여정』을 다시 분석하고 정리하면서 이상의 고뇌, 이상의 높은 지성, 이상의 가장 순수한 마음, 이상의 절망 상태의 영혼을 느낄 수 있었다.

50년 전의 기억을 연다
이어령 선생님의 강의

신선희_

이화여자대학교에 1975년 입학하여 고전 서사문학 전공으로 박사 학위를 받고 현대 비평 이론과 고전 텍스트 두 영역의 소통을 위한 연구를 지속해왔다. 장안대학교 미디어스토리텔링과 교수(1991-2023)로 고전문학의 현대적 변용과 디지털 매체 활용 콘텐츠 창작 교육에 힘썼다. 저서로『우리 고전 다시 쓰기』, 공저『한국민중의 문학』,『고전 서사문학에 나타난 죽음과 삶』,『고전 서사문학에 나타난 이방인』외 다수가 있다.

〰

50년이라는 긴 시간이 흘렀다. 젊음의 열정으로 가득 찼던 교정에서, 우리는 이미 한 시대를 대표하는 지성인 이어령 선생님의 강의를 들었다. 가장 풋풋했던 20대 초반의 인문학도가 최고의 선생님께 배움을 쌓아간 귀하고 귀한 시간이었고, 선생님의 지적 DNA를 모두 물려받고 싶은 소망의 시간이었다.

내 책장 한 켠에 고이 간직된 다섯 권의 낡은 노트는 그 기억들을 불러냈다. 촘촘히 적힌 글씨와 빼곡한 밑줄들은 내가 얼마나 선생님의 강의에 몰입했었는지를 새삼 증명해주는 듯했다. 문학사상 주간, 사회적 강연 등 셀 수 없이 바쁜 일정 속에서도 선생님은 늘 강의를 가장 우선시하셨다. 휴강도 없었고,* 2~3시간 연속 강의에서도 쉬는 시간조차 없었고, 중간에 강의실을 들락이는 학생들도 없었다.

70년대 중후반은 유신 독재의 막바지였고, 우리는 학문과 현실의 괴리에 고민하는 젊은이들이었다. 낭만의 장이었던 축제조차 늘 시위와 압제의 장으로 바뀌곤 했었다. 우리 학번과 선생님이 사제 간 나눌 특별한 에피소드도 거의 없는 안쓰러운 시절이었기에 강의로 만난 선생님이 내가 학창 시절 기억하는 선생님의 전부라 할 수

---

* 1976년 2학기, 〈현대소설의 이해〉 9월 7일, 단 한 번의 휴강이 있었다. 나는 노트에 강의 일자를 써놓는 습관이 있어 이 기록은 거의 확실하다.

있다.

선생님의 강의는 단지 국문학에만 머무르지 않았다. 중국과 일본의 고전문학, 그리고 서양 문학까지 동서고금을 종횡무진으로 넘나들며 모든 것을 꿰뚫어 분석해주셨다. 당시, 영문학과 국문학을 복수 전공을 했던 나에게는, 두 문학의 경계를 허물고 소통시킬 수 있었던 시간이었다. 뿐만 아니라 선생님의 강의는 단순히 지식을 전달하는 것이 아니라, 세상을 보는 눈을 뜨게 해주는 깊이 있는 통찰이었다. 당시의 강의는 한 편의 완결된 예술 작품과 같았으며, 우리는 그 작품의 일부가 되어 함께 호흡했다.

이 노트에는 선생님의 강의실에서 느꼈던 모든 감동과 깨달음이 온전히 담겨 있지 않다. 나의 필기력의 한계와 당시 강의실의 분위기를 담아내지 못한 아쉬움이 곳곳에 배어 있다. 또한, 긴 시간 동안 나의 기억에서 사라진 부분도 너무나 많다. 그러기에 이 글은 나 혼자만의 회고록이 아니다. 50년 전 이어령 선생님의 강의실에 함께 앉아 계셨던 모든 분께 보내는 작은 초대장이다. 이 노트를 통해 되살려낸 기억의 조각들이 여러분의 기억과 만나 비로소 완전한 모습으로 재구성되기를 바란다. 각자의 기억의 파편들을 공유하고, 부족한 부분을 채워 우리 모두의 기억으로 이어령 선생님의 강의를 온전하게 다시 만나보았으면 한다.

반세기가 지난 지금도, 이 강의 노트를 펼쳐볼 때면, 선생님의 음성이 들리고, 손가락에 분필 가루를 잔뜩 묻히시며 칠판 가득 그림과 도표를 그리시며 강의하시던 모습이 선명히 떠오른다. 이 노트들은 단순한 필사본이 아니라, 살아있는 지성과 감동이 담긴 소중한 유산이며, 선생님의 열정이 담긴 영원한 흔적임을 다시금 느낀다.

〈현대소설의 이해〉[*] -〈인디언 캠프〉와 통과의례-

수강생이 많았던 듯 강의실은 학관 4층의 대형 교실이었고, 의자도 벤치처럼 긴 것이었다. 옆 사람과 잡담하고 딴짓하기에 좋은 환경(?)이었지만, 여느 강의처럼 우리는 집중했다. 선생님은 '현대'라는 변화 요소와 '소설'이라는 구조적 불변요소로 강의를 시작하셨고, 제임스 조이스, 프루스트, 카프카, 헤밍웨이, 포크너, 생텍쥐페리, 앙드레 말로, 까뮈, 로브그리예 등의 서구 소설가와 이상, 이효석, 김유정, 최인훈, 황석영, 조해일 등 근 현대 한국 소설가들의 작품들을 망라하며 현대소설이 지닌 외재적外在的, 내재적內在的 특성을 가르치셨다.

소설은 허구를 바탕으로 한 얘기이고, 장/단편들이 있고, 시점에 따라 1인칭/3인칭 소설로 나뉜다는 정도만 알고 있던 내게, 〈현대소설의 이해〉는 소설 장르에 대한 관심을 증폭시켰고, 독서 환경, 매체, 그리고 소설의 구조에 대한 시각을 열어주었다.

---

[*] 〈현대소설의 이해〉는 1976년 2학기 강의로 교실 밖 운동장에서는 가을 축제 준비로 탈춤 연습 등이 한창이었던 듯 연습을 마치고 온 3학년 국문과 선배들도 땀을 닦으며 수업에 들어왔던 기억이 난다. 선생님은 그때 탈춤의 의미는 오른팔 오른발이 함께하는 걷지 않으려는 행위에서 찾으라고 하셨다.
1976년 1학기는 〈문예사조사〉를 강의하신 것으로 기억한다. 전교생(이공 계열도 포함)이 수강 신청을 해서 계단식 대형 강의실 수업이 이루어질 만큼 인기 강의였다.

특히 소설 분석의 한 방법인 "통과의례 서사"를 부활 전형의 틀에서 설명해 주실 땐 문화인류학과 문학이 만나는 새로움에 눈이 번쩍 뜨이는 듯 했다. 지금도 기억에 생생한 것은 헤밍웨이의 단편, 「인디언 캠프」이다. 의사 아버지를 따라 한밤중 호수를 가로질러 인디언 부락 한 여인의 난산 과정을 지켜본 소년, 닉 아담스Nick Adams의 의식의 성장을 호수, 작은 배, 인디언 부락을 그림으로 그려가시며 상세히 분석하셨다.

선생님은 늘 칠판 왼쪽 중간부터 하단 부분에 그림을 그려 넣으시며 설명하시곤 했다. 이어 밤/아침, 무지無知/지知, 도시적/원시적의 대립된 시공간의 의미를 추출하는 소설 독법을 가르치신 후엔, '닉은 몇 살 쯤일까?', '이 이야기의 지리적 배경(호수와 캠프)에

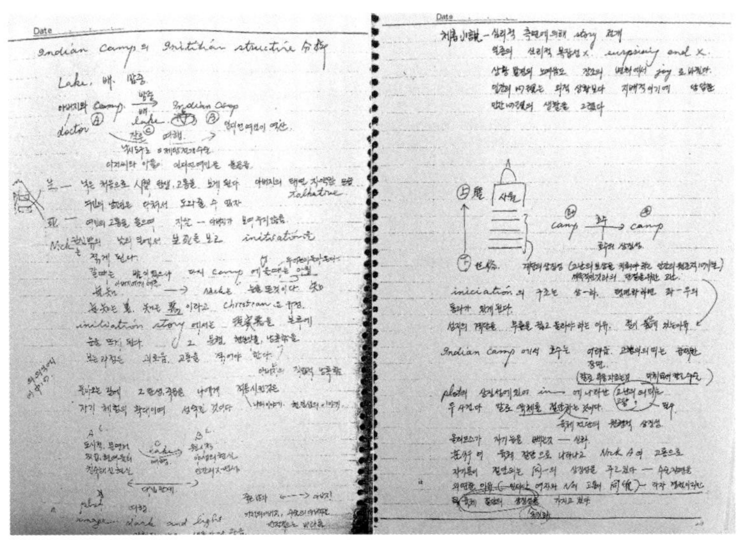

대한 상징은?', '왜 인디언은 자살했을까?', '닉과 아버지와의 관계는?', '이 소설은 누구의 이야기인가?' '소설 구성 요소를 병렬적으로 배열해보라'는 과제를 주셨다.* 이야기 중심으로만 소설을 읽고, 주제가 무엇인가만 찾던 시험 위주의 나의 소설 공부 방식을 완전히 뒤바꾼 혁명 같은 시간이었다. 내게 그 충격의 파장은 꽤 길었다. 헤밍웨이의 작품을 거의 다 찾아 읽었고, 4학년 영문과 졸업 논문으로 찰스 디킨슨의 〈위대한 유산〉을 통과의례 서사 구조로 분석해 제출했다. 소설의 내용을 부활 전형의 틀로 바라보며 주인공 핍의 성장 과정, 그리고 어둡고 밝은 공간, 그 공간을 점하는 인물들을 병렬하고, 핍의 착각과 기대, 현실과 환상 등의 의미를 탐색했으니, 딴엔 〈현대소설의 이해〉 수업 내용을 꽤나 진지하게 적용한 듯하다.

2년 뒤, 1980년 12월엔 『통과의례 구조를 통해 본 한국 고전 서사문학 연구』를 석사 논문으로 제출했다. 심사위원장은 이어령 선생님이셨다. 지도 교수이셨던 서대석 선생님은 "신화 비평과 뉴크리티시즘은 이어령 선생님이 최고시지. 내가 가르칠 수 없는 것을 배워야지" 하시며, 심사위원장으로 선생님을 위촉하셨다. 서대석 선생님 말씀처럼 선생님은 내 논문의 오류와 해석의 위험을 지적해주셨다. 논문의 분석 틀인 구조주의 방법론의 유효성은 인정하셨지만, 통과의례 서사 구조로 문학작품을 분석할 때 발생하는 보편

---

* 거의 매시간 과제를 내주셨다. 노트에 H.W이라 쓰인 메모를 보면 작품마다 생각해볼 문제들을 주셨다. 소설 독법을 훈련시키신 듯 하다.

화의 함정을 예리하게 짚어주셨다. 그것은 단순한 방법론적 오류를 넘어 문학을 공부하는 학자적 태도에 대한 성찰을 요구하는 것이기도 했다. 문학작품이 지니는 개별성과 보편성을 구분해서 가려내고, 특히 고전문학 연구에서 필요한 시대 문화의 특수성을 간과해서는 안 된다는 가르침이었다.

"잘 썼다"라는 위로와 칭찬을 건네시고, 심사 후 식사 자리도 참석 못하신 채 자리를 뜨셔야 할 만큼 바쁜 일정임에도 선생님은 심사 내내 바쁜 내색 한번 없으셨고, 내 논문을 뿌리부터 가지까지 철저하게 살피시며 강의 같은 심사를 해주셨다. 나는 선생님의 예리함과 따뜻함에 정말 감동했었다.

내게 그 시간은 대학원생이 거쳐야 할 과정으로서의 논문 심사가 아니었다. 국문학자로서의 나의 여정의 통과의례였다. 1980년 12월 도서관 건물 3층 심사실은 어둠과 무지無知가 빛과 지知로 바뀌는 통과의례 시공이었다. 훗날, 석박사 논문 심사를 할 때마다, 나는 선생님의 심사를 떠올리며, 심사받는 학생들에게 학문적 통과의례 시간이 될 수 있기를 바라며 심사에 임하곤 했다.

〈현대 시 강독〉* **-겉핥기의 부끄러움- "별을 노래하고 살라."**
〈현대 시 강독〉은 내가 시를 소홀히 읽고 오독해왔는지를 자각하

---

* 1977년 제1학기 월요일 9:00~10:50, 학관 105호

며 부끄러움을 깨닫는 시간이었다. 선생님은 중고등학교 시절부터 누구나 읽어온 한용운, 이육사, 김광균, 윤동주, 이상, 서정주 시인의 대표 시와 함께, T. S. 엘리엇의 시를 분석하셨다.

강의 첫 시간 선생님은, T. S. Eliot의 시 〈The Love Song of J. Alfred Prufrock〉 첫 단락 "Let us go then, you and I,/When the evening is spread out against the sky/Like a patient etherized upon a table;"를 칠판에 적으셨다. 고전 시가도 한시漢詩도 아닌, 영시英詩가 첫 수업 칠판에 쓰여졌으니 놀랄 수 밖에 없었다. 생기 없는 현대 도시와 무기력한 인간의 절망감을 표현한 난해한 시로만 알고 있던 내겐 놀라움과 함께 기대감이 일었다. 왜냐하면, 〈영문학개관〉 시간에 T.S. 엘리엇의 작품을 강독하면서 별 감흥 없이 잠시 스쳐지나갔던 작품이었기 때문이다.

"회색 공간", "이중적 의미를 지닌 시적 이미지", "교체되는 韻", "대응되는 명사"로 분석되면서 〈The love song〉은 내 눈에 입체로 보이기 시작했다. 영어 단어를 찾고, 문장 해석에 그쳤던 나의 시 읽기에 생명이 주어지는 듯 했다.

"시 작품의 분석 대상과 시의 구조분석이 무엇인가?" 라는 소제목과 함께 구조는 형식과 내용의 유기적 연관성을 밝히는 것임을 선명하게 알려주셨다. 내용 중심 시 읽기가 지나쳐버린 형식의 중요성을 강조하시면서, 시 오독Intentional Fallacy의 예를, 윤동주의 〈서시〉로 시작하셨다. 애국 시, 순수 저항시로 읽혀온 이 작품을 존재의 발생을 노래한 작품으로 다시 읽기까지, "시를 읽는 현상학",

"단어 집합의 필연성"이라는 촘촘한 선생님의 분석에 힘입어 나는 시인의 창조 과정에 동참할 수 있었다.

이 과정은, 시의 의미가 얼마나 달라지고 풍성해짐을 깨달아가는 시간으로, 잘못 푼 문제의 답을 지우고 신나게 정답을 쓰는 희열을 느끼게 했다. 왜 첫 시간에 선생님께서 T. S. Eliot의 시를 판서하셨는지도, 유명시인의 대표시를 분석하신 까닭도 알게 되었다. 윤동주의 「病院」, 「太初의 아침을」, 「少年」, 육사의 시와 미당의 시를 비교 분석하셨고, 이와 더불어 정철과 황진이의 시조, 그리고 제임스 조이스의 「젊은 예술가의 초상」에 이르기까지, 멋대로 생각 없이 읽어온 우리의 오독을 잡아주셨다.

아울러 시조時調부터 현대시에 이르기까지, 한국인의 습관과 특성—근원적 존재의 문제와 시공 속에서의 문제를 구분하지 않는 문학작품 분석을 통해 언급하셨다. 선생님은 어려운 개념, 난해한 의미를 풀어가실 때면 늘 우리가 일상에서 아무렇지도 않게 써온 단어나 문구 등을 먼저 예시하셨다. 그 예시들은 우리 모두를 웃음과 함께 '정말 왜 그렇게 표현해왔지?' 라는 의문을 갖게 했다. 웃음과 의문으로 시작하는 선생님만의 그 독특하고도 효과 만점의 강의 방식을 모방해보려 했지만 쉽지 않았다.

우리 민족의 원죄 의식을 기독교 문화와 비교하실 때는, "우리는 큰일을 당하면, 제가 무슨 죄를 지었다고 이러십니까? 하면서 울며 원망부터 앞서지 않느냐?" 등의 생활 속에 담긴 언어습성에서 한국인의 의식구조를 언급하시고, 이어 문학작품에서는 어떻게 재현

되는가를 이끌어내시는, 그야말로 귀에 쏙쏙 박히는 강의로 우리를 몰아가셨다. 어미 '되다'를 '밥이 되다, 집이 되다, 생활이 되다……사람이 되다'의 숱한 예로 우리 언어와 의식의 뿌리를 짚어내셔서 무심코 사용하는 말부터 세심하게 관찰하는 시각을 길러주셨다. 예시 때마다 우리는 미처 몰랐던 우리의 모습을 발견한 듯, 들킨 듯 웃음을 터뜨렸다. 이처럼 지적 유쾌함이 폭발하는 풍성하고도 공감 100% 이끌어내는 예시와 선생님 특유의 강의 유머는 예리한 통찰력에서 나온 것이기에 그 누구도 모방하기 힘든 것이다.

한편, 선생님은 "시인은 주어진 운명, 결정된 틀을 단어의 새로운 조합으로 뒤바꾸는 창조자이며 기술자"로, "시는 상상력의 혁명"이라 정의하셨는데 당시엔 이러한 정의들이 솔직히 낯설기도 했다. 수업을 마친 후, 학관 앞 잔디밭에 모여 우리들은 수업 내용을 기억하고, 낯설었던 정의들을 되새김하는 시간을 갖곤 했다. 풀리지 않는 장애물을 만났고, 끝내는 여러 개의 물음표를 갖고 헤어지며, "수업 중엔 듣고 다 안 것 같았는데, 왜 우리끼리 하면 막히지?" 했다. 선생님은 우리를 멋진 미지의 바다로 노 저어 데려다주시곤, 다시 혼자 멀리 떠나신 듯했고, 선생님이 안 계시면, 우리 모두는 노를 저을 줄도, 나침반을 읽을 줄도 모르는 바보가 된 듯했다.

어리석게도 우리는 선생님께 질문할 생각은 하지도 못했다. 하지만, 그 시간이 쌓이면서, 우리 눈에도 시의 바다를 항해하는 나침반이 달리고, 노를 젓는 기술이 늘어가고 있었다. 적어도 우리는 예전처럼, 내용과 감성 위주로 시를 읽지 않고 형식의 중요성을 찾아가며 오독의 늪에 빠지지 않으려 애쓰고 있었다.

그 해 5월, 학보사 주최의 "1970년대 시를 논한다"는 주제로 열린 문학제에 문학전공학과 학생들이 1970년대를 대표하는 시인 한 분씩을 맡아 글을 쓰게 되었고, 나는 영문과 학생으로서 참여했다. 엄두도 못 내었을 그 글을 내가 쓸 수 있었던 것은, 선생님께서 씌어주신 '시를 읽는 방법'이란 안경 덕분이었다.

돌이켜보면, 선생님은 시와 시인의 창조 과정을 통해 존재론적 사유와 창조적 해석의 관점을 가르쳐주신 것이었다. 더불어, 시를 통해 우리가 살아가는 이유를 찾고, 살아가는 방식을 선택하게 하신 것이다. 수박 겉핥기로 시를 읽고, 안일하게 학생 생활을 했던 내게, 수박을 갈라 그 속살을 맛보게 하시고, 안일의 껍질을 깨고, 고통스럽더라도 "별을 노래하고 살라"는 스승으로서의 당부를 20대 청춘들에게 하신 것이다.

〈현대 시론〉 -시는 언어 구조물이다-

1977년 1학기 〈현대 시 강독〉이 각론이었다면, 2학기 〈현대 시론〉은 총론이었다.

'시는 언어 구조물이다' 라는 정의로 시작된 강의였고, 뉴크리티시즘의 방법론을 적용하신 선두적*수업이었다. 반세기가 지나 다시

---

* 뉴크리티시즘과 신화 비평 강의는 당시 타 대학 커리큘럼에는 없었다. 80년대에 와서야 문학강의에 등장하기 시작했다.

펼쳐보는 〈현대 시론〉 노트로 나는 다음과 같은 세 영역의 시론 특강을 선생님께 듣는 듯했다.

강의 노트 내용이 지금은 〈현대 시론〉과 〈현대 시 강독〉 강의와 교재 등에서 낯설지 않게 보이는 이론이요, 분석의 틀일 것이다. 그러나 당시엔 선생님의 강의 내용을 참고할 교재도 없었고, 더구나 동서고금의 시를 비교 분석한 논문은 찾기 어려웠다. 오늘날 현대시를 공부하고 가르치는 후학들이 시의 형식과 음악성, Irony, paradox, double meaning 등의 개념을 적용, 분석할 수 있게 된 것은 선생님의 선구적인 연구와 강의에 힘입은 것이었기에 그 대략을 재정리하며, 보들레르의 시 「Le Chat」로 위기를 모면했던 추억을 떠올려본다.

〈현대 시론〉 강의는 시를 단순히 감상하는 것을 넘어, 시의 객관적이고 과학적인 구성 원리를 탐구한 심층적인 강좌였다. 선생님은 시의 본질을 '형식과 구조의 유기적인 관계' 속에서 파악하며, 특히 음악적 요소Sound, Rhythm를 중심으로 분석의 깊이를 더하셨다.

형식과 구조의 유기적 관계 강조

선생님은 형식form을 내용과 분리된 장식으로 보지 않고, 구조structure를 통해 내용과 어떻게 기여하는지total meaning를 파악하는 정밀한 분석의 토대를 마련해 주셨고, 이는 훗날 구조주의와 해체주의 이론 공부를 이해하는데 도움이 되었다.

시의 음악적 요소에 대한 과학적 분석

강의의 핵심은 시의 음악성에 대한 체계적인 접근이었고 언어에 대한 새로운 이해의 장이었다. Rhythm(운율)은 단순한 반복을 넘어, '인간의 삶과 세계의 공통된 힘masic power'이자 시의 시각성image을 규정하는 기초로 정의하고, 고대부터 현대까지의 다양한 운율론을 제시하며 분석하셨다.

Onomatopoeia(음성상징어)를 단순한 음악적 묘사가 아닌, 시인의 직관적 양성直觀的 陽聲을 나타내는 원초적인 표현 양식으로 규정하면서도, 현대 시에서 해당 요소가 지니는 역할에 대해서는 비판적 시각을 함께 견지하셨다. 이처럼 〈현대 시론〉 강의는 시를 형식과 구조의 유기적 관계 속에서 음악적 요소를 바탕으로 치밀하게 구성되는 객관적이고 과학적인 언어예술로 규명한, 매우 깊이 있고 체계적인 학술 강의였다.

동서양 고전과 현대 시를 아우르는 정확한 분석

시의 객관적 구성 원리를 입증하기 위해 폭넓은 작품을 분석 예시로 활용하셨다. 특히 T. S. 엘리엇, 윌리엄 워즈워스와 D. 토마스 등 주요 시인의 작품을 Irony(역설)와 Paradox(모순), Double Meaning (이중적 의미)을 중심으로 해부하며 시가 얼마나 정교하게 구성된 언어 예술인지를 보여주셨다. 아울러 두보의 한시, 한국 시의 음보音譜 등 동양 시의 율격과 의미 분석을 병행하여, 시의 구조와 음악적 원리가 시대를 초월하고 동서양을 아우르는 보편적인 원리임을 입증하셨다.

칠판 가득 판서하시면서 오언시의 운율과 시의 형식이 불러오는 시적 감동(논리적 의미에 emotion을 불러일으키는)의 묘미를 알려주신 두보의 시 분석은 라임이 없는 한국 시의 특징까지 아우른 비교문학 각론이었다. 시의 '시간적 조직이 리듬'이고, '공간적 조직은 이미지'임을 추출해 주셨다.

시적 의미poetic meaning와 이미지 관련 강의에서는 사물과 관념까지도 이미지를 통해 인식하고 표현하는 시인의 시각을 D. 토마스의 시 분석으로 풀어주셨다. 보들레르, 황진이, 워즈워드의 시를 분석하며 아이러니와 패러독스의 개념을 일깨워주셨던 선생님의 열정적인 강의는 노트 뒤편에 붙여진 복사물이 고스란히 대변해주고 있다.

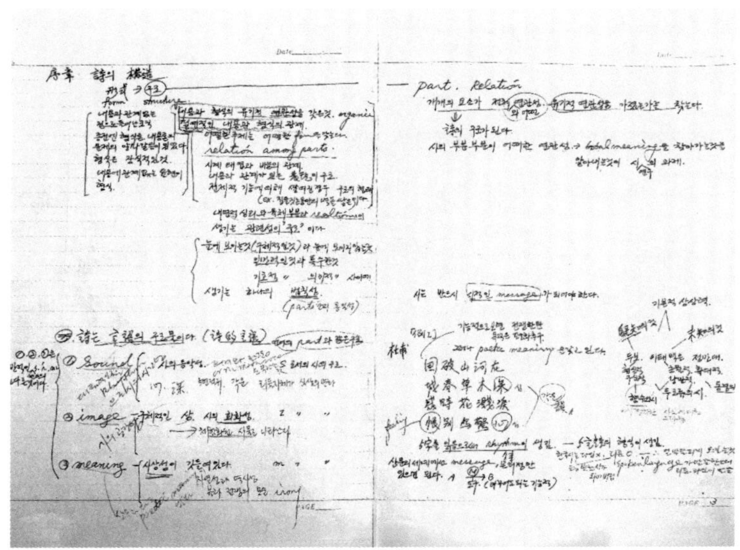

강의 중 '선험성'과 '경험성' 그리고 고전주의 미학과 실존주의 철학 핵심을 꿰뚫어주셨는데, 나와 친구들은 큰 감동받았던 듯, 수업 후 가을 낙엽이 물들어가던 학관 앞에 모여 늦도록 문학, 역사, 철학에 대해 진지한 토론을 펼쳤던 기억이 난다.

비록 물음표로 되돌아오는 잡다한 수다요 토론이었지만, 인문학을 전공하는 대학생이란 뿌듯함, 공부해야 할 것이 얼마나 많은가란 부푼 무게를 가슴에 담고 도서관과 서점을 드나들게 한 동력이었다.

1981년 미국 비교문학과 대학원 첫 수업은 〈문학 이론〉이었다. 첫 시간 담당 교수님은 반원으로 둘러앉은 7명의 학생에게 시 한 편을 나누어 주셨다. 그러고는 각자 익숙한 방법론 중 하나를 택해

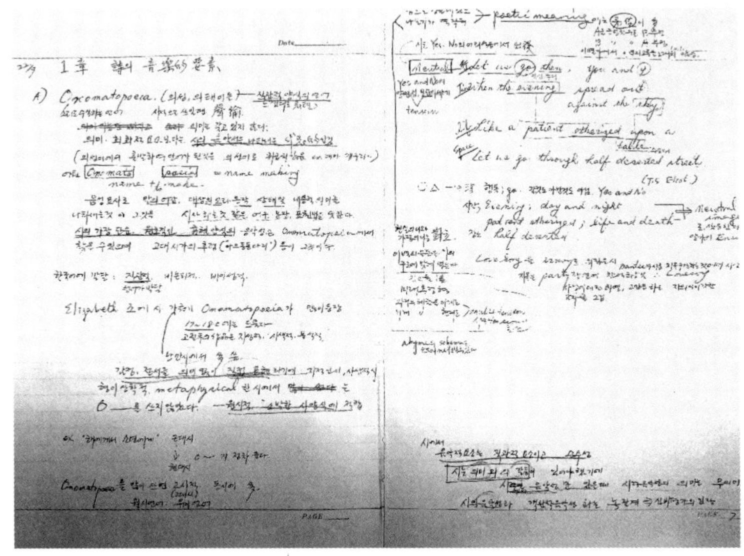

30분 안에 분석해보라 하셨다. 동양인은 나 하나였고 나머지는 유럽과 미국 학생들이었는데, 정말 그렇게 당황하며 강의실을 나가고 싶었던 적은 처음이었다. 지금도 곤혹스럽던 그때의 기억이 생생하다. '이 수업은 drop 해야겠구나……' 생각하며 들여다본 시는 보들레르의 「Le Chat」였다. 순간, 이전에 〈현대 시 강독〉과 〈현대 시론〉 수업에서 배운 시 분석의 틀이 떠올랐다. 정신적 사랑과 육체적 쾌락의 두 극을 하나로 묶는 역설로 얼렁뚱땅 써내고는 간신히 위기를 모면했다.

강의실을 나오면서, 1977년 수업이 얼마나 행복하고 축복받은 시간이었던가를 새삼 느끼면서, 놀라고 당황했던 가슴을 타이레놀로 진정시킨 그날의 사건(?)을 선생님의 노트 앞에서 처음으로 털

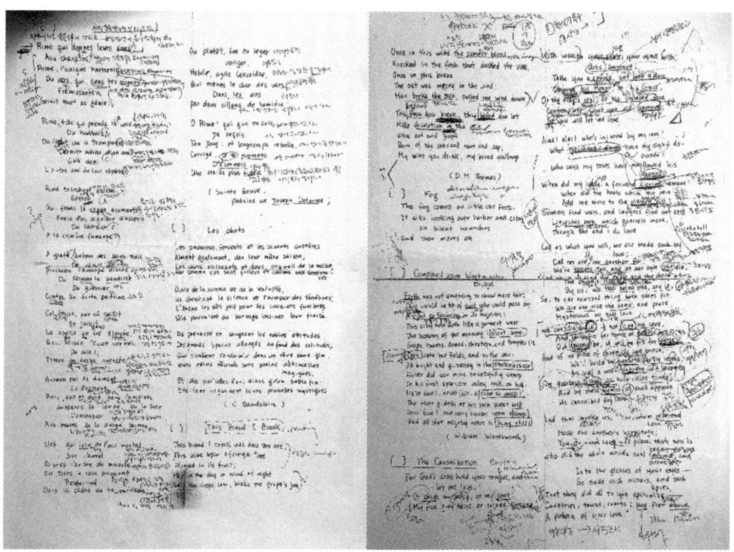

어놓는다.

〈현대수사학〉[*] – 살아있는 수사학의 감동 – "묘사적 인간으로 살라"

이화여대 인문관, C관 105호 강의실은 1층이었지만 구석진 위치 탓에 대낮에도 형광등이 켜져 있던 것으로 기억한다. 국문과뿐만 아니라, 영문, 독문, 불문 등 다양한 문학 전공의 학생들이 모였지만(3, 4학년들이 모두 들을 수 있는 강의였다), 그 누구도 한눈팔거나 딴짓을 할 수 없었다. 아니 하지 않았다. 그 몰입도는 컴컴하고 습기 찬 강의실을 밝히는 불빛 같았다. 특히 셰익스피어의 『줄리어스 시저』 원문[**]을 통해, 브루투스와 안토니우스의 격렬한 논쟁 장면을 분석해주실 때는, 목숨을 걸고 싸우는 두 영웅의 언변, 바로 그 치

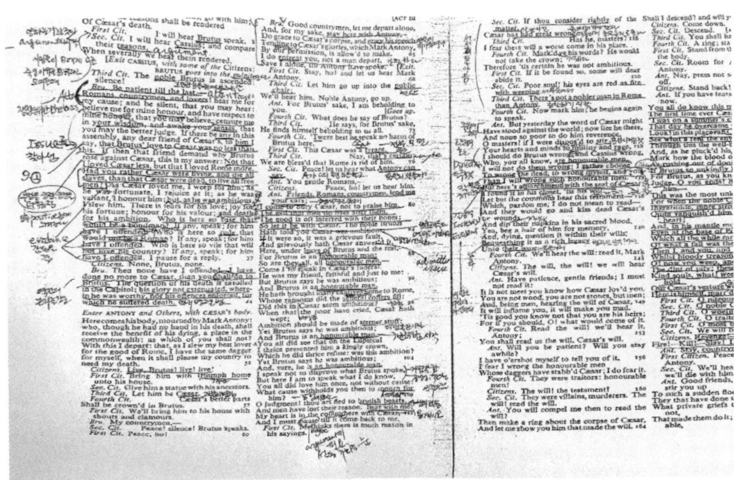

[*] 1977년 1학기 105호, 1시 10분~3시
[**] A3용지에 아주 작은 글씨로 인쇄된 복사물을 나누어주셨다.

열한 수사학의 힘에 손에 땀이 날 정도였다. 죽고 죽이는 권력 다툼 속에서 언어의 논리가 어떻게 승패를, 생사를 뒤집는지 실감하며 한 편의 액션 스릴러 영화를 보는 듯했다.

또, 두보의 한시를 원문 그대로 풀어주시고, 난해하기로 소문난 이상李箱의 작품까지 꼼꼼히 분석하시며 동서고금의 작품 내면에 숨겨진 수사학적 구조를 파헤쳐주신 덕분에 우리는 낯선 수사학에 깊이 매료될 수 있었다.

나는 지금껏, 〈현대 수사학〉에 해당하는 과목을 어느 대학의 교과 과정에서도 본 적이 없다. 30년 이상 대학 강의를 하면서, 나 역시, 현대 수사학을 단일 과목으로 가르친 적이 없으니, 선생님의 〈현대 수사학〉 강의는 대한민국에서 독보적인 강의라고 하겠다. 선생님 의 강의 내용을 나의 노트 요약으로 전하여 후학들의 강의 과목으 로 계승되기를 바라는 마음을 담아본다.

현대 수사학의 개념과 의의

선생님은 수사학을 단순한 말 기술이 아닌, 인간의 삶과 문화를 이해하는 근본적인 학문으로 제시하셨다. 수사학의 핵심은 논리적 이고 명확한 의사 표현을 통해 타인을 설득하는 것으로, 이는 특히 현대사회에서 중요한 의미를 갖는다. 선생님은 수사학의 범위를 언 어적 표현뿐만 아니라 비언어적 기호, 즉 인간의 모든 문화적 행위 로 확장하셨다. 더불어, 선생님은 말과 글의 본질적인 차이를 다음 과 같이 강조하셨다—"말spoken language은 몸의 일부처럼 감각적, 즉

각적, 직접적인 소통 도구이며, 글written language은 시간과 공간의 제
약을 초월하여 생각을 기록하고 전달하는 확장된 도구이다."

강의는 모든 텍스트를 Exposition(설명), Description(묘사),
Argument(논쟁), Narration(서술)의 네 가지 기능으로 분류하여 진
행되었다. 이러한 분류를 통해 선생님은 텍스트를 단순한 내용으로
보는 것이 아니라, 작가의 의도와 사회적 맥락 속에서 그 기능을 분
석하는 방법을 알려 주셨다. 선생님은 현대 수사학을 인간의 문화
와 역사를 관통하는 삶의 예술이자 과학으로 보여주셨다. 수사학은
인간이 언어를 통해 자신과 타인, 그리고 세상을 이해하는 방식을
탐구하는 학문으로 정의한 것으로 말할 수 있겠다.

그 네 가지 분류 중, 우리를 숨 죽일 듯한 긴장 속으로 몰아넣었
던 Argument(논쟁) 부분의 강의 내용을 요약해 보며 그때의 강의실
로 다시 돌아가 본다.

논쟁의 본질

논쟁은 단순히 상대방과 싸우는 것이 아니라, '갈등conflict'에서 발
생하여 상대방의 '마음을 변화시키는 것change his mind'을 목적으로 하
는 설득적 글쓰기이다. 이는 불만, 혐오, 의심과 같이 상반된 이해
관계가 충돌할 때 필요하다. 논쟁은 일방적인 주장이 아니라, 상대
방과 함께 진실을 찾아가는 과정이며, 객관적 증거와 논리적 구조
를 통해 구체적인 결과를 도출해야 한다.

3막 2장, 안토니우스의 연설 대목은 다음의 요소와 전략으로 분

석되면서 나는 마치 타임머신을 타고 로마 포룸에서 안토니우스의 연설을 듣고 그의 편으로 돌아선 로마 시민이 된 듯한 기분이었다. 안토니우스의 수사학 정수가 선생님의 분석에서 뿜어져 나오는 것을 보며 '선생님이 바로 안토니우스의 수사학 스승이 아니셨을까' 하는 생각까지 들 정도였다.

논쟁의 핵심 요소

• 명제Proposition: 논쟁의 시작인 명제는 단순하고 명쾌해야 하며, 구체적인 사실fact에 대한 평가를 포함해야 한다. "A라는 사실이 진실인가?" 또는 "B라는 행동이 올바른가?"와 같은 의문을 제기하며 논쟁의 출발점이 된다.

• 쟁점Issue: 명제 안에서 서로 다른 입장이 대립하는 지점을 '쟁점issue'이라고 한다. 논쟁은 명제를 제시하는 쪽pro-과 반대하는 쪽con-이 맞부딪치면서 쟁점이 발생한다.

• 증거Evidence: 쟁점을 해결하기 위한 일차적인 방법은 '증거evidence'이다. 사실에 대한 증거facts of evidence와 전문가의 인용이나 권위자의 견해option of evidence를 활용하여 주장의 신빙성을 높인다.

• 추론Reasoning: 증거를 바탕으로 주장을 펼치는 '추론reasoning'은 논쟁의 가장 중요한 부분이다. 논리적으로 상대방을 설득하는 과정으로, 이성logics에 호소하는 것과 감성emotion에 호소하는 것 사이의 균형이 중요하다.

논쟁의 방법과 전략

논쟁은 이성적인 설득뿐만 아니라 유머humor나 농담joke을 활용해 분위기를 바꾸는 전략적인 접근도 포함한다. 논쟁의 대상을 이성적 인간rational person으로 전제하며, 주의Attention, 흥미Interest, 욕망Desire, 행동Action으로 이어지는 단계적인 설득 과정을 따른다. 이는 마치 광고 문구가 고객의 마음을 사로잡는 것과 유사하다. 논쟁은 다른 글쓰기 형식과 상호 보완적 관계에 있음을 강조하셨다. 설명exposition이나 묘사description, 서술narration과 같은 비논쟁적인 글쓰기 형식이 논쟁을 뒷받침하는 배경이나 증거가 될 수 있다는 것이다. 따라서 논쟁은 다른 글쓰기 형식과 독립적으로 존재하기보다, 서로 엮여 하나의 복합적인 설득 구조를 가지는 흥미로운 글쓰기 장르였다.

선생님의 수사학 강의는 단순히 논쟁의 기술을 가르치는 것을 넘어, 현대 민주주의 사회에서 말의 중요성과 함께 정신과 육체의 균형을 다스리는 자가 사회를 이끌어 간다는 철학적인 메시지를 담고 있었다. 이는 논쟁 수사학이 곧 삶의 수사학이라는 깊은 통찰을 제공했다.

나에겐 〈현대 수사학〉 수업과 관련해 잊지 못할 몇 가지 일화가 있다.

매사추세츠주의 작은 대학도시인 애머스트에 머물렀던 시절, 어느 날, 나는 애머스트 도시 홍보 문구 공모전 광고를 접하게 되었다. 그때 내 머릿속에 떠오른 것은, "I like Ike." 아이젠하워 대통령을 승리로 이끈 이 선거 문구를 수사학적으로 분석해주셨던 선생님의 강의였다. 'Amherst'의 발음을 분석한 뒤, "First, Best, Amherst"라는 문구를 공모함에 넣은 후, 나는 당첨의 기대보다 선생님의 강의를 활용할 수 있었다는 사실도 뿌듯함을 느꼈다. 비록 실제 선정으로 이어지지 못했지만 그 경험은 내게 자부심을 안겨 주었다. 그후, 대학에 재직하며 학생과 교직원 모두가 참여한 학교 홍보 문구 공모전에 응모하여 금상을 받았을 때에도, 그 기쁨은 상 자체가 아니라 선생님의 강의가 여전히 내 머리 한편에 살아 숨쉬고 있다는 뿌듯함이었다.

선생님께서는 네 가지 문장 종류를 설명하시면서, "설명적 인간으로 살지 말고, 묘사적 인간으로 살라, 나는 선생이라 설명적 인간으로 산다만……." 하신 말씀을 하셨는데 이는 여전히 내 삶의 화두다. '나는 지금 어떻게 살고 있는가? 설명적 인간인가? 아니면 묘사적 인간인가?'라고 자문하면서 말이다. 틀에 갇혀 답답하게 사는 삶이 아닌 틀을 깨고 자유롭고, 타인을 포용하는 삶을 살아보라는 젊은 우리를 향한 선생님의 바램을 이루어 드리지 못한 채, 나 역시 설명적 인간으로 살고 있다.

〈문학 연구 방법론〉 -문학, 과학과 수학으로 해부하다-

대학원 1학기, 〈문학 연구 방법론〉 수업은 단순히 책 속의 이론을 훑는 시간이 아니었다. 그곳은 문학이라는 미지의 세계를 탐험하는 과학자의 실험실이자, 복잡한 시의 구조를 해체하고 재조립하는 건축가의 설계 현장을 방불했다. 도서관 건물 3층 강의실은 흰

색 페인트 벽에 일체형 책상과 의자가 드문드문 놓여 있는 썰렁하고 스산한 기운의 방이었다. 인문학의 다양함과 따뜻함과는 거리가 먼 교실이었고, 수강생도 7명 정도였다. 하지만, 수학 공식과 분석의 도표로 가득 찬 강의실 칠판과 선생님의 치밀한 분석은 새로운 실험에 몰두하는 천재 과학자와 조수들 같은 기분을 들게 했다.

그 칠판의 극히 일부를 노트에 적힌대로 옮겨보겠다. 강의 노트에 빼곡히 남겨진 도표와 도식들이 당시의 생생한 감동을 다시금 전해준다. 교재는 문학 용어 백과사전을 A3로 제본한 복사물이었다.* 선생님은 불어와 영어를 모두 사용하여 문학 용어 개념을 정확히 설명하셨다. 나는 모르는 불어를 따라가느라 쩔쩔매다 앙리앙스 불어 전문 학원을 등록까지 했다. '선생님은 전쟁통에 대학을 다니셨다는데, 언제 불어는 공부하셨을까?' 라는 감탄 같은 의문으로, 선생님과의 거리를 더욱 멀리 느끼곤 했다.

선생님은 문학적 비유Metaphor를 수학의 집합론으로 설명하셨다. 예를 들어, A와 B라는 두 영역이 교차하는 지점($A \cap B$)에서, 의미가 생성되는 과정을 보여주시며, 문학이 단순히 감정적 언어의 나열이 아니라, 논리적이고 구조적인 체계를 가진다는 것을 명확히 알려주셨다. 특히 은유와 직유를 Likeness(유사성)와 Tension(긴장)의 관계로 풀어내신 설명은 아직도 깊은 인상을 남긴다. 직유가 유사성을

---

* 참고 교재는 〈Literature & Criticism〉, Shipley, 〈Critical Idiom Books〉 이었다.

강조한다면, 은유는 그 유사성 속에 숨겨진 긴장감을 통해 더 깊은 의미를 형성한다는 분석은, 문학을 이해하는 새로운 시각을 열어주었다.

또한, 선생님은 Metaphor의 개념을 이상화의 '빼앗긴 들에도 봄은 오는가'에 적용하여 분석, 아니 해부하셨다. 시의 내용적 의미와 형식적 구조를 분리하고, 이미지image와 관념idea 사이의 관계를 도표로 시각화하여, 시인이 전달하고자하는 메시지를 논리적으로 추적하는 과정은, 문학 연구가 얼마나 정밀하고 치밀한 작업일 수 있는가를 보여주신 생생한 예의 하나이다.

한편, 선생님은 은유metaphor를 의미를 걸러내는 필터filter 작용으로 그림과 도표를 그리시며 설명하셨다.

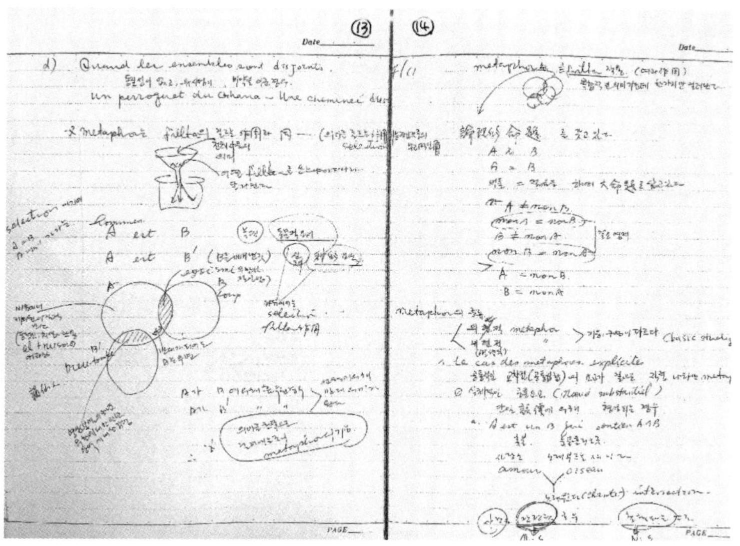

복합적인 의미들 가운데 하나만 선택적으로 걸러내는 기능을 한다는 것이다. A is B라는 명제가 있다고 할 때, 이는 논리적으로 A≠non B이며, B≠non A와 동일한 명제임을 강조하며 은유에 담긴 논리적 실체를 수학 공식으로 규명하셨다. 또한, 명시적 은유Les metaphore explicites와 내재적 은유Les metaphore implicites를 구분하며, 그 기능과 구성이 다르다고 설명하셨다. 명시적 은유는 공통 교차점intersection이 겉으로 직접 드러나는 경우로, 이는 수학의 집합 개념으로 분석하셨다.

선생님은 축적 은유Les Metaphore Axiales에 대해서는 폴 발레리Paul Valéry의 시를 대상으로 기하학적으로 분석하셨고 폴 발레리 시의 이미지 분석은 황진이의 시와 이상의 시가 갖는 이미지의 논리성을 해

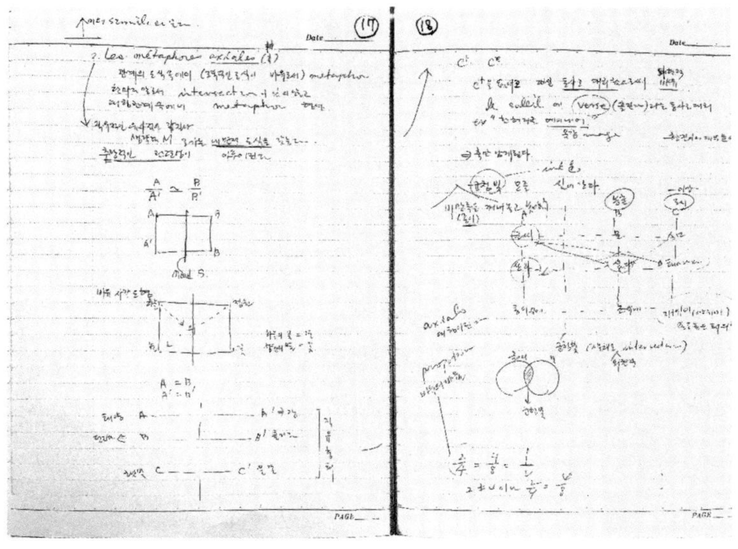

193

명하는 것으로 이어졌다.

선생님은 은유의 의미 생성 과정을 선택selection과 환기evocation라는 두 가지 핵심 개념으로 풀어내시고, compare(비유되는 것)과 comparant(비유하는 것)의 관계 속에서 evocation(의미)이 어떻게 생성되는지 보여주셨다. 이처럼, 선생님은 감정적이고 모호해 보일 수 있는 은유의 의미 생성 과정을 마치 과학 실험처럼 분석하고 결과를 증명하셨다.

내 눈엔 선생님이 그리신 도표와 filter 등은 과학 실험실의 도구요, 시어들은 분석용 광물같이 보였었다. 한 편의 시를 마치 생명체를 해부하듯 그 속을 들여다보고 원리를 파악하는 지적 즐거움을 주셨다. 이 시간 내내 나는 문학적 각성제를 먹고, 초점이 정확히 맞는 새 안경을 쓴 듯 했다. 정신이 또렷해지고 시력이 선명해지기 시작했다. 감상과 감성의 영역이라 여겼던 문학이, 이토록 정확하고 섬세한 분석을 통해 더 깊은 울림을 줄 수 있다는 것을 깨달았던 그 순간, 문학을 읽는 새로운 눈을 얻게 된 것이다.

문학용어 개념과 적용을 이토록 과학적 / 수학적 분석으로 배운 감사함에도 불구하고, 선생님께 "정말 죄송합니다"라고 엎드려 사죄드릴 일이 있다. 그 하나는, 선생님을 지도 교수로 모시고 현대문학을 전공하려던 내 계획을 바꾼 것이다. 그 이유는 어리석고도 단순했다. 선생님은 엄청난 일로 바쁘신데다 내겐 너무 멀리 계신 분처럼 느껴졌기 때문이다. 쫓아다니며 공부할 용기가 부족했고, 선생님의 끝이 없어 보이는 지식과 내 무지無知 사이의 거리가 대학원 강의를 들을수록 더 멀게만 느껴졌기 때문이다.

사실 선생님은 수업시간에 단 한번도 '바쁘다'는 말씀을 하신 적 없으셨다. 또, 제자들을 가르치시는 일 만큼은 빈틈이 없으셨고 5분의 쉬는 시간도 잊을 만큼 강의 열정으로 가득 찬 분이셨는데 말이다. 대학원 졸업 즈음, 〈문학사상〉에 단기간 아르바이트를 한 일이 있다. 그때, 〈문학사상〉 편집실 분들께 들었다. "선생님은 학생들이라면 무조건 1순위예요.""얼마나 학생들을 귀하게 여기시는데요, 야단도 안치시고요. 저희는 그게 너무 부럽답니다." 내 어리석음에 가슴을 세게 울린 말씀들이었다.

다른 한 가지는, 단체로 사죄드릴 일이다. 선생님은 10명도 채 안 되는 대학원생들이라서 그런지, 강의 중 자주 질문을 던지시곤 하셨다. 그때마다 우리는 서로를 쳐다볼 뿐, 답을 못 하기도 하고, 안 하기도 했다. "틀리면 우리는 유치원생보다 못한 사람이 되는거야." "선생님이 우리 답 들으시면 기절하실거야." 하며 입들을 닫았었다. 가만히 있는 게 낫다는 태도였다. 변명같지만 선생님은 우리에게 금세기에 만난 최고의 천재셨기에 우리는 그저 눈에 띄지 않는 단체 속의 일원으로 묻혀 있으려고 했던 것이다. 정말 철없던 우리들의 모습이었다. "선생님, 엎드려 사죄드려요. 정말 죄송합니다."

선생님께서 문화부 장관 직책을 맡으셔서 갖게 된 고별 강연 때의 일일 것이다. 그 때도 우리는 모처럼 모였으니 우리끼리 식사하자며 정문을 나서려 했었다. 뜻밖에 걸려온 조교의 전화는 선생님께서 왜 우리들이 안 보이느냐. 후문의 '석란'으로 모두 모여 식사하자고 기다리신다는 것이었다. 우리는 모두 놀랐다. 유명 인사도 많이 오셨고 대선배님들도 많으시니 우리 학번은 안 가도 될 거라고 생각했던 참이었다. 제자들과의 모임을 위해 식당 예약까지 하시고 다른 분들과의 교제는 물리치신 상황을 뒤늦게 알고는 얼마나 민망하고 죄송했던지 모른다. 식사 후, 한 명씩 5분 스피치를 하라 하셨다. 우리 차례는 안 올 거라며 또 딴청을 부렸다. 내 차례가 되었는데, 내 생애 최고의 천재 선생님을 만난 기적에 감사한다고 했다. 선생님은 특유의 미소를 지으시며 답하셨다. "이렇게 오래 사는 천재 봤냐?"며 철없고 민망한 제자들을 유쾌하고 행복하게 해주셨다.

디지로그 - AI 시대에 현실로 증명되다

지난해와 올해, 나는 연이어 관할 행정구 주최의 AI 공모전에서 뜻밖의 수상을 했다. 연속 수상의 배경을 꼽아보자면 그것은 다름 아닌, 인문학적 사고와 분석의 시각이 남들과 달랐기 때문인 듯하다. 주어진 과제에 창의적인 아이디어로 접근한 것은, 50년 전 선생님께 배운 문학작품 분석력과 통찰력이 내 시력이 되어 있었다는 증거이기도 했다. 그 시력은 쓰고 벗는 안경의 보정 시력이 아니라 반영구 장착된 나의 시력이었다. 더하여 시간과 공간, 이미지와 이미지를 종횡으로 연결하고 소통시키는 훈련의 결과라 여겨졌다.

특히, 21세기 첨단 정보화 사회와 그 인간적 미래를 잇는 키워드 '디지로그', 디지털과 아날로그는 결코 상반된 개념이 아니라 상보적인 관계로 작동한다는 선생님의 통찰이 AI라는 첨단 과학과 아날로그적인 문화를 접목할 수 있는 기획력으로 구현된 것이다.

선생님의 '디지로그'는 한국 고전문학을 디지털 스토리텔링으로 구현하는 방법을 가르쳐야 했던 내게는 인문 정신과 과학기술의 통합의 길을 이끄는 이정표였다. 21세기에 들어서면서 대학 커리큘럼은 디지털 매체 활용과 문화 콘텐츠 제작에 따른 문학 강의의 변화를 요구했다. 나 역시 〈고전문학과 디지털 스토리텔링〉이라는 주제 아래 고전문학의 변용과 콘텐츠 기획을 모색하는 새로운 과목을 가르쳐야 했다. 선생님의 저서 〈디지로그〉를 수업 교재로 삼아 한국 고전문학의 특성과 디지털 문명의 상보 결합을 가르치고, 창의적인 디지털 콘텐츠 제작으로 이어지게 했으니 강의는 내가 아닌 선생님이 하신 것이다.

선생님께서는 비록 이 땅에서의 육신을 거두셨을지라도, 그 가르침은 나의 지적 DNA가 되어 지속되고 있다고 말하고 싶다. 엊그제 받은 상장을 들고 찾아뵙고 꼭 말씀드리고 싶다. "선생님, 다시 만나면 답답해하셔도 질문하고, 오답일지라도 대답 잘할게요." 라고.

마지막 노트

나정순_

이화여자대학교 국어국문학과 학사, 석사, 박사 학위를 수료하고 한남대학교 국어교육과 겸임교수, 한국외국어대학교 한국어교육과 특임교수를 역임했다. 저서로 『한시의 시조화에 나타난 시조의 특성 연구』(석사 논문). 『시조 장르의 시대적 변모와 그 의미』(박사 논문). 『한국고전시가 문학의 분석과 탐색』(문화관광부 우수 도서), 『고전시가의 전통과 현재성』(대한민국 학술원 우수 도서), 『한국 불교 문화와 고전시가』(보고사) 외 다수가 있다.

〰

1970년대 끝자락.

국문과 조교실의 연락을 받았다.

이어령 선생님께서 나를 보자고 하신다.

무슨 일일까? 조심스럽게 국문과 사무실 문을 열었다.

"너 시 좀 쓰냐?"

"……."

나는 머뭇거렸다.

"지금 쓴 것 좀 있으면 보자."

평상시 들고 다니던 낙서 노트를 뒤적이며 때때로 끼적였던 시 몇 편을 보여드렸다.

훑어보시던 선생님은 노트를 덮으시더니 짤막하게 말씀하셨다.

"××방송국에서 현충일 기념 추모 시가 나가야 한다는데, 네가 한번 써봐라."

얼떨결에 나는 "네……"하고선 피하듯이 자리에서 물러났다.

당시 학생들에게 선생님을 뵙는 일은 무척 어렵게 느껴졌다. 교정을 걸으며 나는 왜 깜냥도 안 되면서 한다고 했는지 뒤늦게 후회하며 자책했다. 정해진 마감 시간은 어김없이 다가왔고 어쨌든 시를 쓰긴 했다. 결국 현충일에 추모 시는 자막으로 올라갔다. 그 당시 학생으로서는 꽤 큰 원고료를 받았던 것으로 기억한다. 하지만 주변머리 없던 나는 감사의 마음을 전할 생각도 못했었다. 오랜 시간이 지나도 잊힐 수 없는 삽화로 떠오르곤 한다.

학부 시절 매 수업마다 이어령 선생님께서 우리에게 하신 말씀이 있었다. '문학을 바라보는 시각은 늘 새로워야 한다는 점'이었다. 평범해 보이는 것 같지만 실은 가장 구현하기 어려웠던 이 '새로움의 시선'은 문학 이론의 장이나 창작의 지점에서 나에게는 늘 자신을 돌아보게 하는 화두가 되었다. 졸업 무렵 이화 문학상에 투고하여 당선되었을 때에도 선생님께서는 "시가 새로워서 괜찮다"라고 덕담을 해주셨다. 그렇게 선생님은 학생들의 창작에도 관심을 가지고 계셨다.

선생님의 강의를 처음 들었을 때는 뉴크리티시즘이 무엇인지도 몰랐다. 당시 대학 3~4학년의 수준에는 어려운 내용이었다. 무척 낯설었지만 서정시나 소설의 이해에 있어서 심상과 상징을 체계적으로 재단하는 비평 이론이 존재한다는 사실을 알게 되었을 때 나는 문학비평이라는 신세계를 처음으로 접하게 되었다.

선생님께서 학부 수업 시간에 하셨던 「공무도하가」의 해석은 당시 나에게는 무척 흥미로운 것이었다. 중국의 『고금주』에 기록으로 전하는 관련 설화를 예로 들면서 '백수광부'를 그리스 신화의 디오니소스 같은 한국의 주신 즉 술의 신으로, 공후를 타고 노래했던 백수광부의 아내를 그리스 신화의 뮤즈인 음악의 신으로 비견하는 신비평적 작품 읽기가 강의실 내에 물 흐르듯 펼쳐졌던 그 시간은 특별하게 여겨졌다. '강'을 매개로 한 님의 죽음과 이별로 이어지던 분석에는 바슐라르의 미학도 함께 설파되었는데 당시에는 그 어디에서도 들을 수 없었던 내용이었다.

선생님께서는 외국의 비평 도서를 영어, 불어 등 원어로 읽으신 후 직강을 하셨기 때문에 우리는 누구보다도 먼저 서구 비평 이론에 관한 내용을 들을 수 있었다. 번역본 서적이 출간되기도 전에 그 내용을 수업 시간에 직접 들을 수 있었다는 것은 이화 국문인만이 누릴 수 있었던 학문적 특권이었다. 고전의 세계에도 서구 비평 이론이 적용될 수 있겠다는 생각을 처음으로 하기도 했다.

현대 시에 관심을 가지면 가질수록 한편으로는 그 근원적 계기성에 주목하다 보니 나는 한국 시의 전통성을 알아보아야겠다는 생각에 이르게 되었다. 그러면서 자연스럽게 한국 전통 시의 전형인 시조 문학에 관심을 갖게 되었다. 그런데 다시 이어령 선생님을 만나는 일이 생각하지도 못한 곳에서 일어났다. 정병욱 선생님과 함께 저술하신 『고전의 바다』를 읽었을 때 나는 선생님의 학문적 대상이나 범위가 넓다는 점을 확인하게 되었고 고전의 바다 속에서 선생님과 만나는 간접적 체험을 하게 되었다.

선생님께서는 시조가 종장의 예술이라는 점, 시조의 관습성이나 논리적인 성격에 대하여 이미 다양한 측면에서 논의를 정립하고 계셨다. 시조 문학에 대한 이어령 선생님의 체계적 개념은 한시와 시조를 비교하여 시조의 특성을 밝혀내려 했던 나의 석사 논문 연구에 중요한 실마리를 제공해 주었다.

선생님께서 석사 학위 논문 심사 위원으로 오셨을 때 하셨던 말씀은 지금도 생생하다. "그동안 많은 제자가 있었지만 내가 말한 것들을 제대로 인용한 걸 이제야 보게 되네." 고전 시가 논문에 당신의 학설을 인용했다는 사실이 대견하셨던지 큰 소리로 말씀하셨던 그날의 일화는 추억의 흑백사진처럼 지금도 기억 속에 남아 있다.

석박사 과정의 강의에서도 선생님께서 늘 강조하셨던 내용이 있었다. '모든 시는 논리적 모순에 의해 통합하고 합치되었으므로 그 상상력이 연구되어야 한다는 것'이다. 그리고 '시인은 일차적 문화적 기호를 재해석해서 자기 시적 체계를 만든다'는 것, '모든 문학은 이항 대립으로 되어 있다'는 점에 주목해야 한다는 것이다.

선생님께서는 구조주의, 기호학은 단순한 형식이 아니라 역사 사회를 포함하기 때문에 사회학과 관련될 수 있지만 이에 따라 문학 연구가 문학에서 멀어지는 것을 매우 경계하셨다. 말하자면 사실주의 문학 연구 등에서 단순한 역사 사회 현상 찾기는 진정한 문학

연구가 아니라는 것이다, 선생님의 문학비평 연구의 관점은 명료하면서도 언제나 내가 공감할 수 있는 지점에 있었다.

나는 윤동주의 작품들을 평소 좋아했었지만 선생님의 강의를 듣고 더 좋아하게 되었다. 9행의 짧은 시 「서시」를 '시제 분석'을 통해 과거, 미래 추정, 현재로 놓고 '우러르다-마음의 지향성' '괴로워하다-부정' '노래하다-긍정' '사랑하다-확인' '걸어가다-실천' 과정을 사랑의 진행 코드로 해석하셨던 부분은 아주 인상적이었다. 「서시」는 윤리적 결의의 표현이며 끝없이 방황하고 모색하며 절망과 희망을 가지며 갈등하고 있는 시라고 말씀하셨을 때, 나는 마음속으로 놀라지 않을 수 없었다. 윤동주의 「서시」가 분석으로 인해 한층 더 아름답게 나에게 다가왔기 때문이었다.

문외한은 이어령 선생님께서 사회 현실과 무관하게 문학 그 자체만을 연구했다고 말하기도 하지만 선생님의 강의를 깊이 있게 들어보았다면 그러한 의견에 수긍하기 어렵다. 선생님께서 윤동주 시인의 시를 분석하면서 강조하셨던 것도 궁극은 단순한 리얼리즘으로의 귀결이 아니었기 때문이다. 선생님께서는 윤동주의 시에서 역설paradox의 구조를 통해 희망과 재생으로 나아가는 현실적 의미를 찾아내어 시인의 텍스트를 '논리적인 역전의 구조'로 바꾸어 읽어내는 힘이 중요하다는 점을 강조하셨다.

「별 헤는 밤」이란 시도 시간의 축에서는 가을, 겨울로 이어지고 공간의 축에서는 하늘 무덤으로 연결되지만 그것은 재생의 봄, 재생의 언덕으로 탄생한다는 것. 즉 언덕이란 장소를 땅의 가치에서 하늘로 바꾸어 시공간이 융합된다는 언어 질서를 구조화하여 윤동주의 시 세계가 시대 현실과 깊이 있게 연결되어 있음을 말씀해주셨다. 윤동주의 「흐르는 거리」를 조명했던 수업은 시대 현실의 아픔을 시로써 대변했던 윤동주 시인에 관하여 강력한 메시지를 던진 시간이었다.

윤동주의 「흐르는 거리」를 이항 대립으로 해석하면서 유동하는 상황 속에서 정착을 시도하는 것이 윤동주의 '시적 희망'이라고 하셨을 때, 나는 일제시대의, 어느 안개 속에 잠긴 정박한 항구에 가련한 많은 이들이 흘러가는 듯한 떠돌음의 슬픔을 마음속에서 그릴 수 있었다. 시인이 주는 메시지는 현실을 상상하는 현실 인식의 이미지를 통해 우리를 바꾸게 한다는 말씀에 깊이 공감했기 때문이다.

80년대 선생님의 박사과정 수업에서는 다양한 문학 연구 방법론에 대한 논의가 있었다. 원형비평에 중점을 두면서 현상학적 비평 접근이나 기호학적 접근을 통해 이미지의 문제에 대하여 천착하셨는데 기억에 남는 것은 단순히 이론을 소개하는 것이 아니라 우리에게서 잠재력이나 창의적 분석력을 끌어내려고 애쓰셨던 점이다. 그 당시에 이미 선생님께서는 학제간interdisciplinary 연구의 중요성을 역설하시기도 했다.

일례로 '석굴암의 부처'를 거론하면서 무의식이나 심리, 선사先史 시대의 것을 이해하지 않고는 문학 연구를 하기 어렵다는 내용 등을 강조하셨다. 석굴암 부처의 손은 항마촉지인降魔觸地印을 나타내는 도상圖像으로 그 원형적 패턴은 비언어적 체험으로서 도상적인 것에 숨겨져 있는 언어를 찾아내는 것은 곧 문학에서 상징을 밝혀내는 것과 같다고 하셨다. 강의 내용 자체가 수사학이었던 셈이다.

현상학적 물질 인식에 관한 강의는 당시 문학 연구를 시작하는 우리에게 학문적 영감을 불러 일으키는 동기가 되었다. 현대 문학 외에도 물질적 상상력과 이미지를 활용하여 「정석가」를 비롯한 「청산별곡」 등 고전 시가 이외의 수많은 선시나 불교 시까지 연구 가능한 지평을 열어 주셨기 때문이다.

박사과정 때 고전뿐만 아니라 불교문학에 관하여 가끔 던지시던 선생님의 탁월한 시각에 나는 조용히 무릎을 치고는 했었다. 지금도 나는 1983년 〈현대 시 특수 연구〉라는 수업 시간을 잊을 수 없다. 당시 텍스트 분석의 예로 들었던 작품은 향가 「제망매가」였다. 고등학교 시절부터 배웠던 작품이기도 해서 그 내용을 모르는 학생은 없었다.

죽은 누이와 월명이 한 부모로부터 태어났음에도 불구하고 누이의 죽음으로 인해 각자 가는 길이 다를 수밖에 없었던 아픔을 미타찰에서의 만남으로 승화시키는 깨달음의 미학에 관하여 열정적인 강의가 이어졌다. 10구체 작품 하나를 고苦·집集·멸滅·도道의 사성제四聖諦로 풀어내는 수업 내용에서 분석적 통찰력을 확인하는 순간 나는 '아'라고 짧게 외마디 소리를 삼켰다. 그때 나는 '시학의 예술이 바로 이런 것이구나.'라는 신선한 수용적 체험을 했다. 한국의 불교적 문학론은 바로 이렇게 사상이나 철학과 결합할 때 풀어내야 한다는, 결코 부정할 수 없는, 확신적인 문학론에 입문했던 그날의 내밀한 경험을 지금도 잊지 못하고 있다.

세월이 지나 『한국 불교문화와 고전시가』라는 책을 쓸 때, 나는 비로소 이어령 선생님께서 박사과정 수업에 전수하셨던, 그리고 나도 확신했던 불교문학론에 관한 핵심적 개념을 비로소 기꺼이 인용할 수 있게 되었다. 그 내용은 이렇다.

"이어령 교수는 여기서 「제망매가」를 사성제의 원리로 분석한 바 있다. 필자는 이 시각이 당시에 상당히 참신하고 창의적이라 생각했다. 이후 불교를 공부할수록 불교문학인가 아닌가의 구분은 바로 '사성제'와 '연기설'이 잣대가 되어야 한다는 점을 인지하게 되었다. 오늘날 많은 논문에서 불교문학에 대한 명확한 정의가 이루어지지 않고 있다는 점은 안타까운 일이다."

긴 시간이 지나 이렇게 쓰고 났을 때 나는 왠지 모를 안도감이 들었다. 확신에 찬 신념을 가지고 미진했던 일들을 완수했을 때의 느낌이라고나 할까.

40년이 지나도록 이어령 선생님께 배웠던 강의 노트를 차마 버리기 아까워 보관하던 참에, 선생님의 강의 노트를 수소문한다는 소식을 들었다. 강인숙 선생님께 보내드리기 전 오랜만에 읽어보니 세월 저편 수업 시간의 장면들이 떠올랐다. 선생님의 학문적 열정이 서랍에서 나와 주변을 맴돌며 다시 '새로움'에 천착하라는 메시지를 던지시는 것 같았다.

강의 노트를 들춰보니 이루 열거할 수 없을 정도로 배운 것이 많았다.

첫째 I. A. 리처즈(I. A. Richards, 1893-1979)의 신비평과 수사학

둘째 소쉬르(Ferdinand de Saussure, 1857-1913)의 구조주의 언어학과 기호학, 포스트 모더니즘

셋째 언어의 여섯 가지 기능을 정의했던 로만 야콥슨(Roman Osipovich Jakobson, 1896-1982)의 구조주의 언어학

넷째 야콥슨의 영향을 받았던 롤랑 바르트(Roland Gérard Barthes, 1915-1980)와 유리 로트만(Yuriy Mikhaylovich Lotman, 1922-1993) 등의 구조주의 언어학

다섯째 그레마스(Algirdas Julien Greimas, 1917-1992)의 언어 기호학

여섯째 레비스트로스(Claude Lévi-Strauss, 1908-2009)의 구조주의와 문화 상대성

일곱째 미셸 리파떼르(Michael Riffaterre, 1924-2006)의 구조주의 문학 이론과 기호학

여덟째 엘리아테(Mircea Eliade, 1907-1986)의 우주적 신화를 바탕으로 한 종교현상학

아홉째 융(Carl Gustav Jung, 1875-1961)의 집단 무의식과 원형Archetypes

열째 바슐라르(Gaston Louis Pierre Bachelard, 1884-1962)의 이미지와 물질 상상력의 현상학

열한째 크리스테바(Julia Kristeva, 1941-)의 여성론으로부터 출발한 정신분석학과 기호학 등의 후기 구조주의

정리하고 보니 20세기를 관통했던 주요한 문학 이론과 철학 사상 등이 빠짐없이 거론되었음을 알 수 있다. 이 방대한 문학 비평 이론들은 한국의 고전뿐만 아니라 신화 설화 그리고 윤동주, 이상, 김소월, 이육사, 한용운 등 수많은 작가의 작품 읽기에 적용되었다. 그뿐만 아니라 보들레르Charles Pierre Baudelaire, 네르발Gérard de Nerval, T. S. 엘리엇Thomas Stearns Eliot 등 다수의 서양 작가 작품을 분석하는 데에도 동원되었다. 그 시절 이렇게 새로운 이론을 많이 배웠다는 건 학문적 축복이었다. 생각해보면 그 당시 나는 호화스러운 만찬을 앞에 두고도 제대로 맛을 느끼지 못했던 청맹과니였다.

많은 시간이 흐른 뒤 내가 선생님께 들었던 마지막 수업은 불교 방송의 향가 나들이였다. 동서고금 공시성과 통시성을 꿰뚫어 보는 문학에 대한 혜안과 열정은 여전히 변함없으셨다. 젊은 시절에는 몰랐던 따뜻한 정서가 느껴졌다.

이제는 다시 들을 수 없는 아쉬움.

책장 한켠에 꽂아둔 선생님의 마지막 노트 『눈물 한 방울, 이어령』을 두고두고 읽어보려 한다.

도쿄에서 온 편지

한정희_

1950년 강화에서 태어나 이화여대 국문과를 졸업했다. 1970년 《이대 학보사》에서 단편 「체, 심심하긴」으로 추계현상문예에 당선되었고 1971년 《고대 학보》에서 단편 「나무 아미타불」로 전국 대학생 현상문예에 당선되었다. 1983년 《LA 한국일보사》 신춘문예에 단편 「이브의 사과」로 당선되었다. 1989년 동아일보 신춘문예 중편소설 부문 「불타는 패션」으로 등단했다. 소설집 『불타는 패션』과 『유리집』 『브리지파트너』 등이 있다.

〜

머릿글

이어령 선생님은 이화 모임에 오시면 아무리 시간이 없어도 문학 강의를 생략하는 법이 없었습니다. 지금은 괜찮겠지요. 선생님의 비밀 한 가지를 털어놓겠습니다. 아마도 선생님께서는 저희 모임에 오셔서는 속마음을 많이 열어놓으신 것 같습니다. 저희 앞에서는 선생님 눈에 차지 않는 예술가, 행정가, 교단, 문단 할 것 없이 날카롭게 지적하고 냉정하게 비판하시고 때로는 아낌없이 칭찬하셨습니다. 그럴 때의 선생님은 자신의 말 한마디에 파급력이 얼마나 크다는 사실을 잠시 잊으신 것 같았습니다.

선생님께서는 선생님의 말씀을 알아듣는 사람이 많지 않아서 항상 외로우신 것 같았습니다. 그렇다고 저희인들 선생님의 머릿속에서 연쇄적인 화학작용이 일어나 무궁무진하게 펼쳐지는 르네상스 맨의 종횡무진 상상력을 어찌 다 이해할 수 있었겠습니까. 저희와 함께 계시면서도 선생님은 여전히 외로우셨을 것 같습니다.

그래서 저희는 항상 죄송하였습니다.

그렇습니다. 선생님의 상상력은 벼락처럼 번득이셨죠.

이세돌 명인이 알파고와 바둑을 두어 승리했을 때 너무나 기뻐하

211

시던 모습이 생각납니다.

'지금 세기적인 사건이 우리 눈앞에서 일어난 거다. 왓슨이 증기 기관을 발명한 사건 같은 거와는 비교할 수 없을 만큼 큰 사건이다. 미래에 인류가 AI 기술에 밀려나서 인간의 한계에 대하여 절망하고 의문을 품을 때, 이세돌 명인이 알파고를 이겼던 이 순간을 떠올리며 희망에 차게 될 것이다.'라고 확신에 차서 말씀하셨습니다.

허지만 애석하게도 저희는 선생님의 흥분 온도를 맞추지 못했습니다. 대국이 있던 2016년만 해도 AI가 지금처럼 발달해 있지 않았습니다. AI의 능력이 얼마나 뛰어난 건지 몰랐던 것입니다. 그러나 선생님의 상상력은 현재의 의식을 확대하여 '저 너머'를 투시하여 미래를 예견하고 비전까지도 끌어내는 순간을 저희는 목격했습니다.

선생님은 인간의 상상력이란 인간이 가진 최고의 능력으로 치셨습니다.

눈앞에 존재하지 않는 이미지를 창조하는 힘이 상상력이라고 하셨죠. 평범한 주의력을 초월하고 있는 파악력이 상상력이라고 하셨습니다. 상상력이 없는 인생은 생의 끝이라고요.

'상상해봐라. 가슴 저 아래에서 뭔가가 뜨거워지는 것이 느껴지잖어.'

선생님은 한참 논리적인 전개를 펼치다가도 몇 단계 추월하여 감동적인 클라이맥스로 올라가시는 데 아주 선수이십니다.

무릇 예술가란 황폐하고 삭막한 현실 세계에서 아주 잠깐 틈으로 들어온 빛 같은 존재여야 한다고 항상 굳게 믿으신 분입니다. 그 빛이 느껴지는 순간을 상상해보라고 항상 저희를 흔드셨지요.

한국 문단의 어떤 평론가보다도 탁월한 평론을 수없이 발표하셨는데도 불구하고, 선생님은 문단의 아웃사이더여서 외롭다고 아주 가끔 토로하셨습니다. 작품 전체의 이미지를 놓친 채, 작품의 본질에만 매달려 문장 하나하나 지적하는 것이 문예비평이라고 하는 세간의 평론을 답답해 하셨습니다. 문단에 그 흔한 파벌과 계보를 차단하시고 오로지 작품 그대로의 모습을 해체 발굴하여 새로운 이미지를 발현하셨으니 그처럼 답답해하실 수밖에 없으셨겠죠.

선생님께서는 이런 외로운 마음을 넘어 지식인으로서 가치 있는 일은 '이야기'를 남기는 일이라고 하셨습니다.

저도 잠깐 선생님의 〈상상〉 속으로 들어 갔습니다.

〈이상〉과 〈이어령〉이라는 두 천재가 하늘나라에서 만난다면 어떤 담론이 오갔을까 하고 말입니다. 우주에서 펼쳐지는 별들의 전쟁처럼 굉장한 이야기들이 화려한 빛으로 페스티벌이 열렸을 것 같습니다. 그러나 그 거대한 담론을 상상할 수 있다면 이야기를 남겨야 할 텐데……

그 기록은 후대의 누군가가 하시겠지요.

저는 그저 두 분의 만남을 상상해보았습니다.

그리운 우리 선생님께
한정희 올림

도쿄에서 온 편지

창밖에는 몇 시간째 비가 쏟아지는 중이었다. 기상이변을 몇 번 경험한 후라 4월에 내리는 빗줄기가 장맛비처럼 굵다고 해서 특별한 일은 아니지만, 비만 내리면 마음이 착 가라앉아 창가를 서성이는 습관은 여전했다. 그러나 지금은 괜히 서성이는 것이 아니다. 민일미의 편지를 읽고 나서 그 내용이 너무 기이해서 그냥 앉아 있을 수가 없는 것이다.

나는 엄지손톱으로 검지 끝을 눌러 피라도 낼 것처럼 꾹꾹 누르면서, 거실을 빙빙 돌기 시작했다. 이어령 선생님이 돌아가시던 그날 오후에도 갑자기 두텁고 무거운 구름이 하늘을 덮으면서 지금처럼 세차게 비가 내렸다. 아직 환해야 할 시간에 어둠이 내려앉는 걸 보면서 아, 하늘도 선생님이 이 세상을 떠나는 것을 통절하게 생각하는구나! 라는 생각이 들었던 것이 생각났다.

조금 전에 갑자기 비가 쏟아지자, 아파트 현관에 뛰어 들어오면서 우편함에 있는 제법 두터운 편지봉투를 발견했다. 민일미가 도쿄에서 보내온 편지였다. 반가운 느낌보다 이게 뭐지? 하는 생각이 먼저였다. 요즘도 편지를 보내는 사람이 있나 해서였을 것이다. 평소의 민일미 기자 성격에 맞지 않게 편지를 띄우는 건 감성적 행동 같아서 낯설었다. 나는 운동화를 벗으면서 민일미의 편지봉투를 뜯고 있었다.

한 선생님~ 오랜만에 연락드립니다.
간략하게 제 이야기로 바로 들어가겠습니다.
이 이야기가 황당하시겠지만,
제가 얼마 전에 도쿄대학병원에서 이어령 선생님을 뵈었습니다.

돌아가시기 6개월 전에 인터뷰하시던 모습 그대로였습니다. 저도 믿기지 않지만 실제로 제 눈앞에 계시는 이어령 선생님과 눈인사까지 나누었는데, 누구에게 말해도 제 말을 믿지 않고, 오히려 저를 이상한 사람으로 보겠지요. 그런 생각이 제 머릿속에 점령해 있어서 저는 계속 심각하게 혼란하고 괴롭습니다. 내 말을 믿어 줄 사람이 있을까요. 아무리 이어령 선생님을 보는 순간 내 몸이 떨려왔다고 하더라도 말입니다. 그러다가 이어령 선생님의 가까운 제자인 한 선생님이 떠올랐고 지금 제가 겪은 일을 알려야겠다는 생각이 들어 이 사건의 기억이 제 마음속에서 왜곡되기 전에 세밀한 부분까지 편지에 담아야 하겠다는 생각으로 쓰고 있습니다.

제가 디 일보사에서 정년퇴직하고 언론협회 후원으로 도쿄대학에 연수하러 온 것은 알고 계시죠. 도쿄와 서울은 가까운 거리라 부담 없이 드나들 거라고 예상했는데, 막상 오랜만에 학업을 시작해 보니 생각처럼 되지 않았습니다. 강의에 열중하게 되었고, 그러다가 스트레스를 받았던지 20일 전쯤 도쿄대학 구내 연구동 근처 화단에서 실신하고 말았습니다. 10분 정도 실신했었다는데 지나가던 학생들이 저를 도쿄대학병원 응급실에 신고하여 응급 침대에 실려가면서 구급대원이 저를 흔들어 깨울 때야 의식이 돌아왔습니다. 나중에 밝혀진 원인으로는 아침에 제가 부정맥약을 먹었는데 착각하고 10시쯤 등교할 때 약을 한 번 더 복용한 그것이 실신의 이유였다고 합니다. 어쨌든 곧바로 인공 심장 박동기를 달지 않으면 언제든지 실신할 수도 있다고 해서 바로 수술을 하기로 결정했습니다.

갑자기 닥친 일이라 저도 정신을 차릴 수가 없었죠. 서울에서 가족들이 날아와서 바로 다음 날 수술 절차가 진행되었습니다. 도쿄대학병원은 수술 환자들이 서울에서처럼 많이 잡혀 있는 것 같지는 않았습니다. 의료진들이 바쁘게 움직였지만 어수선하지 않고 조용한 질서가 보였습니다. 수술 대기 중인 방에 저처럼 환자가 누워 있는 침대가 몇 개 얼핏 보였습니다만 제가 머리를 들지 않고 눈동자만 굴려서는 정확한 개수는 확실히 알 수가 없었습니다. 천정만 바라보면서 누워 있다가 조용조용한 한국말이 들리기에 그 소리를 따라 눈동자를 돌렸습니다. 침대 발끝으로 보이는 창문 앞에서 머리가 덥수룩하고 창백한 얼굴에 짧은 수염이 드문드문 난 키가 큰 청년과 이어령 선생님이 창가에 서서 얘기하고 계셨습니다. 순간 저도 모르게 목에 힘을 주어 고개를 들려고 하였으나 머리를 들 수 없었습니다. 동시에 한 달여 전에 읽은 이어령 선생님의 추모 3주년 기사가 떠올랐습니다. 이어령 선생님은 돌아가셨는데 어떻게 여기 계시지?

선생님의 아! 하는 목소리를 듣는 순간 저의 온몸으로 전기가 통하는 기분이었습니다. 먼저 귀에서 시작해 척추를 타고 내려가 손끝으로 퍼지더니 다시 되짚어 올라오며 몸 전체가 따끔거리더니 머리카락이 죄다 곤두서고 그 바람에 모든 감각이 살아나는 듯했습니다. 정말 이상하면서도 신기하고 조금 무서웠습니다.

'천재 이어령이 이 세상으로 건너왔다는 소식을 듣고 만나고 싶었는데 제가 한없이 게으르게 사는 인간이라 이제야 만나는 군요.'

창백한 얼굴에 더부룩한 수염이 듬성듬성 올라온 키 큰 청년이 몸이 괴로운지 약간 떨면서 이 선생께 다가가며 말했습니다. 이어령 선생님도 청년을 향해 환하게 미소를 지었습니다.

'아, 상을 드디어 만났군요. 지난 3년간 상을 만나려고 여기저기 수소문을 했지만, 상을 찾을 수 없었죠. 문득 오늘 도쿄 제대 병원에 가면 상을 만날 수 있지 않을까 하는 생각이 들어서 급하게 달

려왔습니다. 아하~ 제 예측이 맞았군요.'

머리가 하얀 이어령 선생은 조금 흥분하여 청년에게 가까이 다가가 그의 손을 반갑게 잡았습니다.

'저도 꼭 뵙고 싶었소. 꿈인지 생시인지 구분 안 되는 시간 속에 박혀 있다가도 내가 세상을 뜬 후 거의 묻혀가던 나를 찾아내 철저히 분해하여 이 경지에 올려놓은 이 선생을 생각하면서, 내 필시 이 선생을 직접 만나 인사를 해야지 하고 다짐했었소. 이 사람은 왜 나를 따라온 것일까. 왜 곡괭이로 땅을 파듯 내 작품을 찾아내어 샅샅이 분석하고 숨겨진 의미를 세상에 밝히려고 이렇게 애를 쓰나. 하지만 이렇게 고마운 일이 어디 있겠소.'

'아~ 그건 좀 듣기 민망한 칭찬이고요, 상의 텍스트가 특별해서 저를 사로잡은 거죠. 저는 선생님의 작품을 처음 읽었을 때 열광하고 말았습니다. 그냥 열광이 아니라 하얗게 빛이 부서져 하늘에서 땅 위로 쏟아지는 그런 열광 말입니다. 그 오묘하고 귀하고 순수한 사념들이 저의 젊은 날을 완전히 뒤흔들었습니다.'

청년은 이어령 선생님의 찬사에 옅은 미소를 띠었습니다.

'내가 세상을 뜬 후 태평양전쟁 전에는 나와 가까웠던 친구들이

나의 작품을 몇 번이고 조명하긴 했었지요. 물론 나를 제대로 이해한 벗도 있었으나 나의 노력보다는 무턱대고 천재적 작가라고 갈채만을 보내는 사람들, 자신들이 이해하지 못한 것을 무시할 수는 없었던지 천재란 단어 속에 나를 송두리째 담근 것처럼 보입디다. 혹은 난해한 시를 쓰는 짓궂은 장난꾸러기의 악동이라고 몰아세우는 사람들도 있었어요. 이 선생, 내가 천사 같은 상은 아니더래도 내 얼굴 어디에 악동의 끼가 보입니까. 시국이 급변하여 전쟁이 발발하자 생존하기도 벅찬 현실인데 문학이 어떻게 남아 있겠습니까. 생존이 우선이었겠죠. 자연히 나와 관련한 회고가 거의 보이지 않더군요. 게다가 가까웠던 몇 사람은 월북했고 남은 벗들조차도 해방 직후 좌우 대립의 소용돌이 속에서 나를 문학적으로 증언할 상황이 아니었든지…… 그 시대에 이념 문제를 등지고 문학을 말할 사람은 자신을 불사신으로 여기는 정신 나간 사람들이나 할 법한 일이지만 어쨌든 나를 증언한 글이 거의 존재하지 않소. 그런데 느닷없이 이어령 선생께서 묻혀 있던 나를 다시 발굴하신 거요. 선생이 논리적이면서도 그 예술적인 문체로 지금 현존하는 어떤 작가보다도 더 참신하고 친근한 호흡을 느끼게 해주는 작가가 바로 이상이라고 극찬하며 나를 불러내지 않았더라면, 나는 내가 예언했던 대로 벽에 걸린 박제가 아니라 땅에 묻힌 박제가 되어 있었겠지요. 선생은 나를 아주 호의적이고 온당하게 분석하였소. 선생의 분석 이후 나는 박제된 이상에서 빠져나와 신화로 이동하였소이다. 그냥 잊힐 수도 있었던 〈이상〉을 이어령 선생께서 확실하게 부활시킨 거요.'

청년은 숨이 가쁜지 옅은 기침을 하며 말을 멈추었습니다.

'저는 선생님의 작품에 순수하게 열광했습니다. 선생님의 작품이 저에게 무한하고 풍부한 영감을 주어 제 가슴은 활짝 열렸습니다. 어느 밤 충동적으로 이 위대하고 열정적인 영혼을 끝까지 따라가보자는 각오가 생겨 선생님의 신성한 세계를 탐사하는 심정으로 「순수의식의 뇌성과 그 파벽」을 썼습니다. 이후로도 저는 선생님이 남긴 문학적 기호를 놓치지 않고 계속 따라갔습니다.'

이 선생님의 목소리에는 지나간 시간과 이상에 대한 존경하는 마음들이 까마득하게 펼쳐지는 것이 느껴졌습니다.
이상은 이어령 선생의 찬탄이 어색한 듯 고개를 절레절레 저었습니다.
'나야말로 이 선생님이 1955년 《문리대학보》에 발표한 「순수의식의 뇌성과 그 파벽」을 읽고 나서 내 문학적 가치를 스스로 깨친 면도 있다오. 내가 살아온 현실의 시간은 선생이 지적한 대로 매우 소극적이었으며 비행동적이었죠. 이어령 선생의 평론을 읽으면서 비로소 나는 잔뜩 움츠려 있던 내 가슴이 양옆으로 펴지며 〈그렇소이다. 이것이 내 생이외다〉라고 표현하고 싶은 욕망이 날개가 되어 내 겨드랑이에서 돋아나려고 한다는 느낌을 받았소이다.'

이상은 기침이 나와 말을 끊으며 미소를 지었습니다.

'아. 또 이어령 선생은 나를 어느 한쪽에도 소속되지 못한 채 그 사이에 끼어 있는 이질적인 존재라고 했는데, 그것은 그렇기도 하고 아니기도 하였소. 예술적 기질을 타고나서 그랬는지 아니면 태어나면서부터 일본식 교육을 받고 자란 식민지 1세대 사람이라 그랬는지 민족의식 같은 갈등보다는 외부적 현실에서 일어나는 예술적 흐름에 더 민감하게 반응했던 것 같소. 그러나 종손의 책임 의무는 잠시 잊을 만하면 반복적으로 환기되어 나의 의식은 전혀 자유롭지 않았소. 그래서였을까, 우연이 이상이라는 필명을 사용하기 시작하면서 아예 이상으로 사는 것도 과감한 아방가르드라는 생각이 들었소. 생활 속에 갇혀 있는 종손 김해경이 아니라 〈이상〉이기로 작정한 순간부터 나의 문학적 상상력은 불놀이처럼 터져 나왔소. 흐흐흐 생각해 보시오. 이상이란 단어가 갖고 있는 정말 많이 이상한 것, 생각들 말이오. 선생의 분석대로 일상성의 현실에 존재하는 김해경의 삶에서 빠져나와 거리 두기를 하면서 나는 〈이상〉의 순수한 의식의 세계로 들어가 능수능란하게 삶을 바라볼 수 있게 되었어요. 스스로를 타자처럼 바라보는 순간 내 마음에 20세기가 보입디다. 삶이 추상화되어 감상주의를 탈피하여 여러 색채로 다양하게 흩어지는 감각이 파들파들 생생하게 되살아난 느낌이라 할까요. 나도 모르게 파벽의 길에 서 있더란 말이오.'

청년의 얼굴에 스치는 미소가 조금 쓸쓸해 보였습니다.

'상께서는 어떻게 인간의 삶을 하나의 형상으로 표현할 수 있었을까 하고 참 궁금한 적이 많았습니다. 삶이란 이해하거나 알려고 하지도 않고, 온전하게 보존되었을 때야 비로소 인식할 수 있는 대상이 되었을 터니 말입니다. 오래 살아온 현자나 가능하다고 여겼는데 저는 상의 작품에서 그런 형상을 보았습니다.'

이어령 선생은 청년을 진정으로 감탄하면서도 애잔한 표정으로 바라보았습니다.

'저는 상께서 일상성의 인생으로부터 완전히 자기를 절연하고 순수한 의식의 세계에서 오직 형상으로만 존재하는 것을 응시한 기록이 선생의 문학 세계라고 썼습니다만, 세상 시간을 오래 견디고 겪어 본 지금의 나는 응시하는 시간 안에서 선생이 가졌던 그 고독을 생각만 해도 그저 애잔하여 가슴이 저립니다. 제가 「순수의식의 뇌성과 그 파벽」을 쓸 당시만 해도 저 또한 20대였던지라 천재의 숙명이니 어쩔 수 없는 당연한 고독이라고 생각했었지요.'

청년은 약하게 기침하면서도 빙긋이 미소를 지었습니다. 잠시 후 기침이 멎자, 이상 선생이 말을 이어 나갔습니다.

'스물여섯 살이 되던 1935년 8월에 평안남도 성천에서 한 달을 보낸 적이 있습니다. 제 글에는 서울에서의 소란스러움은 멀고, 나의 체내에서 울려 퍼지는 그런 생명 활동의 서걱거림과 주변 10미터 이내 동식물이 내는 미세한 음향만이 가득한 시간이었다고 묘사했었죠. 성천을 다녀오고 나서 나는 〈이상〉으로 살기를 그만 끝내야 하지 않을까 하는 생각이 들기 시작했습니다. 오브제가 서브제를 다른 오브제로 만들어 데리고 노는 것 같은 그 느낌 때문이었을 거요. 삶은 역시 삶이어야 한다는 생각도 자각 같은 것도 있었고요. 성천의 한없이 늘어진 초록의 삼림 속에서 진종일 헤매면서 형태의 절망이 비형태의 절망으로 변형하며 가치 있는 삶을 향한 의지에 금이 가고 있는 느낌이 들었습니다. 아마도 시간의 불가역성과 영원한 것은 없다는 존재의 의미가 새로운 느낌으로 다가와서였을 수도 있습니다.'

이상은 약간 숨이 차는지 잠시 말을 끊고 호흡을 가다듬었다.

'도쿄의 어두운 방에서 실명 소설을 몇 편 썼는데 어느 순간 이상은 현실에 존재하는 작가가 아니라 등장인물이 되어 갔어요. 내 마음이 즉 생각하는 것이 변하는 것 같았습니다. 그동안 내가 고집하고 있던 것은 역시 김해경에서 회피하기 위한 거였을까 하는 인식이 내 머릿속에서 나를 놓지 않았습니다. 제가 바라던 일이 〈이상〉 살기를 그만두고 김해경으로 돌아가기 위해 마지막으로 도쿄에 온 것인가 하는 생각으로 참 혼란스러웠습니다. 어찌 되었든 도쿄는 해방구였으니까요.'

이상은 빙긋 웃으며 이어령을 향해 미소를 지었습니다.

'저는 상을 알기 위해 아예 선생님 삶 안으로 들어가 완전히 합체를 이루었다고 생각한 시간도 있었습니다. 감히 선생님이 김해경으로 돌아가고 싶어 했을 거라는 상상은 하지 않았습니다. 상에 대한 제 열정이 상께서는 어떤 가치 있는 삶을 향해 의지를 잃지 않고 계속 나가는 데 있을 거라고 제 생각을 몰아가게 했을 것입니다. 그 의지를 잃으면 생존도 멈출 수밖에 없을 테니까요. '

'이 선생님이 저를 오독한 것은 아니외다. 선생은 저에게 내가 걸어간 저작 활동 모두가 소극적이고 비행동적이었다고 했습니다. 하여 보다 심오하고 줄기찬 작업이 아니어서 어떠한 완성된 세계와 통일을 제시하지 못하고 있으나 이것은 흉이 아니라고 썼소. 하지만 미지의 경지를 향하여 무수한 언어와 수사학을 대담하게 문학적 구조와 뚜렷한 기호의 존재로 부각한 시인이 바로 상이라고 하였습니다. 나는 지금 그런 격찬에 힘입어서 신화가 된 것 아닌가요?'

이상은 기침 때문에 말을 끊으며 가슴으로 손을 가져갔습니다. 이번 기침은 쉽게 멈추지 않았습니다. 이어령 선생은 조금 당황한 표정으로 주변을 둘러보았습니다.

'아직도 이렇게 아픈 것이오?'

이상이 기침을 멈추고 허리를 곧추세우며 한숨을 내쉬었습니다.

‘그러게 말입니다. 이 세상에 오면 모두들 앓고 있던 몸도 다시 태어난 듯이 가뿐하게 살아가고 있는데 나는 그게 안 됩니다. 이 선생이 나를 신화로 만들었기 때문이죠.’

이상은 헛웃음 소리를 냈습니다.

‘저는 지금 기꺼이 그 신화 속에 존재하고 있습니다. 드디어 완전한 〈이상〉이 된 것입니다.’

‘아니, 그런 억지가 어디 있습니까.’

이어령 선생은 진심으로 놀라서 입을 다물지 못하며 이상을 빤히 바라보았습니다. 청년은 단순한 미소를 짓기만 했습니다. 이어령 선생은 침울하게 한숨을 쉬었습니다.

‘이상이 존재해서 우리들의 삶은 한층 풍요로워졌지요. 실존의 영역에서 신화의 영역으로 상승하는 것은 인간의 능력 밖이라고 생각합니다. 선생은 지금 그런 큰일을 제가 저지른 일이라고 하지만 〈이상〉은 그렇게 될 수밖에 없었다는 생각이 듭니다.’

이어령 선생님은 잠시 눈을 감으셨습니다. 그리곤 다시 낮은 목소리로 말을 잇기 시작했습니다.

'오늘이 이상께서 눈을 감은 날 아닙니까.
1937년 4월 17일 새벽 3시 25분, 동쪽 하늘로 별이 저물었다.'

이어령 선생은 낭독하듯이 천천히 또박또박 말씀하셨습니다.

'어쨌든 자리를 옮겨야 합니다.'

이어령 선생님은 이상을 부축하듯이 팔짱을 끼고 자리를 뜨면서 저와 눈을 맞추셨습니다. 아주 짧은 순간 저와 선생님의 뇌파가 통하며, 선생님은 제가 아까부터 두 분의 이야기를 계속 듣고 있는 것을 다 아시고 계신 것 같았습니다.
'아, 민 기자가 옆에서 있었으니 참 다행이야.'
이렇게 말씀하시며 선생님께서는 짧은 손짓을 하셨습니다. 인터뷰가 끝나면 배웅하지 말라는 뜻으로 저희 기자들에게 하시던 바로 그 손짓이었습니다. 저는 선생님의 조용한 음성을 선명하게 느끼는 순간 청년과 함께 걸어가는 선생님의 뒷모습이 제 기억의 마지막 장면입니다. 밤색 정장을 단정하게 입으시고 갈색 가죽 가방을 드셨는데, 가방을 든 모습을 처음 보는 것 말고는 생전 선생님의 호기심 가득한 표정과 그 목소리가 지금도 생생합니다.

저를 향하여 다행이라고 하셨던 그 말속에는 무슨 뜻이 담겨 있을까요.

다행이라는 선생님의 그 말씀이 앞으로도 저를 계속 붙들 것만 같습니다.

저는 2025년 4월 17일 도쿄대학 부속병원 수술실에서 인공 심장 박동기를 다는 수술을 받았습니다. 저의 보고서는 여기까지입니다.

서울에서 다시 뵐 때까지 부디 안녕히 계십시오.
도쿄에서 민일미가 씁니다.

이 편지는 이렇게 끝이 났다. 민일미 기자는 허세나 허풍이 전혀 없는 타입이라 나는 지금 진심으로 혼란스럽다. 나는 계속 창가에서 왔다 갔다 걷는다. 빗소리가 조금 약해지면 다시 이어지는 민 기자의 편지가 홀연히 나를 진지하게 다른 영계로 이끌어내는 것만 같다.

얼마나 시간이 지났을까.

문득 이어령 선생님이 도쿄에 다녀가셨다는 민 기자의 편지대로 그냥 그런 일이 있었다는 생각이 든다. 그러자 끊어졌던 빗소리가 다시 귓속으로 들어와 음향효과를 내는 듯한 느낌이 들었다.

아~ 우리 선생님이 다녀가셨구나.

나도 모르게 탄식 같은 신음이 새어 나온다.

능소화는 피고 지고

유인순_

강원대학교 국어교육과를 거쳐 이화여대 대학원에서 석사 및 박사학위를 받았다. 강원대학교 명예교수, 일본 텐리대학교 교환교수, 김유정학회 명예회장, 한국현대소설학회 고문, 한중인문학회 고문을 역임했다. 단독 저서 『김유정문학연구』, 『김유정을 찾아가는 길』, 『김유정과의 동행』. 편저 『정전 김유정전집』 I~II, 김유정 단편선 『동백꽃』, 이태준 단편선 『석양』 외 다수가 있다.

〰

능소화는 녹음 짙은 수목을 휘감아 오르며 피어나는 싱싱한 주황색의 꽃송이, 능소화를 보고 있으면 선생님 생각이 난다.

공부 계속 해!

석사학위 논문 심사가 있던 날, 나는 심사위원 앞 책상 위에 대여섯 권의 책자, 예상문제 항목과 그에 관련된 간단한 답안, 관련 책자의 쪽수가 적힌 수첩을 펼쳐놓고 있었다. 롤랑 바르트를 비롯한 여러 사람들이 내세운 구조주의 문학이론, 70년대 후반, 국내에서 최초로 선생님께서 강의하신 첨단 학문이었다. 선생님께 배운 구조주의 이론, 국문학계에서는 처음으로, 그 이론을 바탕으로 석사 논문을 썼다. 당시 구조주의에 대한 학술 용어는 통일되지 않은 상태였다. 그런 상황에서 논문을 썼으니, 만일의 상황에 대비해야 했다. 심사 위원들의 질문은 엄격하고도 신랄했고, 그때마다 나는 질문에 답을 하면서 소통에 문제가 있을 때에는 옆에 놓인 책자에서 해당 페이지를 펼쳐서 손으로 짚어가며 답변을 하지 않을 수 없었다.

머리에 쥐가 나도록 긴장의 연속이었다. 그때 심사 위원의 한 사람으로 앉아 계시던 선생님은 빙글빙글 웃으시며 한 번도 도와주지 않으셨다. 마침내 심사 위원들은 웃으며 수고했다고, 통과되었다고 하셨다. 심사실에서 나가 복도를 걷는데 뒤에서 급하게 따라 나오신 선생님, 야! 하고 불러 세우시더니, "졸업하고도 내 강의 계속 들어! 공부 계속해!"하셨다.

선생님은 든든한 조력자

비로소 선생님께 인정을 받았다는 감사와 안도, 석사 논문을 쓰기까지의 지난한 날들이 떠올랐다. 선생님 당신의 제자가 되고 싶다고 찾아갔던 일, 구조주의와 카메라 아이 이론을 바탕으로 논문을 쓰고 싶다는 내게 선생님은 월북 작가 박태원을 추천하셨다. 그리고 자료 구하기 어려울 것이라고, 문학사상사 자료조사실장 김종욱 선생을 불러 함께 중앙대학교 도서관 특수자료실로 가서 박태원의 소설 『천변풍경』을 복사해 오라고 하셨다.

박태원의 작품에 선생님께 배운 이론을 적용, 논문작성이 어느 정도 궤도에 오른 무렵이었다. 10·26 사태가 터졌다. 다음 날 아침, 비상계엄령이 내려진 것도 모르고, 학교에 들어가려는데, 교문 앞에서 무장 군인들이 출입을 통제했다. 그 길로 적선동 문학사상사로 선생님을 찾아갔다. "김유정으로 바꿔. 박태원 자료 없애고". 선생님의 말씀은 단호했다. 그런 과정을 거쳐 나온 논문이었다. 졸업 이후에도 선생님의 강의를 계속 청강했다.

1980년대 초, 전국의 대학들은 소용돌이치고 있었다. 대학의 입학정원이 늘어나면서 교수공채 광고가 신문에 뜨기 시작했다. 교수공채에 신청 서류를 낼 수 있도록 선생님께서 손수 추천서를 써주셨다. 그러나 나중에 알았지만, 4년제 대학의 교수가 되기 위해서는 최소한 박사과정에 들어가 있어야 한다고 했다. 선생님께 그런 사정을 말씀 드리자 박사과정 진학을 허락하셨다. 이후 다시 교수 공채에 응시할 때도 추천서를 써주시었다. 생각해 보면 교수님께서 두 번씩이나 추천서를 써주셨기에 1981년 가을, 강원대학교의 전임교원으로 임용될 수 있었다.

박사과정 입학 이후 대학원 강의실에서 선생님께 들은 문학이론은 구조주의에서 한발 더 나간 탈구조주의(해체주의), 기호학, 원형 비평에 이르기까지 롤랑 바르트, 로만 야콥슨, 토도로프, 프로프, 그레마스, 쿨러, 레비스트로스, 바슐라르 등 다양했다. 매 학기마다 새로운 해외이론과 무수한 학자들의 업적이 소개되었다. 선생님은 그들 이론을 토대로 현대와 고전을 아우르는 한국문학작품은 물론 해외 유명 작품에도 적용, 분석하고 새 의미와 구조를 도출하는 과정을 직접 보여주셨다. 선생님의 가르침을 소화하기 위해서는 언제나 집중하고, 실제로 직접 작품에 적용해보지 않으면 안 되는 고된 시간의 연속이었지만, 돌아보면 그 시절 우리 제자들은 얼마나 신나고 행복했었던가.

박사 학위 논문을 쓸 때에도 선생님께서 나의 든든한 조력자가 되어 주셨다. 김유정 문학 전반에 걸친 작품을 분석하는데, 구조주의 이론에 공간 개념을 도입한 이론 체계를 세워야 했다. 그 무렵 선생님은 강의실로 바슐라르의 불어판 원서《공간의 시학》을 들고 오셔서 강의를 하셨다. 당시 한국에 이 책의 불어판 원서를 가진 이는 선생님 포함 한두 명도 되지 않는다고 하셨다.

박사논문을 쓰기 위해서는 필수적으로 《공간의 시학》을 읽어야 했다. 그런데 나는 불어에는 청맹과니, 그때 선생님께서 이 책자의 영역본이 근래 미국에서 출판되었고, 최근 미국 유학에서 돌아온 서강대학의 이태동교수가 영역본을 갖고 있다고 했다. 선생님께서는 그 자리에서 직접 이태동 교수와 전화 통화를 하셨다. 그리고 내게 곧바로 이교수를 찾아가 《공간의 시학》 책자를 복사해 오라고 하셨다. 이후 영역본 《공간의 시학》과의 씨름이 시작되었고 1985년 8월말, 박사 학위를 받게 되었다.

세 가지 양상의 '와락'

80년대 후반의 어느 가을 저녁이었다. 연구실에서 일을 하고 있는데 강원대학교 이상주 총장의 전화를 받았다. 말씀인즉 학교에서 진행하는 특강 연사로 이어령 선생님을 초청하고자 하였는데 거절을 하시더라고, 내게 설득을 해달라고 부탁하셨다. 곧장 선생님께 전화를 걸었다. 그러나 선생님은 '몸이 좋지 않아' 사양하신다기에, 많이 피곤하신 모양이구나 싶어 두 말 않고 그 말씀을 그대로 이상주 총장께 전달했다.

한참 일을 하고 있는데 어머니께서 아무래도 큰 실수를 한 것 같다며 연구실로 전화를 하셨다. 방금 전에 웬 낯선 중년 남성의 전화를 받았다는 것이다. 그는 불문곡직, '거기 인순네 집이지요? 인순이 좀 바꾸세요' 하더란다. 그 말투에 와락 역정이 나신 어머니가 한 말씀을 하셨다.

"아니 댁이 누구신데, 인순이가 동네 애 이름이에요? 우리 딸, 그렇게 함부로 불러도 될 이름 아닙니다."

" 아하, 죄송합니다. 저 인순이 선생 이어령입니다."

갑자기 고분고분해진 상대방의 통성명에 놀란 어머니도 아차차 죄송합니다를 연발했고 선생님도 연신 죄송하다고 하고……. 딸이 학교 연구실에 있다고 했더니, 그렇다면 선생님께 전화를 해달라고 하셨다는 것이다(당시는 유선전화 시대, 학교에서 시외 통화를 하려면 소정의 단계를 거쳐야 했다).

선생님 댁으로 전화를 했다. 선생님은 상기도 당혹감에서 벗어나지 못하신 듯 내게 퉁명스러우셨다. 지금까지 대한민국 최고의 지성, 최고의 연사로 인정 받아오신 어른이 강원도의 보통 아주머니에게 '댁이 누구신데' 운운하는 지적을 들었으니 놀라기도 하셨을 것이다.

선생님은, 아까 거절해놓고 보니 뭔가 석연치 않아서 그러는데 다음 주에 서울에서 만나보고 결정하자고 하셨다. 통화를 마치자마자 이상주 총장께 그 내용을 전해드렸다. 그리고 다음 주에 선생님의 강의가 끝나자 따라나섰다. 선생님은 나를 아래위로 한 번 훑어보시면서 "아무래도 안 되겠어. 몸이 좋지 않아서~" 하셨다. 이번에는 내가 와락, 하고 올라오는 것을 참아야 했다.

아무튼 선생님을 강원대학 초청 연사로 모시는 것은 불발탄으로 끝났다. 그 무렵 강의 시간에 선생님은 부산의 모 대학에 특강 연사로 다녀오셨다는 말씀을 하셨다. 그리고 부산에 갈 수밖에 없었던 이유를 친절하게도 밝히셨다. 몸이 좋지 않아 거절했는데 그 대학에 근무하는 여류 시인 강모 교수가 집까지 찾아와 살려달라고 읍소하는 바람에 가지 않을 수 없었노라고, 빙글빙글 웃으시며 내 얼굴을 힐끗 쳐다보시는 것이었다. 나도 선생님께 간절하게 매달렸으면 그렇게 해주셨을 것이라는, 선생님의 속내를 짐작할 수 있었다.

얼마 뒤 선생님께서는 문화부 장관(1990~1991)으로, 좀 더 세월이 지나 이상주 총장은 부총리겸 교육부 장관(2002~2003)으로 부임하시었다.

선생님과 열혈 팬

그 이후 두세 번, 강원대가 주최하는 강연회에 선생님이 오셨다. 선생님이 오시면 총장실에서 전화가 오고 그러면 나는 달려가 선생님을 만나뵈었다. 그곳에서 선생님은 총장님에게 유 아무개를 많이 도와주고 키워주라고 부탁하시었다. 학교에서는 선생님이 오시면 나를 앞세워 대접을 하도록 했다.

한 번은 지역인사들이 찾는 고급 한정식집으로 갔다. 한정식집의 여사장님은 이 지역에서 여성운동과 환경 운동을 해오던 분이셨다. 선생님을 뵙는 순간 그분은 자신이 선생님의 열혈 팬임을 고백하며 선생님을 환영했다. 그리고는 선생님의 초기 작품인『흙 속에 저 바람 속에』,『하나의 나뭇잎이 흔들릴 때』같은 책자에 나왔던 글들을 줄줄이 외우는 것이었다.

시 작품도 아닌 산문을 줄줄이 외워대는 애독자 앞에서 선생님은 감동하시면서 행복해하셨다. 그러더니 여사장에게 백지를 가져오라고 하셨다. 그리고 백지 위에 사업의 번창과 여사장의 행운을 빈다는 내용을 한문시로 그것도 칠언율시로 써주시었다. 장년에 접어든 여사장은 그야말로 자지러질 듯한 환호로 감사를 표했다. 그리고 답례로 귀한 반찬들을 계속 내왔다. 그런데…… 선생님은 풋고추를 된장에 찍어 드시는, 너무 소박한 입맛의 소유자임을 증명해 보이셨다.

김유정 탄생 100주년 기념행사와 김유정학회 설립

2008년은 춘천 출신의 작가 김유정의 탄생 100주년이 되는 해였다. 김유정문학촌에서 기념행사를 좀 멋지게 하고 싶은데 강원도와 춘천시에서는 시큰둥했다. 탄생 100주년 기념행사 준비를 하면서 속이 탄 준비 위원 몇 사람이 중앙일보 논설위원실로 선생님을 찾아갔다. 처음 주어진 면접 시간은 30분, 이들 가운데 언변 좋은 준비 위원 한 사람이 협상을, 제자 유 교수를 위해서라도 오셔서 도와달라고, 준비해 간 계획서를 펼쳐놓고 설득을 시도했다나. 면접 시간 30분을 넘기고 3시간 가까이 아이디어들이 오가고, 마침내 선생님은 '김유정 탄생 100주년 기념사업 준비위원장' 자리를 수락하셨다.

그리고 2008년 2월 12일, 김유정 탄생 100주년 기자회견이 열린 춘천 베어스 관광호텔 회견장은 강원도와 춘천시의 최고위층 인사를 비롯한 지역인사, 문화인을 자처하는 사람들 수백 명으로 채워

졌다.

선생님께서 연단에 올라, 그 전전 날에 방화로 인해 국보 숭례문이 소실되었다는 말씀, 그러나 김유정의 작품은 사람들이 문자를 읽을 수 있는 한 영원히 존재하는 대한민국의 문화적 자산임을 피력하셨다. 정말 그랬다. 복원된 숭례문은 외관은 비슷하게 다시 지어질 수 있어도 옛날의 그것은 될 수가 없는 것, 그러나 문학의 생명은, 작품을 기억하는 한 영원한 것이다. 사람들이 선생님 말씀에 모처럼 고개를 끄덕이고 있는데, 갑자기 청중석을 휘돌아보시다가

"유인순 교수 어디 있어요? 유인순 교수, 김유정 박사 1호, 내 제자예요!"

문학인들 틈에 끼지 못하고 한 구석에 있던 나를 사람들이 밀어서 연단 앞쪽으로 주춤주춤 나아가게 했다. 김유정이라는 보석, 김유정이라는 위대한 문화적 자산을 가진 강원도와 춘천시에 대한 교수님의 지적 앞에 한껏 고무받은 이는 강원도지사와 춘천시장, 그리고 이 지역의 문화인들이었다.

이후에 일어난 기적, 선생님의 말씀에 그렇게도 시큰둥하던 강원도와 춘천시의 고위 인사들, 강원도 문화체육국과 춘천시청 문화관광부가 깨어났다. 그들의 적극적 후원으로 김유정 100주년 기념사업, 2008년 1년 내내 멋지게, 다양하게, 풍족하게 잘 진행되었다. 지금도 사람들 모이면 선생님 말씀하며 그때 참 좋은 말씀에 우리들 가슴이 얼마나 뛰었었던가 하는 이야기를 나눈다.

그리고 2011년에 김유정학회가 창립되면서, 안내장과 프로그램

을 선생님께 보내드렸더니 중앙일보에 '김유정학회 창립'을 큼직한 박스 기사로 대서특필해주셨다.

스승은 부모와 같다고 한다. 뜨겁게 인정한다. 선생님은 보이는 곳에서, 또 보이지 않는 곳에서 제자를 알뜰하게 챙겨주시던 스승님이셨다.

능소화와 눈꽃

대학원 시절 강의 노트를 펼쳐보다가 그곳에서 '능소화' 관련 기록을 보았다. 80년대 중반의 어느 날이었다. 강의를 하시다가 '능소화'란 꽃에 대한 말씀을 하셨다. 나팔꽃처럼 생겼는데 나무나 지주대가 있으면 그것을 감으면서 한 없이 위로 치뻗어간다고. 처음 듣는 꽃 이름이었다. 보지 못했으니 어떤 모양에 어떤 색깔인지 알 수 없었다.

"능소화는 하늘을 향해 뻗어나가는 꽃이거든, 그래서 능소를 내 호로 정했어. 아직은 조심스러워서 사람들에게 얘기하지 않았어."

선생님께서 제자들에게 자신의 호에 대해서 말씀하신 최초의 발언으로 기억한다. 그때부터 능소화에 대한 궁금증이 커지기 시작했다. 그로부터 세월이 많이 지난 2010년대쯤 강원도 지역에도, 화려하면서도 소박한 주황색의 능소화가 보이기 시작했다. 지구 온난화가 시작되면서 능소화가 이곳에서도 피기 시작한 것이다.

능소화, 선생님께서는 능소화가 하늘을 향해서 한없이 뻗어나간다는, 인간의 상상력은 지상에서 천상을 향해 무한대로 확장될 수 있음을 가르쳐주고 싶으셨던 것일까. 그런데 근래에 들으니 '능소'의 의미는 어둠을 깨치고 빛으로 나아가는 것이라 한다. 그렇다면 능소화는 단순한 활엽 덩굴 꽃나무가 아니라 상승과 확장, 암흑을 깨고 광명으로 나아가는 강한 운동성까지를 보여준다. '능소'가 지닌 이런 깊은 의미가 선생님을 매료시킨 것일까.

올 여름에는 유난히도 능소화가 많이 피어났다. 능소화는 한국의 중부 이북 지방 뿐만 아니라 중국 북경 지역에서도 만발한 모습을 보였다.

지금은 능소화의 계절이 지난지도 한참 되었고, 크리스마스 캐럴이 들려오는 겨울의 한가운데다.

일을 하다가 문득 창밖을 내다보는 순간, 아 아 눈이…… 절로 가벼운 탄성이 나왔다. 눈꽃이 날리고 있었다. 아파트 정원수 위에, 보도 위에 눈꽃은 사뿐히 내려 하얗게 쌓이고 있었다. 그렇게 눈이 내려서 쌓이기까지 제법 시간이 지났으련만 그것을 알지 못하고 있었다. 분명 눈은 내가 너를 찾아왔다고 속삭였으련만 딴생각에 빠져 있었던 것일까.

이어령 선생님께서 떠나시고 봄 여름 가을 계절이 몇 번이나 지났다. 강의실에서 선생님의 강의에 빠져들던 시절로부터도 30여 년이 지났다. 그럼에도 나는 여전히 선생님과 대화 중이다.

《문학사상》이 창간되던 시절부터, 제일 먼저, 권두언으로 나온 「이달의 언어」를 펼쳐 읽었다. 책자를 받으면 언제나 제일 먼저 읽던, 에세이, 산문으로 씌어진 시, 혹은 시로 씌어진 산문이라고 해야 할지 그 여운은 오래도록 가슴에 남아 있었다. 한동안은 책장에 가득 세워둔 문학사상 책자에서 「이달의 언어」를 찾아 읽고는 했다.

현직에서 퇴직 후, 모 대학의 평생교육원에서 생활 수필반 지도 교수로 있으면서 명수필들을 감상하고 분석하는 시간을 갖게 되었다. 그때 선생님께서 쓰신 에세이 작품들을 강의 교재로 많이 사용했다.

평생교육원의 생활 수필반은 수필에 관심을 가진 이들에게 어떤 자세로, 어떤 생각으로, 어떤 안목으로 세상을 보고, 글을 써야 하는가에 대한 것을 안내한다. 그리고 그런 요소들이 조화롭게 들어간 작품들을 함께 읽고 토론하는 시간을 갖는데 거기에 안성맞춤인 것이 선생님의 「이달의 언어」였다.

지난 2023년 3월부터는 아예 매주 강의 시간마다 선생님의 「이달의 언어」를 1~2편씩 직접 타자하고 입력, 프린트하여 수강생들과 함께 읽고 토론하는 것으로 진행해왔다. 강의에 앞서 「이달의 언어」의 원고를 들여다보면서 글의 구조, 내재된 의미와 특징, 주제, 다루어지고 있는 자료들, 글의 결 같은 것을 다시 찾아내어 강의 노트를 만들게 되는데 나는 이때, 선생님께서 아주 가까운 곳에서 작은 속삭임으로 문학 강의를 해주고 계시는 듯한 감동을 받고는 한다. 강의실에서 들려주시던 선생님의 목소리는 열정적이었지만, 선생님의 글을 읽고 있으면 글에서 들려오는 선생님의 목소리는 나지막하고 부드러운 속삭임으로, 나는 선생님의 속삭임을 듣는 것이다.

선생님, 하고 입술을 벙긋거리면 늦은 봄부터 초가을까지 피어나
는 능소화, 하늘을 향해 줄기를 뻗는 능소화가 떠오르고, 능소화가
환하게 벙글어지면서 동시에 선생님의 환하게 웃으시던 얼굴이 떠
오른다. 「이달의 언어」를 읽고 직접 타자를 할 때면 가슴으로 들리
는 속삭임, 인생과 문학을, 예술의 세계를 펼쳐 보여주시던 선생님
의 음성이 들려온다. 이제 눈꽃 날리는 계절, 능소 선생님의 환한
웃음과 속삭이는 소리 속에 함께 할 수 있어서 다만 고맙고 고마울
뿐이다.

1970년대
이대에서

1970년대
이대 강의하는 모습

1970년대

이대 강의하는 모습

1983_년

1990년대 말

5

Epilogue

에필로그

[서울대 편]

오세영(서울대) ________________________________

그것은 지금까지 들었던 강의와는 전혀 다른 내용이었다. 그 추상적이고 논리적인 국어학 강좌나, 주석 풀이와 한자 해독이 중심이 된 고전 문학 강좌나, 신소설 작가 이인직 따위의 전기를 노트에 받아 적는 현대문학 강좌에 비해서 문학작품을 통해 상상의 세계를 여행하고 꿈을 분석하는 이 과학은 얼마나 가슴 떨리는 감동을 주었던 것이랴. (…)

선생의 비평론 강의는 물론 내게만 하나의 사건이 된 것은 아니었다. 국문과 학생들이 아닌 다른 과의 많은 학생이 수강하고 또 감동을 받았다. 당시 강의실은 지금은 철거되어 방송통신대학 건물이 들어선 자리에 있었다. 단층 목조 건물의 100여 명이 앉을 수 있는 교실이었다. 그러나 이 공간에 빽빽히 앉거나 혹은 서서 강의를 들었던 2~3백 명의 학생들은 간간이 와르르 웃는 웃음 이외엔 단 하나의 잡음도 일으키지 않았다. (…)

강의는 향가와 고려 속요 그리고 현대시를 이미지 중심으로 분석하는 것이었는데, 요즘 말하자면 바슐라르의 현상학과 영미의 신비평 그리고 롤랑 바르트의 구조주의를 결합한 방법론이었다. 이때가 60년대 초니까, 본고장인 프랑스에서도 아직 이러한 문학 연구 방법론이 확립되지 않을 무렵이었을 것이다. 90년대 문학 방법론에 비하면 비록 세련된 것은 아니었다 하더라도, 그것은 당시 한국의 비평이나 현대문학 연구의 수준에 비추어 탁월한 것이었음에 틀림없다.

『64가지 만남의 방식』 pp. 83-84

그러나 정작 이어령 선생의 본격적인 강의는 강의실에서라기보다는 강의가 끝난 후 다방에서였다. 일차로 강의가 끝나면 선생님은 당신을 추종하는 문리대의 문학 청년들을 이끌고 이 다방에 진을 치고 앉아 강의 시간에 미진했던 내용, 또는 공적으로 할 수 없었던 이야기들을 한 시간이건 두 시간이건 펼친 뒤에 자리를 뜨는 것이 관례였다. 그것은 말하자면 이어령 선생의 작은 아테나움이었던 것이다. 이 두 번째 강좌에 거의 매번 참여한 학생들 틈에 김현, 김치수, 염무용, 김화영, 김승옥, 하길종 등의 얼굴이 보였다.

『같은 책』 p. 85

이어령 선생은 일반적으로 독자들에게 비평가라는 인식이 너무 강해서 그가 학자라는 사실은 종종 간과되고 있는 듯하다. (…) 50년대의 이어령은 일반 독자들에게는 단순한 앙가주망 비평가로만 알려져 있었지만, 실제에 있어서는 그에 못지않게 본격적인 문학 연구, 특히 내재 비평도 활발하게 한 문예 학자이기도 했다. 가령 이 무렵에 발표한 「비유법 논고」, 「카타르시스의 문학론」, 「상징론」 등은 그 대표적인 논문들이었다.

『같은 책』 pp. 86-87

김치수(서울대) ____

그의 비평이 가지고 있는 비평 정신은 '문학작품의 새롭게 읽기'가 아닐까
생각된다. 어떤 작품을 남이 읽는 방식으로 읽는다면 그 비평가는 존재 이유
가 없어지게 되기 때문이다.

『상상력의 거미줄』p. 240

정규웅(서울대 문리대 제자) ____

이 교수와 학생들은 강의 시간 도중 틈틈이 입씨름을 벌였다. (…) 강의실에
서 교수를 몰아붙이는 악역(?)을 담당했던 사람들은 후에 평론가로 진출하는
김현, 염무웅, 김주연 등이었다. 후에 이들이 발표한 글 가운데에는 50년대와
그 이전에 활동한 평론가들에게 대한 비판이 적지 않은데 그 대상으로서 이
어령이 조연현과 함께 뽑혔다.

『글동네에서 생긴 일』p. 31

[이화여대 편]

김현자(이화여대 명예교수) ____

작품을 그 본래의 모습보다 몇 배나 더 빛나게 만들던 작품 분석들, 논리 정
연한 이론과 섬세한 감성의 교직이 군더더기 하나 없이 전달되어 올 때의 숨
막히던 긴장감. 그 시기의 내 삶이란 온통 선생님께서 주신 가르침으로 가득
차 있었다.

『영원한 기억 속의 작은 이야기』p. 32

법관인 내 친구의 남편은 《문학사상》에 실린 선생님의 「언술구조로서의 은

유」를 읽고, "아, 나는 헛살았다는 생각이 든다. 이런 글을 한 편 쓸 수 있다면 이제까지 쌓아 올린 모든 것과 바꾸어도 좋겠다."고 말했다고 한다.

『같은 책』 p. 33

선생님은 컴퓨터나 워드 프로세서, 반도체 같은 첨단 기기에 대단한 흥미를 갖고 계셨다. 1980년대 처음으로 워드 프로세서가 나왔을 때는, 그 신기한 기계가 원고 쓰는 일이며 자료 정리를 비롯해 공부하는 일에 얼마나 많은 기여를 하는가를 입에 침이 마르도록 설명하셨다.

키들을 누르노라면 생각이 생각을 낳고 손으로 더디게 쓰느라 중단되거나 방해되는 일 없이 기능적으로 경쾌하고 일할 수 있다고 신이 나서 말씀하셨다. (…) 하지만 선생님은 학교의 직급이나 사무적인 제도는 너무 모르셨다. (…) 심지어 종전의 문리대가 인문과학대학으로 개칭된 것도 몇 년이 지나도록 모르셨다.

『같은 책』 pp. 35-36

김혜니 (1961년 국문과 입학) ______________________________________

선생님의 강의 노트는 언제나 새로웠다. 결코 묵은 노트로 강의를 되풀이하신 적이 없었다. 항상 참신한 테마였고 앞서가는 방법론이었다.

『같은 책』 p. 25

우리 선생님은 순정한 분이다. 작가의 전기 자료집을 내기 위해 선생님은 학생들과 함께 작업을 한 일이 있다. 그런 어느날 선생님이 연구실로 오셨다. 일에 열중하고 있는 우리를 한참 보시다가 선생님은 "누구 돈 가진 것 없어, 나 돈 좀 꿔 줘." 하셨다. 우리는 놀라서 선생님을 주시했다. 선생님은 빙긋 웃으시며 "아니, 뭐 좀 사 먹자고." 하셨다.

『같은 책』 p. 27

김영자(1965년 국문과 입학) ________________________________

선생님이 이대에 오신 1967년은 우리에게 행운의 해였다. 우리는 그 때 막 대학 3학년을 맞고 있었고 국민학생처럼 노트 불러주고 베끼는 식의 강의에 식상해 있던 참이었다. 선생님이 가르치시는 현대시 강론은 너무 재미있었다. 우리는 새로운 이미지론에 완전히 매혹되어 두 눈을 반짝거리고, 선생님도 강의 시간이 끝나도 모를 정도로 열정을 가지고 열심히 강의를 하셨다.

『같은 책』 p. 47

김현숙(1965년 국문과 입학) ________________________________

차별이 없으셨다. 하지만 몇 번 되풀이해서 설명해도 알아듣지 못하면 "바보같이"라는 호통도 거침없이 날아온다.

『같은 책』 p. 59

이덕자(1966년 국문과 입학) ________________________________

문학에 대한 선생님의 이해는 세계적이셨다. 나는 그에게서 배운 지식으로 미국의 대학원 영문과 교실을 감탄 속에 몰아넣은 적도 있다. 그는 이 학문에서 저 학문으로, 이 예술에서 저 예술로, 이 지식에서 저 지식으로, 이 유추에서 저 유추로 자유자재로 옮겨 다니셨다. 그리고 희한하게 그것들을 연결시켰다.

『같은 책』 p. 70

우계숙(1967년 국문과 입학) _______________

그러나 대학에 가서 직접 대면한 이어령 선생님은 어딘지 모르게 히스테리컬해 보였다. 선생님이 쓴 『흙 속에 저 바람 속에』에서 맡아졌던 토속적인 느낌과 정면 배치되었다 (…) 영어를 많이 썼다. 강의 시간에 침방울을 튀길 것 같은 '절제되지 않은 정열'도 약점이라면 약점이었다. 그런데 이상한 일이었다. 선생님 강의 시간에 땡땡이를 치는 학생이 단 한명도 없는 것이다. '무식하다'는 비난을 들어가면서, 자존심을 바닥까지 긁혀가면서, 우리들은 선생님의 강의에 열을 냈다. 선생님의 강의는 어쨌든 튀었던 것이다. 우선 강의 내용이 진정 새롭고 독특했다. 그리고 교수법이 진지하다 못해 치열했다.

『같은 책』pp. 95-96

이우경(1967년 국문과 입학) _______________

강의하신 수사학이나 문체론을 통해 외국 작품의 연구 방법론에 비추인 실례와 연구 방법의 적용 과정도 즐길 수 있었다. 더불어 우리의 문학을 어떻게 볼 수 있는가를 시, 소설, 신화 등 다양한 실례를 구사하시면서 일깨워주셨는데 우리(나)는 선생님 특유의 갈라지는 쇳소리마저 강렬한 효과음인 양 문학의 예술성과 그 심오한 깊이에 빠질 수 있었다. 선생님의 통찰력은 아이러니와 패러독스로 점철된 이상의 고정 관념 파기를 꿰뚫고 우리의 가슴속까지 전달되면서 우리(나)는 비평의 희열과 방법과 문학의 신비와 가능성과 감동을 체험하기 시작했던 것 같다.

『같은 책』pp. 107-108

한옥희(1967년 국문과 입학) ____

칭찬을 받아 본 기억이 없다.

『같은 책』 p. 115

선생님은 영화에 대한 새로운 시각을 트이게 하였다. "말이라는 것은 거짓된 세계이다. 하나의 진실을 있는 그대로 보여주는 것은 침묵의 소리이며 몸짓인 영상밖에는 없다." 어느 날 마츠야마의 〈침묵의 사랑〉을 보며, 벙어리의 사랑, 본능의 사랑이 얼마나 순수하고 절대적인 세계인가에 눈물 흘리며, 왜 그가 문학을 버리고 영화에 뛰어들었는가를 깊이 공감할 수 있었다.

『같은 책』 p. 117

김순진(1968년 국문과 입학) ____

그러나 그 오랜 세월 속에서도 선생님을 친근하게 느끼기에는 선생님은 너무나 어려운 분이었다. 첫째, 선생님의 천재성 때문이었으며 둘째, 선생님은 부르주아였으며 셋째, 선생님은 너무 바쁘셨고 넷째, 특별히 내 경우에만 해당되는 것이겠지만 문학에 대한 입장 차이 때문이었다.

『같은 책』 p. 120

선생님은 문학에 대한 우리의 고정관념을 번번이 깨뜨리셨는데 특히 작품을 분석하실 때 우리는 경의를 뛰어넘어 절망에 빠지곤 했다. 띄어쓰기를 하지 않는 이상의 시에 대해 선생님은 의식의 흐름에는 띄어쓰기가 없기 때문이라고 한마디로 요약해주셨다. 김소월의 〈진달래꽃〉도. 이대에 입학하여 3월의 첫 시간에 모든 학생이 배우게 되는 단군신화에 대한 선생님의 새로운 해석도 늘 파격과 상식을 뛰어넘는 것이어서 수업이 끝날 때마다 우리는 '선생

님은 정말 천재야' 하며 우리와는 다른 사람으로 치부했다. (…) 선생님은 예
나 지금이나 문학에서의 이데올로기 배타주의자라고 해야겠는데 그것은 거
의 극단적이라고 해야 옳을 것이다. 그것은 달리 표현하면 문학에 대한 다양
한 사고, 어느 한편에 치우치는 것에 대한 경계라고도 할 수 있지만, 나는 선
생님의 문학에 대한 자유로운 사고에 동의할 수 없어 괴로웠고, 그 후에도 오
랫동안 혼란스러웠다.

『같은 책』 pp. 120-121

새로운 문학 이론과 방법론을 그토록 정열적으로 강의하신 분은 많지 않았거
니와 그 이론들을 이효석과 이상과 우리의 고전소설과 시가에까지 적용시켜,
텍스트 분석에 깊은 영향을 끼치셨다. 선생님은 결국 철저한 텍스트주의자셨
는데 문학은 그 어떤 것보다 텍스트가 우선한다는 주장에 우리는 동의했다.

『같은 책』 p. 122

천 원짜리 딸기골 국수(옛날에는 20원이었다)를 맛있게 드시고, 열 명의 대학원
생을 놓고도 천 명이 모여 있는 듯 열강을 하시고, 머리 나쁜 제자들을 마다
않으시고 당대 첨단의 학문과 새로운 방법론을 명쾌하게 가르쳐주시던 선
생님.

『같은 책』 p. 124

한정희(1968년 국문과 입학) ________________________________

첫 대면이었다. 대면이라기보다는 선생님은 의자에 앉아서 사무철 같은 걸
뒤적이셨고, 나는 그런 선생님의 프로필을 내려다보며 서 있었다. 무조건 첫
질문이 "그 소설 니가 썼어?"였고 나는 '네' 하고 답변했다. "책은 뭐 읽었

어?"가 두 번째 질문이었을 것이다. 나는 카뮈의 『이방인』이라고 우물거리며 대답했을 것이다. 그 이후의 이야기는 기억나지 않는다. 마지막으로 선생님의 금속성 목소리가 "얘는 맹한데 소설은 잘 쓰는구나" 하셨던 말씀밖에는.

『같은 책』 p. 137

신춘문예 당선 소식을 들으신 선생님은 정말 아낌없이 기쁨을 표현해주셨다. 얼마나 좋으셨던지 언젠가는 꼭 너의 작품론을 써주시겠다고 말씀하셨다. 이런 사실로 미루어 보면 쌀쌀하다고 소문난 선생님의 이면은 사실상 형편없이 따뜻한 모양이다. 그날, 선생님께서는 시류에 휩쓸리는 것은 작가로서의 진정한 길이 아니라는 뼈아픈 충고를 하셨다. 문학은 그 자체로만 존재할 때에 비로소 참 가치를 지니는 것이지, 문학이 어떤 계층을 대변하는 수단으로 전락되어서는 안 된다는 말씀도 덧붙이셨다. 그 겨울, 선생님께서 일본으로 떠나시기 얼마 전에 저녁을 사 주신다고 우리 몇 사람을 부르셨다. 선생님을 알아보지 못하는 식당 종업원들 때문에 진짜 자유(?)를 누리시는 모습이 어린아이처럼 천진하게 느껴졌다면 실례가 될까?

『같은 책』 p. 140

김옥순(1969년 국문과 입학)

그 자리에서 써주신 대학원 추천서의 내역을 보면 선생님은 친절하게도 항목마다 제일 좋은 자리에 ○표를 하셨지만 창의력의 항목만은 두 번째 칸에 ○표를 하셨다. 그때 선생님의 그 선별력이 무척 인상적이었다.

『같은 책』 p. 142

사실 선생님께서는 문학은 형식이지 내용이 아니라고 늘 강조하셨는데 내가 그걸 깨닫기까지는 무척 오랜 시간이 필요했다.

『같은 책』p. 144

선생님의 말은 매력적이었지만 선생님 자체는 솔직히 말해서 별로 매력이 없었다. 선생님의 비非매력과 선생님의 말의 매력이란 이중적인 구조 때문에 가끔씩 선생님께 혼이 나면서도 태연할 수 있었던 게 아닌가 하는 생각이 든다. 선생님은 우리를 평상시에는 내팽개쳐두었지만 한 번 마음먹으면 철저하게 지도하셨다. 세상의 온갖 산해진미를 다 먹어본 사람이 맛있는 음식을 선택해서 먹어보라고 권유할 때처럼 공부의 지름길을 일러주셨다.

『같은 책』pp. 146-147

박경혜(1969년 국문과 입학) ______________________________________

선생님의 글이나 혹은 저서에 실려 있는 안경 쓴 선생님의 모습은 늘 날카로운 지성이라는 말을 연상시켰는데, 막상 강의 시간에 선생님을 마주하고 받았던 느낌은 의외로 소박한 인간미였다고 말할 수 있다. 그 이유는 지적인 내용들을 조금은 촌스럽고 어눌한 충청도 사투리와 억양으로 말씀하시기 때문이라는 것을 알아채지 못한 사람은 없을 것이다.

『같은 책』p. 159

일반적으로 타교 학생들에게는 폐쇄적이게 마련인 대학원 강의에 있어, 선생님만큼 개방적이었던 분은 거의 없었다고 감히 말할 수 있다. 선생님의 강의 시간에는 서강·연세의 남학생들이 늘 단골 고객으로 북적거렸으며 선생님께서는 그러한 타교 학생들에게 따뜻한 관심을 보여주셨고, 우리들이 더 많이 몰려갈수록 더욱 열강하셨던 것 같다. 학문의 세계를 만인 앞에 개방한다는 것은 상당한 용기와 자신이 전제되어야 한다. 그것은 새로운 지식을 늘 남보다 앞서 철저히 공부하고 소화해내셨던 선생님이기에 하실 수 있는 특별한 일이었음을 새삼스럽게 깨닫게 된다. 10여 년 간 들어왔던 강의 내용 중 아직도 잊혀지지 않는 것들은 석사과정 중 초기에 들었던 신비평, 원형비평의 방법론과 박사과정에서 들었던 러시아 형식주의, 해체주의 등이다.

「같은 책」pp. 162-163

황주리(화가, 1976년 서양학과 입학) ______________________________________

길고 지루한 말들을 끝없이 되풀이하던 우리들의 수많은 스승님들의 말 속에서, 짧고 간결한 그의 말은 적절한 곳에 박혀서 빛을 발하는 보석 같은 것이었다. 그의 강의는 미술 대학생이던 내가 가장 행복하게 들었던 유일한 강의이기도 했다.

「64가지 만남의 방식」p. 380

김민희(톱클래스 편집장) ______________________________________

나는 이어령 교수의 마지막 제자다. 1995년부터 2001년까지 석좌교수를 맡았는데, 운 좋게도 나는 딱 이 시기에 학부와 대학원을 다녔다. 그의 강의는 도끼질 같았다. 매 수업마다 머릿속이 쩍쩍 갈라지는 듯한 충격과 경이로움이 뒤따랐다. 별도의 교재 없이 새롭게 나눠 주는 A4 한 장짜리 '페이퍼'는 요술 종이였다. 종이에 쓰인 낯선 키워드들은 우리를 낯선 세계로 홀렸다. 이메일 계정 하나 없는 학생이 대부분이던 1997년, '한국인과 정보사회' 시간에 그는 유비쿼터스 혁명이 몰고 올 미래를 보여줬다.

「이어령, 80년 생각」p. 5

1986년

이대에서

1988년
이대 기호학연구소 연수회

1988년
이대 기호학연구소 연수회

6

부록 Supplement

이어령 대학원 강의의 주제와 항목

1980. 1학기 「현대수사학특강」

Moriere의 metaphor이론을 중심으로 메타포의 유형을 한국 현대문학에 적용

1982. 1학기 「한국 현대비평 특수연구」

기호학의 일반이론을 한국문학에 적용

1984. 1학기 「현대문학비평론」

이효석의 「메밀꽃 필 무렵」의 서사 구조를 분석하다. 인물과 공간, 의미항의 대립을 규명했고, 김소월의 「산유화」를 분석, 산·꽃·새의 관계와 '피다'와 '지다'의 대립을 통해 삶에 대한 존재론적 구조임을 밝혔다. 이와 함께 Greimas의 서사구조와 인물의 행위항, Bateson의 Communication이론 등을 강의하다

1984. 2 「기호학과 구조주의」

고려가요 「만전춘」을 분석하다. 그 의미 구조를 Paradigma로 배열하였을 때, 사랑의 장소, 님과의 관계, 이별의 진술이란 각 측면에서 대립관계를 추출했다. Dundes, Propp, Greimas, Levi-strauss, Jakobson의 이론들을 정리하다.

1985. 1 「형식주의 이론과 비평」

김소월의 시들을 음성적 층위와 어휘론적 층위에서 분석하다. 민요로부터의 이탈. 한恨과 이화異化. 낯선 말과 방언에 의한 이화현상을 드러냈다. Jakobson의 언어 시학의 이론을 강의하다.

1985. 2 「한국시의 공간구조」

유치환의 시에 나타난 문학 공간을 기호론적으로 분석하다. 정지용의 「유리창」을 분석. 유리창은 안/밖의 경계로서 생과 사의 갈림이며 분할과 결합의 양의성을 내포한다.

1986. 1 「공간현상학」

M. Ponty의 공간론, O. F. Bollnow, Bachelard, Levi-strauss의 이론들을 소개하고 기호론과 현상학, 기호론과 원형비평 등 기호론을 통하여 연구시각을 확대시켰다.

1986. 2 「구조주의와 기호론」

J. Cullur의 「On Deconstruction」을 통해 후기 구조주의의 관점에 입각한 독서 이론을 강의하다.

1987. 1 「한국문학의 언술양식」

'처용가', '제망매가', '청산별곡'의 시적 언술 양식에 대해 본석하다. '처용가'가 연대기적 분절과 이항대립적 의미의 해체를 보여주고 '제망매가'는 불교적·논리적 질서를 지니는 데 비해서 '청산별곡'은 병렬적 구성을 보인다.

1988. 1 「문학연구방법론」

M.Bakhitin의 「Rabelais & His world」를 통해 그로테스크리얼리즘, 카니발 이론을 강의하다. 연암, 김유정, 채만식의 해학성, 욕설 등을 카니발적 웃음의 형식으로 이해하고, 「날개」와 「빼앗긴 들에도 봄은 오는가」에서 나타나는 카니발적 돌변성과 카니발적 해체 양상을 규명했다.

1988. 2 「한국문학의 병렬법 연구」

우리 문학에 나타나는 대구와 병렬구조에 대해 강의하다. Jakobson, Lotman의 parallelism의 이론을 소개하고 「용비어천가」, 「산유화」의 병렬구조, 유치환 「市日시일」의 공간기호론적 병행 구조를 밝혔고 「메밀꽃 필 무렵」과 「날개」의 대응 병렬 구조를 분석했다.

1989. 1 「한국시의 은유구조」

Riquere의 「Rule of Metaphor」를 강독하다. 이상의 작품들에 나타나는 은유를 분석했다.

1989. 2 「현대작품의 실제 분석」

이태준 「복덕방」과 성서의 「사도행전」을 중심으로 텍스트의 시간과 공간, 구조를 분석하다.

이어령 강의와 강의 노트 목록

구분	강의 제목	연도
학부	창작론	1970년 1학기 / 2학기
	현대수사학	1970년 2학기 / 1977-1
	현대문학실습	1971년 1학기
	비평론	1972년 1학기
	작가론	1972년 2학기
	논문	1972년 2학기
	문예사조사	1976-1 / 1978-2
	현대소설의 이해	1976년 2학기
	현대시 강독	1977년 1학기
	현대시론	1977년 2학기
	문학연구방법론	1978년 1학기
대학원 수업 (석, 박사)	문학연구방법론	1977-1 / 1980, 1988-1
	비평론	1978-2 / 1979, 1980-2
	현상학적 비평	1978년 2학기
	현대작가론	1979년 2학기
	현대소설론	1979년 2학기
	현대한국작가비교연구	1980년 1학기
	현대수사학 특강	1980년 1학기
	기호학적 소설론	1980년 2학기

	한국현대비평 특수연구	1982년 1학기 / 1983-2
	현대시 특수연구	1983년 1학기
	문학연구의 이론과 역사	1984년 1학기
	현대문학비평론	1984년 1학기
	기호학과 구조주의	1984년 2학기
	한국시의 공간 기호론	1985년 2학기
	형식주의 이론과 비평	1985년 1학기
	문학의 기호학적 연구	1985년 2학기
	공간현상학	1986년 1학기
	구조주의와 기호론	1986년 2학기
	한국문학의 언술양식	1987년 1학기
	한국시의 은유구조	1989년 1학기
	현대작품의 실제분석	1989년 2학기
명예교수	한국인과 정보사회	1995년~2000년 1학기
	한국문화의 뉴패러다임	1995년~2000년 1학기

※ 강의 노트 기증: 나정순 2권, 신선희 5권, 유인순 10권

이어령 평론·논문 목록

등단 이전 활동

「마을」 첫 발표작 시	서울대 《대학신문》	1952. 10. 6
「초상화」 첫 소설 가작 당선	서울대 《대학신문》	1953. 6. 15
「文學은 나의 慾求. 당선작 못 쓴 것이 유감」	서울대 《대학신문》	1953. 6. 15
「환幻」 필명: 이노주李蘆洲로 발표	서울대 《문리대학보》 2권 1호	1954. 1
「환상곡幻想曲」	《예술집단》	1955. 7
「이상론 －순수의식의 뇌성牢城과 그 파벽破壁」	서울대 《문리대 학보》 3권 2호	1955. 9
「마호가니의 계절」	《예술집단》 2호	1955. 12
「동양의 하늘(上, 下) －현대문학의 위기와 그 출구」	《한국일보》	1956. 1. 19~20
「MEMENTO MORI(上, 下)」	서울대 《대학신문》	1956. 2. 20 / 2. 27
「偶像의 破壞－文學的 革命期를 爲하여」	《한국일보》	1956. 5. 6
「소년과 계절」	서울대 《대학신문》	1956. 5. 7
「사반나의 風景(抄)」	서울대문리대문학회 창간호 《문학》	1956. 7
「最終의 旗手들 上, 中, 下」	《한국일보》	1956. 7. 2~7. 4

「琉璃獄의 수인-작가 김송씨에의 항변」	서울대《대학신문》	1956. 9. 10
「나르시스의 학살-이상의 시와 그 난해성」	《신세계》	1956. 10
「비평과 푸로파간다」	영남대《嶺文》14호	1956. 10

데뷔작

| 「현대시의 UMGEBUNG와 UMWELT
-시비평·방법 서설」 | 《문학예술》10월호 | 1956. 10 |
| 「비유법 논고」 상, 하
백철 추천으로 평론가로 등단 | 《문학예술》11, 12월호 | 1956. 11~12 |

학위 논문

| 「상징체계론=카타르시스 이론을 중심으로」 | 서울대학교 석사학위논문 | 1960 |
| 「문학공간의 기호론적 연구
-청마의 시를 중심으로」 | 단국대학교 박사학위논문 | 1986 |

「잠자는 거인-뉴 제너레이션의 위치」	《새벽》	1959. 12
「불란서의 앙티로망-새로운 소설 형식의 탐구」	《새벽》	1960. 1
「20세기의 인간상」	《새벽》	1960. 2
「푸로메떼 사슬을 풀라」	《새벽》	1960. 4
「식물적 인간상-「카인의 후예」-(황순원)론」	《사상계》	1960. 4
「사회참가의 문학-그 원시적인 문제」	《새벽》	1960. 5
「우리 문학의 支點」	《새벽》	1960. 9
「유배지의 시인-생존 페르스의 시와 생애」	《자유문학》	1960. 12
「현대예술은 왜 고독한가」	《현대인강좌3 학문과 예술》 신구문화사 편	1961
「소설 산고」	《현대문학》	1961. 2~4
「현대소설의 반성과 모색-60년대를 기점으로」	《사상계》	1961. 3
「소설과 아펠래이션의 문제 -한국소설의 커다란 장벽」	《사상계》	1961. 11
「현대 한국문학과 인간의 문제」	《시사》	1961. 12
「공보선전의 몇 가지 문제점」	《최고회의보》	1962. 5
「한국적 휴머니즘의 발굴 -유교정신에서 추출해본 휴머니즘」	《신사조》	1962. 11
「한국소설의 맹점-리얼리티 외, 문제를 중심으로」	《사상계》	1962. 12
「'원형의 전설'과 '후송後送'의 소설방법론」	《사상계》2월호	1963. 2
「오해와 모순의 여울목-그 역사와 특성」	《사상계》	1963. 3
「소설론(구조와 분석) -현대소설에 있어서의 이미지의 문제」	《세대》6~12월호	1963

「사시안斜視眼의 비평-어느 독자에게」	《현대문학》	1963. 7
「20세기 문학에 있어서의 지적 모험」	서울법대《FIDES》 10권 2호	1963. 8
「부메랑의 언어들-어느 독자에게 제2신」	《현대문학》	1963. 9
「플로베르-걸인乞人의 소리」	《문학춘추》 4월호	1964
「문제성을 찾아서」	《한국전후문제작품집》 신구문화사	1964
「전후시에 대한 노오트 2장」	《한국전후문제시집》 신구문화사	1965
「한국비평 50년사」	《사상계》 11월호	1965
「문학과 역사적 사건-4 · 19를 예로」	《한국문학》 1호	1966. 3
「亞細亞 · 阿弗利加문학을 소개하면서 -백색이 아닌 그 목소리들」	《한국문학》 2호	1966. 6
「현대소설의 구조」	《문학》 1, 3, 4호	1966. 7, 9, 11
「비판적 '삼국유사'」	《월간세대》	1967. 3~5
「현대문학과 인간소외-현대부조리와 인간소외」	《사상계》	1968. 1
「현대의 문학이론 -Randomness의 문제를 중심으로」	《월간문학》 11월 창간호	1968
「날개를 잃은 증인-이상론」	《한국단편문학대계》 삼성출판사 한국문인협회편	1969
「사물을 보는 눈」	《사상계》	1973. 4
「한국문학의 구조분석-서장 反이솝주의 선언」	《문학사상》 1월호	1974. 1

「한국문학의 구조분석 -'바다'와 '소년'의 의미 분석」	《문학사상》 2월호	1974. 2
「한국문학의 구조분석 -춘원 초기단편소설의 분석」	《문학사상》 3월호	1974. 3
「분단기의 문학」	《정경문화》	1979. 6
「이상 문학의 출발점」	《문학사상》	1975. 9
「미와 자유와 희망의 시인-일리리스의 문학세계」	《충청문장》 32호	1979. 10
「문학텍스트의 공간 읽기-「早春」을 모델로」	《한국학보》 10월호	1986
「鄭夢周의 '丹心歌'와 李芳遠의 '何如歌'의 비교」	《문학사상》 6월호	1986. 6
「'處容歌'의 공간분석」	《문학사상》 8월호	1987. 8
「서정주론-피의 의미론적 고찰」	《문학사상》 10월호	1987. 10
「정지용-창窓의 공간기호론」	《문학사상》 3~4월호	1988. 3~4
「음양오행의 기호학적 접근-용비어천가 서장 분석」 이대기호학연구소 제2회 학술발표회	《기호학연구소》	1994. 3
「말 속의 한국문화」	《삶과 꿈》	1994.9~ 1995. 6
「춘향전과 忠臣蔵을 통해서 본 한일 문화의 비교 -怨과 恨의 문화기호론적 해독」	《한림일본학》 I, 한림대일본학연구소	1996
「맨발의 시학 그리고 짝짝이 신의 사소한 은유들」 염무웅 외	《시는 나의 닻이다》 창비	2018

단평

「아이커러스의 귀화-휴머니즘의 의미」	《서울신문》	1956. 11. 10
「화전민 지대-신세대의 문학을 위한 각서」	《경향신문》	1957. 1. 11~12
「현실 초극점으로만 탄생-시의 '오부제'에 대하여」	《평화신문》	1957. 1. 18
「겨울의 축제」	《서울신문》	1957. 1. 21
「묘비 없는 무덤 앞에서-추도 이상 20주기」	《경향신문》	1957. 4. 17
「이상의 문학-그의 20주기에」	《연합신문》	1957. 4. 18~19
「시인을 위한 아포리즘」	《자유신문》	1957. 7. 1
「우리 문화의 반성-신화 없는 민족」	《경향신문》	1957. 3. 13~15
「토인과 생맥주-전통의 터어미노로지」	《연합신문》	1958. 1. 10~12
「금년 문단에 바란다-장미밭의 전쟁을 지양」	《한국일보》	1958. 1. 21
「주어 없는 비극-이 시대의 어둠을 향하여」	《조선일보》	1958. 2. 10~11
「모래의 성을 밟지 마십시오 -문단 후배들에게 말한다」	《서울신문》	1958. 3. 13
「현대의 신라인들-외국 문학에 대한 우리 자세」	《경향신문》	1958. 4. 22~23
「대화정신의 상실-최근의 필전을 보고」	《연합신문》	1958. 12. 10
「상상문학의 진의-펜의 논제를 말한다」	《동아일보》	1959. 8~9
「프로이트 이후의 문학-그의 20주기에」	《조선일보》	1959. 9. 24~25
「새 세계와 문학신념 -폭발해야 할 우리들의 언어」	《국제신보》	1959. 1
「비평 활동과 비교문학의 한계」	《국제신보》	1959. 11. 15~16
「20세기의 문학사조-현대사조와 동향」	《세계일보》	1960. 3
「제삼세대(문학)-새 차원의 음악을 듣자」	《중앙일보》	1966. 1. 5
「측면으로 본 신문학 60년-전후 문단」	《동아일보》	1968. 10. 26, 11. 2

평론집

『저항의 문학』	경지사	1959
『지성의 오솔길』	동양출판사	1960
『전후문학의 새물결』	신구문화사	1962
『통금시대의 문학』	삼중당	1966
『한국과 한국인(전6권)』	삼성출판사	1968
『고전의 바다(정병욱과 공저)』	현암사	1977
『세계문학에의 길』	갑인출판사	1985
『고전을 읽는 법』	갑인출판사	1985
『신화속의 한국인』	갑인출판사	1985
『장미밭의 전쟁』	기린원	1986
『하이꾸 문학의 연구』	홍성사	1986
『시 다시 읽기』	문학사상사	1995
『한국인의 신화』	서문당	1996
『공간의 기호학(학위논문)』	민음사	2000
『시와 함께 살다』	문학사상사	2003
『진리는 나그네』	문학사상사	2003
『노래여 천년의 노래여』	문학사상사	2003
『이어령의 삼국유사 이야기(1, 2권)』	서정시학	2006 / 2011
『소설로 떠나는 영성 순례』	포이에마	2014
『언어로 세운 집』	아르테	2015

이어령 교육 경력

학력

1956	서울대학교 국어국문학과	졸업
1960	서울대학교 대학원 국어국문학과	졸업(석사)
1987	단국대학교 대학원 국어국문학과	졸업(박사)

교육 경력

1955	문경고등학교	영어교사(대학 재학 중)
1956	고계(장충)고등학교	영어교사(3개월)
1957~1959. 3	성북(홍익)고등학교	국어교사
1959. 4~1960. 4	경기고등학교	국어교사
1960. 4~1966. 8	서울대	강사
1960. 5~1961. 6	단국대	전임강사
1966. 3~1966. 8	숙명여대	강사
1966. 9~1967. 2	성균관대	강사
1967. 3~1989. 1	이화여대 국어국문과	교수
1987. 5~1989. 12	이화여대 기호학연구소	소장
1995. 3~1999. 2	이화여대 국어국문과	교수(재임용)
1999. 3~2001. 8	이화여대	석좌교수
2005. 8~2016. 2	명지대학교 방목기초교육대학	석좌교수
2007. 2~2013. 1	이화여대	명예석좌교수
2011. 12~2014. 2	배재대학교 문화예술콘텐츠학과	석학교수

강단에서 만나는 이어령

© 강인숙, 2026

초판 1쇄 인쇄 2026년 3월 31일
초판 1쇄 발행 2026년 4월 8일

엮은이 강인숙
기획실 정진우 정재우
책임편집 김혜원 | 편집 박서령 이예준 이다영
디자인 강희철 | 마케팅 홍보 곽예인 | 디지털콘텐츠 구지영
제작 관리 윤준수 고은정 이원희 | 제작처 영신사

펴낸곳 열림원 | 펴낸이 정중모 방선영
출판등록 1980년 5월 19일(제406-2000-000204호)
주소 경기도 파주시 회동길 152
전화 031-955-0700 | 팩스 031-955-0661
홈페이지 www.yolimwon.com | 이메일 editor@yolimwon.com
페이스북 /yolimwon | 트위터 @yolimwon | 인스타그램 @yolimwon

ISBN 979-11-7040-385-2 03800